FOLIO SCIENCE-FICTION

Orson Scott Card

LES CHRONIQUES D'ALVIN LE FAISEUR

LIVRE I

Le septième fils

Traduit de l'américain
par Patrick Couton

Gallimard

Titre original :

THE TALES OF ALVIN MAKER. SEVENTH SON

Mormon, ancien missionnaire bénévole au Brésil, Orson Scott Card, né en 1951, développe une littérature empreinte de morale, retraçant des destinées exemplaires, véritables récits initiatiques impliquant des choix éthiques d'une portée universelle.

Mais Orson Scott Card est aussi un exceptionnel créateur de mondes imaginaires. Partageant sa production entre la science-fiction et la *fantasy*, il est l'auteur de quelques-unes des œuvres les plus marquantes de ces vingt dernières années : *Les maîtres chanteurs*, *Le cycle d'Ender*, qui a remporté à plusieurs reprises les prix les plus prestigieux, ou *Les chroniques d'Alvin le Faiseur.*

À Emily Jan,
qui connaît toute la magie
dont elle aura jamais besoin.

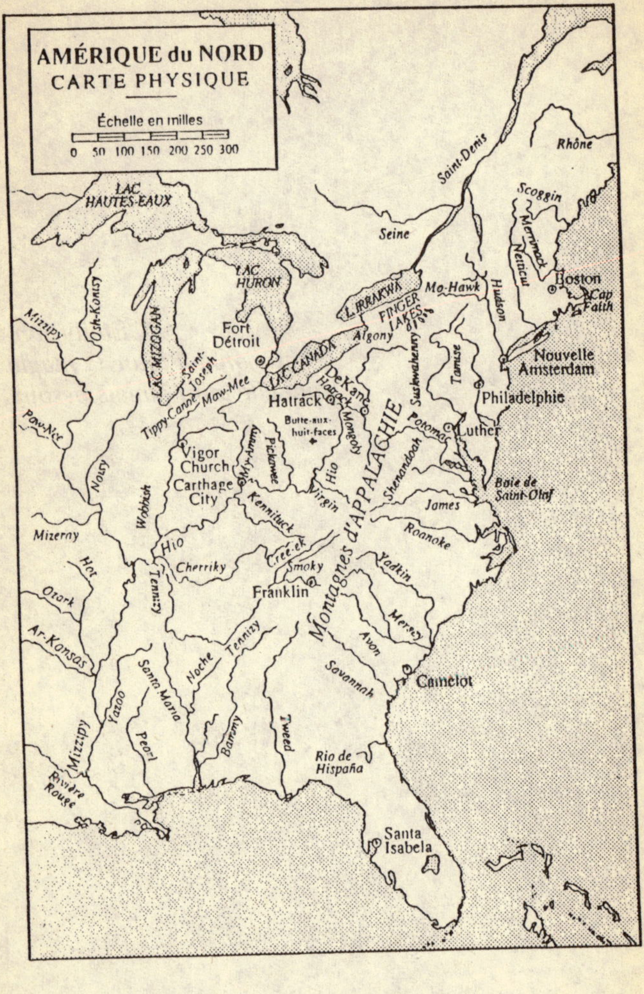
AMÉRIQUE du NORD
CARTE PHYSIQUE
Échelle en milles
0 50 100 150 200 250 300
LAC HAUTES-EAUX
LAC HURON
LAC MIZOGAN
Fort Détroit
Saint-Joseph
LAC CANADA
L. IRRAKWA
FINGER LAKES
Saint-Denis
Rhône
Scoggin
Merrimack
Seine
Mo-Hawk
Hudson
Boston
Cap Faith
Nouvelle Amsterdam
Algony
DeKane
Hatrack
Butte-aux-huit-faces
Suskwahenny
Tamise
Philadelphie
Potomac
Luther
Montagnes d'APPALACHIE
Shenandoah
Boie de Saint-Olaf
James
Roanoke
Yadkin
Mersey
Avon
Savannah
Camelot
Rio de Hispaña
Santa Isabela
Tweed
Bammy
Noche
Tennizy
Santa Maria
Yazoo
Pearl
Mizzipy
Rivière Rouge
Ar-Kansas
Ozark
Hot
Mizerny
Pow-Nee
Mizzipy
Osh-Konsy
Tippy-Canoe
Maw-Mee
Vigor Church
Carthage City
My-Ammy
Pickawee
Hio
Virgin
Kennituck
Cree-ek
Smoky
Franklin
Cherriky
Hio
Tennizy
Wobbish
Noisy

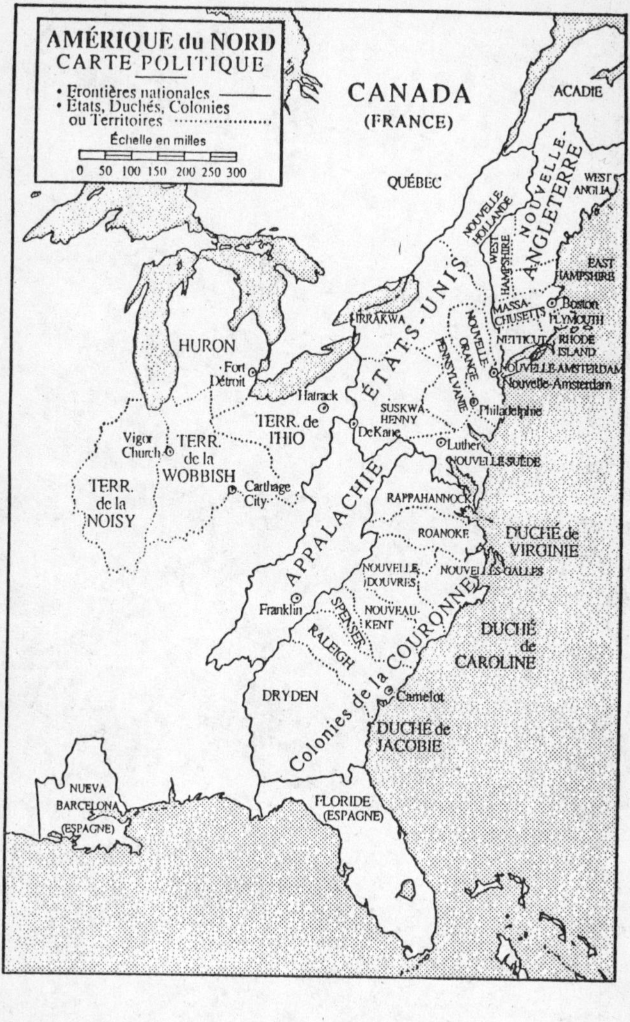
AMÉRIQUE du NORD
CARTE POLITIQUE
• Frontières nationales
• États, Duchés, Colonies ou Territoires
Échelle en milles
0 50 100 150 200 250 300
CANADA
(FRANCE)
ACADIE
QUÉBEC
NOUVELLE-ANGLETERRE
WEST ANGLIA
NOUVELLE-HOLLANDE
WEST HAMPSHIRE
EAST HAMPSHIRE
ÉTATS-UNIS
MASSA-CHUSETTS
Boston
PLYMOUTH
NETTICUT
RHODE ISLAND
NOUVELLE ORANGE
PENNSYLVANIE
NOUVELLE-AMSTERDAM
Nouvelle-Amsterdam
Philadelphie
IRRAKWA
HURON
Fort Détroit
Hatrack
SUSKWA HENNY
DeKane
Luther
NOUVELLE-SUÈDE
TERR. de IHIO
Vigor Church
TERR. de la WOBBISH
Carthage City
TERR. de la NOISY
APPALACHIE
RAPPAHANNOCK
ROANOKE
DUCHÉ de VIRGINIE
NOUVELLE-DOUVRES
NOUVELLES-GALLES
Franklin
SPENSER
NOUVEAU-KENT
RALEIGH
Colonies de la COURONNE
DUCHÉ de CAROLINE
DRYDEN
Camelot
DUCHÉ de JACOBIE
NUEVA BARCELONA (ESPAGNE)
FLORIDE (ESPAGNE)

I

La Reine sanglante

La petite Peggy faisait très attention avec les œufs. Elle farfouillait dans la paille avec la main jusqu'à ce que ses doigts cognent contre un objet dur et lourd. Le caca de poule, elle s'en fichait pas mal. Après tout, quand des voyageurs avec des bébés logeaient à l'auberge, maman ne plissait jamais le nez devant leurs langes, et pourtant c'était quelquefois dégoûtant. Alors, du caca de poule, même humide, gluant et qui collait aux doigts, elle s'en fichait pas mal, la petite Peggy. Elle écartait la paille, refermait la main sur l'œuf et le sortait délicatement du pondoir. Et ce, perchée sur un tabouret branlant, dressée sur la pointe des pieds, le bras tendu très loin au-dessus de sa tête. Maman la trouvait trop jeune pour ramasser les œufs, mais la petite Peggy tenait à lui montrer qu'elle n'était pas si petite que ça. Tous les jours, elle visitait tous les pondoirs et ramassait tous les œufs, jusqu'au dernier. Parfaitement.

Tous, se répétait-elle dans sa tête, tous, tous. Faut que je les ramasse tous.

La petite Peggy se tourna vers le coin le plus sombre du poulailler, dans le fond à droite ; là, sur son pondoir, trônait Mary, la Reine sanglante, l'air tout droit sortie d'un cauchemar du diable, l'œil mauvais, fulminant de haine, qui semblait dire : « Viens donc par ici, ma petite, viens donc me palper. Je veux sentir tes coups de doigts, tes coups de pouce, et si tu t'approches vraiment tout près pour me piquer mes œufs, moi, je te pique l'œil d'un coup de bec. »

La flamme de vie était réduite chez la plupart des animaux, mais celle de la Reine sanglante était vive et dégageait une fumée empoisonnée. Personne ne la voyait, sauf la petite Peggy. Mary souhaitait la mort de tout le monde mais particulièrement de certaine fillette de cinq ans, comme en témoignaient les marques sur les doigts de Peggy. Enfin, une marque au moins, et papa avait beau dire qu'il ne distinguait rien, la petite Peggy, elle, se rappelait bien comment elle lui était venue. Et personne ne pouvait lui en vouloir si elle oubliait de temps en temps de glisser la main sous la Reine sanglante, tapie en embuscade tel le brigand prêt à occire le premier qui ferait, ne serait-ce que *mine*, de s'aventurer sur son territoire.

Ça non, personne ne la gronderait si elle oubliait de temps en temps de regarder sous Mary.

J'ai oublié. J'ai regardé dans tous les pondoirs, tous, et si y en a un qui m'a échappé, c'est que j'ai oublié, oublié, oublié.

Tout le monde savait que la Reine sanglante était une saleté de poule, trop teigneuse, de toute manière, pour pondre autre chose que des œufs pourris.

J'ai oublié.

Elle rapporta son panier à la maison avant que maman ait seulement eu le temps d'allumer le feu, et maman fut si contente qu'elle laissa la petite Peggy plonger les œufs un à un dans l'eau froide. Puis maman suspendit la marmite au crochet avant de la pousser bien au-dessus des flammes. Pour les œufs durs, pas besoin d'attendre que le feu diminue, même au milieu de la fumée on pouvait les faire cuire.

« Peg », dit papa.

Peg, c'était le nom de maman, mais papa n'avait pas sa voix « pour maman ». Il avait sa voix « tite Peggy, t'as fait des bêtises », alors, se sachant découverte, la fillette pivota brusquement vers lui en criant ce qu'elle avait prévu de dire depuis le début : « J'ai oublié, papa ! »

Maman se retourna et la regarda, surprise. Papa, lui, n'avait pas l'air surpris. Il se contenta de hausser un sourcil. Il gardait une main derrière son dos. La petite Peggy savait qu'il y avait un œuf dans cette main. Un méchant œuf de la Reine sanglante.

« Qu'esse t'as oublié, 'tite Peggy ? » demanda papa d'une voix douce.

Aussitôt, Peggy se dit qu'il fallait être la petite fille la plus bête du monde pour se défendre de quelque chose dont personne ne l'avait encore accusée.

Mais elle n'allait pas se laisser faire comme ça, pas tout de suite. Elle ne supportait pas de voir papa et maman fâchés contre elle, elle ne désirait qu'une chose : qu'on la laisse partir en Angleterre. Elle prit donc un air innocent et répondit : « J'sais pas, papa. »

D'après elle, il n'existait pas de plus beau pays où aller vivre que l'Angleterre, parce que l'Angleterre avait un Lord Protecteur. À en juger par les gros yeux de papa, Peggy avait un besoin urgent de Lord Protecteur.

« Qu'esse t'as oublié ? redemanda papa.

— Dis-y une bonne fois pour toutes, Horace, intervint maman. Si elle a fait une bêtise, elle l'a faite et on n'en parle plus.

— J'ai oublié rien qu'une fois, papa, dit la petite Peggy. C'est une vilaine poule, elle m'aime pas. »

Papa répéta lentement, tout doucement : « Rien qu'une fois. »

Il sortit alors sa main de derrière son dos. Seulement, ce n'était pas un œuf qu'il tenait caché, mais tout un panier. Un panier rempli d'un bouchon de paille — sûrement la litière de la Reine sanglante —, amalgame de paille broyée durci par de l'œuf séché et des bris de coquilles, souillé des restes déchiquetés de trois ou quatre poussins.

« T'avais b'soin d'ramener ça à la maison juste avant le p'tit déjeuner, Horace ? protesta maman.

— J'sais pas c'qui me met le plus en colère, dit Horace : ses bêtises ou ses manigances pour nous mentir.

— J'ai pas manigancé et j'ai pas menti ! » cria la petite Peggy. Du moins avait-elle eu l'intention de crier. Ce qui lui sortit de la gorge tenait davantage du sanglot, malgré sa décision prise la veille de ne plus jamais pleurer jusqu'à la fin de ses jours.

« Tu vois ? fit maman. La v'là déjà l'cœur sus les lèvres.

— La v'là l'cœur sus les lèvres d'avoir été prise en faute, répliqua Horace. T'es trop coulante avec elle, Peg. Elle a la menterie dans l'sang. J'veux pas que ma fille tourne mal. J'aimerais mieux la savoir morte comme ses p'tites sœurs plutôt que d'la voir mal tourner. »

Peggy vit la flamme de vie de maman attisée par le

souvenir et, devant ses yeux, lui apparut un joli bébé, couché dans une petite boîte, puis un autre, moins joli celui-là car c'était la petite sœur Missy, morte de la vérole et que personne ne voulait toucher sauf sa maman, elle-même si affaiblie par la maladie qu'elle ne pouvait être d'un grand secours. Peggy voyait la scène et elle savait que papa n'aurait pas dû dire des choses pareilles, parce qu'une expression glaciale avait envahi le visage de maman, malgré toute la chaleur de sa flamme de vie.

« On n'a jamais rien dit d'aussi méchant devant moi », lança maman. Puis elle se saisit du panier répugnant posé sur la table et l'emporta dehors.

« Mary, elle me pique la main avec son bec, dit Peggy.

— Ç'a pas fini de t'piquer, tu vas voir, fit papa. Pour avoir manqué d'ramasser les œufs, tu mérites un coup de badine, un seul, parce que j'comprends que c'te poule mal lunée flanque la frousse à un p'tit bout d'chou comme toi. Mais pour avoir fait des accroires, j'm'en vais t'en donner dix. »

À ces mots, Peggy se mit à pleurer pour de bon. Quand il s'agissait de donner, papa ne chipotait pas, il faisait toujours bonne mesure, particulièrement en matière de corrections.

Il prit la badine de noisetier sur l'étagère du haut. Il la rangeait là depuis que la petite Peggy avait jeté l'ancienne au feu.

« Ma fille, j'préfère t'entendre dire mille vérités qui blessent l'oreille plutôt qu'une menterie qui la flatte », fit-il, puis il se pencha et la badine s'abattit sur les cuisses de Peggy. *Tchac, tchac, tchac*, elle compta chacun des coups et ils la blessèrent jusqu'au cœur, tous, tant elle y sentait de colère. Pire encore, elle avait conscience d'une injustice, parce que la flamme de vie de papa s'embrasait en fait pour un tout autre motif, comme d'habitude. L'aversion de papa pour le mal trouvait toujours sa source dans les replis les plus secrets de sa mémoire. C'était quelque chose d'embrouillé et de confus que la petite Peggy ne comprenait pas vraiment ; d'ailleurs papa lui-même ne s'en souvenait pas bien. Il s'agissait d'une dame et ce n'était pas maman, voilà tout ce que Peggy voyait clairement. À chaque fois que quelque chose allait de travers, papa pensait à la dame : quand Missy était morte sans raison aucune, quand la vérole avait emporté l'autre bébé, lui aussi prénommé Missy, quand la grange avait brûlé, et puis quand une vache avait crevé ; tout ce qui allait de travers le faisait penser à cette dame. Il se mettait alors à discourir sur son horreur du mal, et dans ces moments-là, la badine volait bas et les coups pleuvaient dru.

Je préfère entendre mille vérités qui blessent, c'était ce qu'il avait dit, mais la petite Peggy savait qu'il y avait une vérité qu'il refuserait toujours d'entendre ; alors elle la gardait pour elle. Jamais elle ne la lui jetterait à la figure, dût-il la battre à en casser sa badine, parce qu'à la seule idée de parler de la dame, la vision de son père mort s'emparait d'elle, et elle souhaitait ne jamais assister à pareil spectacle pour de vrai. En plus, la dame qui hantait la flamme de vie de son père, elle ne portait pas de vêtements, et la petite Peggy savait qu'elle ne couperait pas au fouet si elle parlait de gens tout nus.

Elle subit donc son châtiment et pleura jusqu'à sentir le nez lui couler dans la bouche. Papa quitta aussitôt la pièce et maman revint préparer le petit déjeuner du forgeron, des hôtes et des employés, mais ni l'un ni l'autre n'adressa la parole à Peggy, comme s'ils ne faisaient même pas attention à elle. Ses pleurs redoublèrent, en débit et en intensité, mais en pure perte. Finalement, elle prit Bugy dans la corbeille à ouvrage et, d'un pas raide, elle sortit pour se rendre à la cabane de grandpapa qu'elle réveilla sans attendre.

Il écouta son histoire, comme d'accoutume.

« J'la connais, la Reine sanglante, dit-il, et j'y ai bien dit cinquante fois, à ton papa, d'y tordre le cou, à c'te poule, qu'on n'en parle plus. Cet oiseau-là, il est bredin. Quasiment toutes les semaines la folie lui prend et elle casse tous ses œufs, même ceux-là qui sont prêts à éclore. Elle tue ses poussins. Faut être fou pour tuer ses propres petits.

— Moi, papa, l'a failli m'tuer, gémit la petite Peggy.

— Y m'semble que si t'arrives encore à marcher, c'est pas si grave que ça.

— J'marche pus très bien.

— Non, m'est avis qu'tu vas rester estropiée pour l'restant de tes jours, dit grandpapa. Mais j'vais te dire, j'ai l'impression que ton papa et ta maman sont surtout en colère l'un après l'autre. Alors, tu pourrais p't-être t'éclipser quelques heures ?

— J'aimerais pouvoir me changer en oiseau et m'envoler.

— À défaut, dit grandpapa, l'mieux, c'est d'avoir une cache secrète où personne aura idée d'aller t'chercher. Tu connais un endroit comme ça ? Non, me dis rien ! Ça gâche tout, si t'en parles, même à une seule personne. T'y vas et t'y restes un moment. Faut qu'ce soye un endroit sûr ; pas dans la forêt, un Rouge pourrait t'chiper tes beaux cheveux ; pas en hauteur, tu risquerais de tomber ; et pas une cachette trop p'tite où tu resterais coincée.

— C'est grand, c'est pas haut et c'est pas dans la forêt, dit la petite Peggy.

— Alors, faut que t'y ailles, Maggie. »

La petite Peggy fit la grimace, comme à chaque fois que grandpapa l'appelait ainsi. Elle brandit Bugy au-dessus d'elle et, prenant la voix de fausset de sa poupée, elle couina : « Son nom, c'est Peggy !

— Faut que t'y ailles... *Piggy*... si tu préfères... »

La petite Peggy balança Bugy en plein dans le genou de grandpapa.

« Un d'ces jours, Bugy fera ça une fois de trop, elle se pétera quelque chose et elle en mourra », dit grandpapa.

Mais Bugy dansait sous son nez et insistait : « C'est pas Piggy le petit cochon, c'est *Peggy* !

— D'accord, Puggy. Alors tu vas dans ta cache secrète, et si on m'dit : "Faut retrouver la p'tite", j'répondrai : "J'sais où elle est. Elle reviendra toute seule quand elle s'ra décidée." »

La petite Peggy se précipita vers la porte de la cabane, puis s'arrêta net et se retourna : « Grandpapa, t'es la grande personne la plus gentille du monde.

— C'est pas l'avis de ton père, par rapport à une autre badine dont j'ai usé et abusé. Et maintenant, file ! »

Elle s'arrêta encore une fois au moment de refermer la porte. « T'es la *seule* grande personne de gentille ! » Elle avait crié très fort, dans le vague espoir que sa voix avait porté jusque dans la maison. Puis elle se mit en route, coupa à travers le jardin, dépassa le pré aux vaches, grimpa la colline, pénétra dans le bois et suivit le chemin qui conduisait à la resserre de la source.

II

Le chariot

Ils avaient un bon chariot, ces gens-là, et deux bons chevaux pour le tirer. On aurait même pu les croire prospères, car ils s'enorgueillissaient de six solides garçons, dont l'aîné avait atteint sa taille adulte et les deux derniers, des jumeaux, bénéficiaient à douze ans d'une étonnante vigueur due à leurs éternelles empoignades au corps à corps. Sans parler d'une grande fille et de toute une ribambelle de petites. Une famille nombreuse. L'air prospère, même quand on ignorait que moins d'une année plus tôt ils possédaient un moulin et habitaient une maison spacieuse au bord de l'eau dans le West Hampshire. Ils avaient dégringolé dans l'échelle sociale, assurément, et ce chariot constituait le seul bien qui leur restait. Mais l'espoir les soutenait tandis qu'ils cheminaient à travers l'Hio, vers l'ouest, vers les vastes étendues de terres qui ne demandaient qu'à être prises. Pour une famille aussi généreusement pourvue de reins solides et de mains habiles, ce serait forcément une bonne terre, tant que les conditions climatiques les épargneraient, que les Rouges ne les harcèleraient pas et que tous les banquiers et hommes de loi resteraient en Nouvelle-Angleterre.

Le père était grand et fort, un peu gagné par la graisse, ce qui n'avait rien de surprenant car un meunier ne s'active guère de toute la journée. Cette mollesse à la taille ne résisterait pas à une année de ferme en pleine forêt. Il ne s'en inquiétait pas, en tout cas, travailler dur ne lui faisait pas peur. Pour l'heure, ce qui le tracassait, c'était sa femme, Fidelity. Elle arrivait à terme pour le bébé, il le savait. Non pas qu'elle le lui ait annoncé ouvertement. Les femmes ne parlent pas de ces choses-là avec les hommes. Mais il savait à quel point elle était grosse et depuis combien de mois. Et puis, profitant de la halte de midi, elle lui avait chuchoté : « Alvin Miller, si on trouve une auberge en chemin, ou même un bout d'cabane délabrée, je m'reposerais bien un peu. » Pas besoin d'avoir étudié la philosophie pour comprendre. Et après six garçons et six filles, il aurait fallu l'intelligence d'une brique pour ne pas saisir de quoi il retournait.

Aussi envoya-t-il l'aîné de ses gars, Vigor, courir en avant sur la route pour reconnaître le terrain.

Indéniablement, ils arrivaient de Nouvelle-Angleterre, car le garçon n'emporta pas de fusil. S'il s'était trouvé un bandit, le jeune homme n'aurait jamais revu les siens, et le fait de revenir sans qu'il lui manque un seul poil sur la tête prouvait qu'aucun Rouge ne l'avait repéré : les Français, là-haut, à Détroit, payaient les scalps anglais en alcool, et dès qu'un Rouge, dans la forêt, tombait sur un homme blanc isolé et sans mousquet, il s'appropriait sa chevelure. On aurait donc pu croire que la chance souriait enfin à la famille. Mais comme ces Yankees ignoraient que la route n'était pas sûre, Alvin Miller ne s'avisa pas un instant de sa bonne fortune.

Vigor rendit compte d'une auberge à trois milles. C'était une heureuse nouvelle; seule réserve : une rivière leur barrait la route. Une espèce de rivière rabougrie... et le gué était peu profond, mais Alvin Miller avait appris à ne jamais faire confiance à l'eau. Aussi paisible qu'elle paraisse, elle essaye toujours de vous emporter. Il avait moitié envie de dire à Fidelity qu'ils passeraient la nuit de ce côté-ci de la rivière, mais elle poussa un faible gémissement et il sut à cet instant qu'il ne fallait pas y compter. Fidelity lui avait donné une douzaine d'enfants bien vivants, mais la dernière naissance remontait à quatre ans et beaucoup de mères supportaient mal d'avoir un bébé si tard. Beaucoup mouraient. Une bonne auberge sous-entendait d'autres femmes pour aider à l'accouchement; il faudrait donc prendre le risque de traverser la rivière.

Et d'après Vigor, c'était une rivière de rien du tout.

III

La source

L'atmosphère à l'intérieur de la resserre était fraîche et lourde, sombre et moite. Parfois, quand elle y faisait un petit somme, Peggy se réveillait en cherchant sa respiration, comme si l'eau avait tout submergé. Ailleurs aussi, elle rêvait de l'eau, à cause de quoi certains disaient qu'elle était une filtrante plutôt qu'une torche. Mais dans ces cas-là, elle savait toujours qu'elle rêvait. Ici, l'eau était réelle.

Réelle par les gouttes qui se formaient, comme de la transpiration, sur les jarres de lait disposées dans le courant. Réelle par l'argile humide et froide du sol. Réelle par le gargouillis du ruisseau qui courait au milieu de la pièce.

Il faisait frais tout au long de l'été dans cette retraite, grâce à l'eau glacée qui sourdait de la colline pour s'y répandre et grâce à l'ombre absolue prodiguée par des arbres tellement séculaires que la lune ne manquait jamais de s'insinuer à travers leurs branches, rien que pour entendre quelques bonnes vieilles histoires. Même quand papa ne la détestait pas, la petite Peggy venait toujours ici. Pas pour l'humidité ambiante, elle pouvait s'en passer. Plutôt parce que le feu s'échappait d'elle et qu'elle cessait d'être une torche. Elle n'était plus forcée de voir au fond des gens, dans tous les replis obscurs où ils se cachaient.

Ils se cachaient d'elle, comme si ça servait à quelque chose. Tous les secrets dont ils n'étaient pas très fiers, ils essayaient de les dissimuler dans un recoin sombre, mais ils ne savaient pas comme toutes ces zones d'ombre s'illuminaient aux yeux de la petite Peggy. Même du temps où elle était si petite qu'elle recrachait sa bouillie de maïs parce qu'elle espérait encore avoir une tétée, elle connaissait toutes les histoires que les membres de son entourage gardaient soigneusement secrètes. Elle voyait les événements de leur passé qu'ils auraient aimé pouvoir enterrer, et elle voyait ceux de leur avenir qu'ils redoutaient par-dessus tout.

Voilà pourquoi elle avait pris l'habitude de monter à la resserre. Ici, elle n'était plus forcée de voir toutes ces choses. Pas même la dame dans les souvenirs de papa. Ici, il n'y avait rien d'autre que l'atmosphère fraîche, sombre, humide et lourde qui éteignait le feu et réduisait la lumière pour qu'elle redevienne, quelques minutes par jour seulement, une petite fille de cinq ans avec une poupée de paille du nom de Bugy, et qu'elle n'ait même plus à penser à tous ces secrets de grandes personnes.

J'suis pas vilaine, se dit-elle. Pas vilaine, pas vilaine. Mais ça ne changea rien parce qu'elle se savait vilaine. Bon, d'accord, pensa-t-elle, j'suis vilaine. Mais je l'serai plus jamais. J'dirai la vérité comme a dit papa, ou j'dirai rien du tout.

Malgré ses cinq ans, la petite Peggy savait que,

pour tenir ce serment-là, elle ferait mieux de ne rien dire.

Aussi choisit-elle de se taire, même à elle-même, pour rester allongée sur un carré de mousse humide, Bugy serrée, presque étranglée, dans son poing.

Cling, cling, cling.

La petite Peggy se réveilla et eut une bouffée de colère.

Cling, cling, cling.

Elle était en colère parce que personne ne lui avait demandé : « 'tite Peggy, ça t'ennuie pas, hein, si on décide ce jeune forgeron à s'installer par chez nous ?

— Pas du tout, papa », elle aurait répondu si on lui avait posé la question. Elle savait ce que ça voulait dire, la présence d'une forge. Ça voulait dire qu'un village allait se développer, que des gens viendraient d'ailleurs, qui feraient marcher le commerce, qu'avec du commerce l'auberge de son père pourrait devenir une hôtellerie forestière, et que s'il existait une auberge forestière toutes les routes feraient un petit détour pour passer devant, à condition qu'elle ne soit pas trop à l'écart. La petite Peggy savait tout cela, aussi sûrement que les enfants de paysans connaissaient les rythmes de la ferme. Une auberge à proximité d'une forge était une auberge appelée à prospérer. Elle aurait donc répondu : « Bien sûr, qu'il reste par chez nous, cédez-lui un bout de terrain, construisez-lui sa cheminée de briques, offrez-lui ses repas, donnez-lui mon lit ; moi, je partagerai la chambre de cousin Peter qu'essaye sans arrêt de reluquer sous ma chemise de nuit ; tout ça je m'en arrangerai, tant que vous l'installez pas du côté de la source, parce que, quand je voudrai rester seule avec l'eau, y aura tout le temps des ronflements, des sifflements, des cliquetis, des martèlements, tout le temps du bruit, et aussi un feu qui monte en l'air pour noircir le ciel, et l'odeur du charbon de bois qui brûle. De quoi avoir envie de remonter le courant jusque dans la montagne pour être tranquille. »

Évidemment, le ruisseau, c'était l'emplacement idéal pour le forgeron. Sans le besoin de l'eau, il aurait pu planter sa forge n'importe où ailleurs. Le fer lui arrivait par chariot directement de chez le fournisseur, en Nouvelle-Hollande, et le charbon de bois... eh bien, il y avait plein de fermiers qui ne demandaient qu'à en échanger contre un bon ferrage. Mais l'eau, le forgeron en avait besoin et personne ne pouvait la lui apporter. Alors, comme de juste, on l'avait installé au pied de la colline, en bas de la resserre, si bien que ses *cling-cling* la réveillaient et ravivaient le feu en elle quand elle se trouvait dans le seul refuge où elle avait pris l'habitude de le laisser faiblir et s'endormir jusqu'à l'état de cendres froides et humides.

Un grondement de tonnerre.

La seconde suivante, elle était à la porte. Il fallait qu'elle voie l'éclair. Elle n'en aperçut que la dernière lueur mais elle savait qu'il y en aurait d'autres. Il n'était guère plus de midi, sûrement... ou alors elle avait dormi toute la journée ? Avec tous ces gros nuages noirs, elle était bien en peine de le dire, il pouvait parfaitement s'agir du crépuscule, juste avant la nuit. On sentait comme des picotements dans l'air, la foudre attendait d'éclater. Elle connaissait cette impression, elle en connaissait le sens : la foudre ne tomberait pas loin.

Elle regarda en dessous pour voir si l'écurie du forgeron était toujours pleine de chevaux. Elle l'était. Les chevaux n'avaient pas été ferrés, la route allait se transformer en gadoue, donc le fermier venu de West Fork avec ses deux fils serait bloqué ici. Aucune chance qu'ils repartent chez eux par un temps pareil, avec la foudre prête à enflammer la forêt, à faire tomber un arbre sur leur passage, ou peut-être tout simplement à les frapper un bon coup et les étendre raides morts dans un cercle, comme ces cinq Quakers dont on parlait encore, une histoire qui s'était passée par ici dans les années 90, à l'époque où les premiers blancs venaient s'établir dans la région. Les gens parlaient encore du « Cercle des Cinq »; certains se demandaient si Dieu ne s'était pas empressé d'écrabouiller les Quakers, comprenant que c'était le seul moyen de leur clouer le bec; d'autres, s'il ne les avait pas fait monter au paradis comme le premier Lord Protecteur Oliver Cromwell qui s'était volatilisé, frappé par la foudre à l'âge de quatre-vingt-dix-sept ans.

Non, le fermier et ses grands garçons resteraient une nuit de plus. La petite Peggy était fille d'aubergiste, pas vrai ? Les papooses apprenaient à chasser, les négrillons à porter des fardeaux, les petits paysans à prévoir le temps et une fille d'aubergiste à deviner quels clients resteraient pour la nuit, avant qu'ils le sachent eux-mêmes.

Leurs chevaux mâchonnaient dans l'écurie, ils renâclaient et se prévenaient de l'approche de la tempête. Dans chaque groupe de chevaux, songea la petite Peggy, faut toujours qu'il y en ait un de complètement bouché à qui les autres doivent expliquer tout ce qui se passe. Grosse tempête, ils disaient. On va attraper la saucée, si la foudre ne nous frappe pas d'abord. Et le cheval bouché continuait de hennir doucement et de répéter : « C'est quoi, tout ce raffut ? C'est quoi, tout ce raffut ? »

Et alors le ciel s'ouvrit pour déverser des trombes d'eau sur la terre. Les feuilles des arbres furent arrachées, tant la pluie battait avec violence. Elle tombait si dru, aussi, que pendant une minute la petite Peggy ne distingua même plus la forge et s'imagina que le courant l'avait peut-être emportée. Grandpapa lui avait dit que le ruisseau descendait tout droit jusqu'à la rivière Hatrack, que la rivière Hatrack se jetait dans l'Hio, que l'Hio s'enfonçait à travers la forêt pour rejoindre le Mizzipy, qui lui-même allait se déverser dans la mer ; et grandpapa racontait que la mer avalait tellement d'eau qu'elle en attrapait une indigestion et lâchait les rots les plus formidables qu'on puisse imaginer. C'était ça, l'origine des nuages. La mer qui rotait. La forge allait suivre le courant, se faire avaler puis renvoyer ; et après, un jour qu'elle, la petite Peggy, ne s'y attendrait pas, un nuage crèverait pour laisser proprement tomber la forge où le brave Conciliant Smith continuerait de marteler, *cling, cling, cling.*

Enfin la pluie faiblit légèrement et Peggy regarda en contrebas pour constater que la forge n'avait pas bougé. Mais ce n'était pas la forge qui lui attirait le regard. Non, ce qui l'attirait, c'étaient des étincelles très loin dans la forêt, en aval vers l'Hatrack, là-bas du côté du gué ; seulement, il ne fallait pas compter passer le gué aujourd'hui, avec cette pluie. Des étincelles, beaucoup d'étincelles, et elle savait qu'elles appartenaient toutes à des gens. Elle n'avait plus guère besoin d'y penser, il lui suffisait de regarder leurs flammes de vie pour les connaître mieux. Visions d'avenir ou visions du passé, elles cohabitaient toutes dans la flamme de vie.

Pour l'instant, elle voyait la même chose dans chacun de leurs cœurs. Un chariot au milieu de l'Hatrack, l'eau qui montait, et dans le chariot, tout ce qu'ils possédaient au monde.

La petite Peggy ne parlait pas beaucoup, mais personne n'ignorait qu'elle était une torche, aussi l'écoutait-on chaque fois qu'elle se manifestait pour signaler des difficultés. Particulièrement ce genre de difficultés. Bien sûr, la colonisation de la région n'était pas récente, elle datait de bien avant la naissance de Peggy, mais ils n'avaient pas encore oublié que tout chariot pris dans une crue représentait une perte pour tous.

Elle dévala la colline ; ses pieds volaient au ras de l'herbe, sautaient par-dessus les trous de marmottes, glissaient dans les passages escarpés ; aussi ne s'écoula-t-il pas plus de vingt secondes entre le moment où elle avait aperçu au loin les flammes de vie et celui où elle ouvrit la bouche chez le forgeron. Le fermier de West Fork voulut d'abord la faire attendre, le temps qu'il finisse de raconter ses souvenirs des plus grosses tempêtes qu'il avait affrontées. Mais Conciliant connaissait la petite Peggy. Lui, il l'écouta aussitôt, puis dit aux garçons de seller leurs chevaux, ferrés ou pas ; il y avait des gens bloqués au gué de la Hatrack et ce n'était pas le moment de s'amuser. La petite Peggy n'eut même pas le loisir de les voir partir : Conciliant l'avait déjà envoyée à l'auberge chercher son père et tous les ouvriers et voyageurs qui s'y trouvaient. Pas un seul qui n'eût un jour entassé tout ce qu'il possédait au monde dans un fourgon pour le conduire vers l'ouest, par des routes de montagnes, jusque dans cette forêt. Pas un seul qui n'eût senti une rivière lécher son chariot dans l'espoir de se l'approprier. Ils répondirent tous présents. C'était comme ça en ce temps-là, voyez-vous. Les gens prenaient conscience des ennuis de leur prochain aussi vite que s'il s'agissait des leurs.

IV

La rivière Hatrack

Vigor, à la tête des garçons, s'efforçait de pousser le chariot, pendant qu'Aliénor encourageait les chevaux de la voix. Alvin Miller s'employait à transporter les petites filles une par une pour les mettre en sécurité sur la rive opposée. Le courant démoniaque s'agriffait à lui et murmurait : « Je te prendrai tes enfants, je te les prendrai tous », mais Alvin répondait « non » avec chaque muscle de son corps tandis qu'il luttait pour gagner la terre ferme ; et il répéta « non » au murmure jusqu'à ce que ses filles se retrouvent sur la berge, trempées comme des soupes, le visage dégoulinant de pluie comme si elles pleuraient tous les malheurs du monde.

Il aurait bien transporté Fidelity aussi, avec son bébé dans le ventre, mais elle ne voulait pas bouger. Elle restait assise, arc-boutée contre les malles et les meubles à l'intérieur du chariot ballotté, prêt à déverser. La foudre éclata et des branches se cassèrent ; l'une d'elles déchira la toile et l'eau envahit le chariot ; mais Fidelity tint bon, les jointures blanches, les yeux fixes. À son regard, Alvin sut que rien de ce qu'il pourrait dire ne la ferait changer d'avis. Il n'y avait qu'une manière de sortir Fidelity et son bébé à naître de cette rivière, c'était d'en sortir le chariot.

« Les chevaux, ils ripent, papa ! cria Vigor. Ils bronchent tout l'temps, ils vont s'casser une patte.

— Mais on peut pas s'dégager sans les chevaux !

— Les bêtes, c'est pas rien, papa. Si on les laisse comme ça, on va perdre à la fois l'chariot et les chevaux !

— Maman bougera pas du chariot. »

Il lut la compréhension dans les yeux de Vigor. Leurs biens ne valaient pas qu'on prenne le risque de mourir pour les sauver. Mais maman, si.

« Quand même, fit Vigor. Depuis la berge l'attelage tirerait plus fort. Icitte, dans l'eau, ils sont bons à rien.

— Demande aux garçons d'les dételer. Mais d'abord, attachez une corde à un arbre pour arrimer l'chariot ! »

En moins de deux minutes les jumeaux Économe et Fortuné avaient gagné la rive et nouaient la corde à un gros arbre. David et Mesure en fixaient une autre au harnais de couplage des chevaux, pendant que Placide tranchait les longes qui les reliaient au fourgon. De bons garçons, qui s'acquittaient admirablement de leur tâche ; Vigor hurlait ses ordres, tandis qu'Alvin était cantonné au rôle de spectateur impuissant à l'arrière du chariot, surveillant tantôt Fidelity qui se retenait d'accoucher, tantôt la rivière Hatrack qui s'efforçait de les culbuter en enfer.

Une rivière de rien du tout, avait dit Vigor ; mais les nuages s'étaient amoncelés, la pluie s'était abattue et la Hatrack avait pris de l'ampleur en fin de compte. Même ainsi, elle avait paru franchissable au moment de s'y engager. Les chevaux s'étaient avancés d'un pas puissant, et Alvin disait à Placide qui tenait les rênes : « Eh ben, l'est grand temps qu'on arrive », quand la rivière était devenue folle. Brusquement, le courant avait redoublé de vitesse et de violence ; les chevaux, désorientés, pris de panique, s'étaient mis à tirer à hue et à dia. Les garçons avaient tous sauté à l'eau pour tenter de les mener vers la rive, mais le chariot avait perdu son élan et les roues, embourbées, s'étaient bloquées. Comme si la rivière les avait attendus et qu'elle avait contenu sa rage le temps qu'ils parviennent au milieu de son lit et qu'ils ne puissent plus en ressortir.

« Attention ! Attention ! » hurla Mesure depuis la berge.

Alvin se tourna vers l'amont pour découvrir quelle diablerie la rivière avait en tête : un arbre entier descendait le courant, dans le sens de la longueur, comme un bélier, l'extrémité avec les racines pointée sur le centre du chariot, à l'endroit précis où Fidelity se tenait assise, prête à accoucher. Alvin se voyait incapable d'imaginer un moyen d'échapper au danger, incapable de raisonner tout court ; il ne parvint qu'à crier le nom de sa femme de toutes ses forces. Peut-être pensait-t-il en son cœur qu'en gardant son nom sur ses lèvres il la maintiendrait en vie, mais c'était sans espoir, sans aucun espoir.

Vigor, lui, ignora que c'était sans espoir. Il s'élança ; l'arbre n'était pas éloigné de plus d'une perche, et il atterrit juste au-dessus des racines. Sous le choc, l'arbre dévia légèrement, puis roula sur lui-même, roula encore et s'écarta du chariot. Bien entendu, Vigor roula du même coup, entraîné sous la surface de l'eau, mais sa tentative fut couronnée de succès : l'extrémité de l'arbre manqua complètement le fourgon, seul le fût le heurta de flanc.

Le tronc bondit en travers du courant et alla se fracasser contre un rocher de la rive. Alvin se trouvait à cinq perches de distance, mais dans sa mémoire il reverrait toujours la scène comme si elle s'était déroulée juste sous ses yeux. L'arbre qui s'écrase contre le rocher et Vigor entre les deux. Une fraction de seconde qui dure une éternité, les yeux de Vigor agrandis de surprise, le sang qui lui jaillit aussitôt de la bouche et asperge l'arbre meurtrier. Ensuite la rivière Hatrack entraîna l'arbre dans sa course. Vigor glissa sous l'eau ; n'émergea plus que son bras, emmêlé dans les racines, tendu en l'air, évoquant un voisin prenant congé de la main après une visite.

Alvin était tellement absorbé par le spectacle de son fils en train de mourir qu'il ne prenait même pas garde à ce qui lui arrivait à lui-même. Le coup porté par l'arbre avait suffi pour dégager les roues embourbées ; la rivière s'empara du chariot pour lui faire descendre le courant, Alvin cramponné au hayon arrière, Fidelity en pleurs à l'intérieur, Aliénor s'égosillant sur le siège du conducteur ; et les garçons hurlaient à pleins poumons depuis la rive : « Tenez bon ! Tenez bon ! Tenez bon ! »

La corde, elle, tint bon ; attachée d'un bout à un arbre solide, de l'autre au fourgon, elle tint bon. La rivière, impuissante à entraîner le chariot, lui fit décrire un arc de cercle, comme lorsqu'un gamin fait tournoyer un caillou à l'extrémité d'une ficelle, et c'est contre la berge qu'il s'immobilisa dans une dernière secousse, l'avant tourné vers l'amont.

« Ç'a tenu ! clamèrent les garçons.

— Dieu soit loué ! lança Aliénor.

— J'sens l'bébé qui vient », souffla Fidelity.

Mais Alvin n'entendait que l'unique petit cri, l'ultime son sorti de la gorge de son fils aîné, il ne voyait que son garçon accroché à l'arbre qui roulait et se retournait dans l'eau, il n'était plus capable d'articuler qu'un seul mot, qu'un seul ordre : « Vis ! » murmurait-il. Vigor lui avait toujours obéi. Dur à la tâche, compagnon obligeant, davantage un ami ou un frère qu'un fils. Mais cette fois-ci, il savait que son fils lui désobéirait. Pourtant il murmurait quand même : « Vis ! »

« On est sauvés ? » demanda Fidelity, la voix tremblante.

Alvin se retourna vers elle, s'efforçant d'effacer la douleur de son visage. Inutile qu'elle sache le prix qu'avait payé Vigor pour les sauver, elle et son bébé. Elle aurait toujours le temps de l'apprendre après l'accouchement. « Tu peux descendre du chariot ?

— Qu'esse qui va pas ? demanda-t-elle en le regardant en face.

— J'ai pris peur. L'arbre aurait pu nous tuer. Tu réussiras à descendre asteure qu'on est près du bord ? »

Aliénor, toujours à l'avant du chariot, se pencha à l'intérieur. « David et Placide sont sus la rive, ils peuvent t'aider. La corde tient, maman, mais qui sait pour combien de temps ?

— Allez, maman, t'as qu'un pas à faire, dit Alvin. On s'occupera mieux du chariot si on t'sait en sécurité sus la berge.

— Le bébé arrive, dit Fidelity.

— Vaut mieux qu'il arrive sus la berge qu'icitte, fit sèchement Alvin. Vas-y, *maintenant.* »

Fidelity se mit debout et se hissa maladroitement vers l'avant. Alvin grimpa dans le chariot et la suivit, pour l'aider en cas de faux pas. Même lui pouvait voir à quel point son ventre s'était affaissé. Le bébé devait déjà chercher à gagner l'air libre.

Sur la berge, David et Placide n'étaient plus seuls à présent. Il s'y trouvait des inconnus, des hommes robustes, et des chevaux. Avec un petit chariot ; cette vision était réconfortante. Alvin n'avait aucune idée de qui étaient ces hommes, ni comment ils avaient su qu'on avait besoin de leur aide, mais le moment n'était pas aux présentations. « Hé, les gars ! Est-ce qu'y a une sage-femme à l'auberge ?

— Dame Hôtesse Guester, elle fait des accouchements », dit un homme. Un costaud, avec des bras comme des jambons.

Un forgeron, sûrement.

« Vous pouvez emmener ma femme dans ce chariot ? Y a pas un instant à perdre. » Alvin savait qu'il n'était pas convenable pour un homme de parler si ouvertement d'accouchement, surtout en présence de la femme qui allait enfanter. Mais Fidelity n'était pas idiote : elle avait conscience de ce qui importait le plus ; et l'emmener vers un lit et une sage-femme importait davantage que de tergiverser.

David et Placide, avec précaution, aidèrent leur mère à se déplacer vers le chariot qui attendait. La douleur faisait trébucher Fidelity. On devrait éviter aux femmes en gésine de descendre d'un siège de chariot sur une berge de rivière, c'est sûr. Aliénor marchait juste derrière elle, prenant la direction des opérations comme si elle n'était pas plus jeune que tous les garçons en dehors des jumeaux. « Mesure ! Rassemble les filles. Elles viennent avec nous dans l'chariot. Vous aut' aussi, Économe et Fortuné ! J'sais bien que vous pouvez aider vos grands frères, mais j'ai besoin d'vous pour surveiller les filles durant que j'suis avec maman. » On ne plaisantait jamais avec Aliénor, et la gravité de la situation était telle que tous obéirent en oubliant même de l'appeler « Aliénor d'Aquitaine ». Jusqu'aux plus petites qui cessèrent quasiment leurs chamailleries pour grimper auprès de leur mère.

Aliénor s'arrêta un instant sur la berge et regarda en arrière, vers son père assis sur le siège du chariot. Elle jeta un coup d'œil en aval, puis reporta le regard sur son père. Alvin comprit la question et fit non de la tête. Fidelity devait encore ignorer le sacrifice de Vigor. Des larmes importunes montèrent aux yeux d'Alvin, mais ceux d'Aliénor restèrent secs. Elle n'avait que quatorze ans, mais quand elle ne voulait pas pleurer, elle ne pleurait pas.

« Hue ! » lança Économe au cheval, et le petit chariot s'ébranla sous la pluie battante ; Fidelity grimaça tandis que les filles lui prodiguaient de petites tapes apaisantes. Elle promenait un regard fixe de son mari à la rivière, un regard éteint et aussi peu expressif que celui d'une vache. En certaines circonstances, une naissance par exemple, se dit Alvin, la femme devient un animal, l'activité cérébrale se ralentit au bénéfice du corps qui prend le relais pour accomplir sa tâche. Sinon, comment pourrait-elle endurer la douleur ? Comme si l'âme de la terre l'habitait ainsi qu'elle habite celle des animaux, pour l'intégrer à l'ensemble du monde vivant en la détachant de sa famille, de son époux, de toutes les brides de la race humaine, et pour la conduire dans la vallée de la maturité, de la cueillette, de la moisson et de la mort cruelle.

« Elle va être en sécurité, asteure, dit le forgeron. Et on a des chevaux pour vous sortir vot' chariot d'la rivière.

— Ça s'calme, fit Mesure. Il pleut moins et l'courant est plus très fort.

— Dès que vot' femme a posé l'pied sus la berge, ça s'est ralenti, dit celui qui ressemblait à un fermier. La pluie est après s'arrêter, c'est sûr.

— Vous avez passé l'plus dur quand vous étiez dans l'eau, renchérit le forgeron. Mais vous êtes tirés d'affaire, asteure. Reprenez-vous, mon vieux, y a encore d'l'ouvrage qui nous attend. »

À cet instant seulement, Alvin revint suffisamment à lui pour s'apercevoir qu'il pleurait. Il y a encore de l'ouvrage, c'est vrai, reprends-toi, Alvin Miller. Tu n'es pas une mauviette, et tu brailles comme un bébé. Il y en a d'autres qui ont perdu une dizaine d'enfants et qui continuent malgré tout de vivre leur vie. Toi, t'en as eu douze, et Vigor a vécu jusqu'à l'âge adulte, même s'il ne s'est jamais marié et n'a pas eu de descendance. Peut-être qu'Alvin ne pouvait retenir ses larmes parce que Vigor s'était offert en sacrifice ; peut-être qu'il pleurait parce que tout s'était passé si vite.

David toucha le bras du forgeron. « Laissez-le tranquille un p'tit moment, dit-il doucement. On a perdu not' frère aîné y a pas dix minutes. Il a été coincé dans un arbre qui descendait l'courant.

— Il a pas été *coincé*, fit sèchement Alvin. Il a sauté sus l'arbre et sauvé not' chariot, avec vot' mère qu'était d'dans ! C'te rivière le lui a fait payer, moi j'vous l'dis, elle l'a puni. »

Placide s'adressa d'une voix neutre aux hommes du pays. « Elle l'a précipité contre l'rocher là-bas. » Ils regardèrent tous le rocher. On n'y voyait pas la moindre trace de sang, il avait l'air parfaitement innocent.

« La Hatrack, elle est sournoise, dit le forgeron, mais je l'avais encore jamais vue aussi mauvaise. J'suis désolé pour vot' gars. Y a un plan d'eau calme plus loin où il va finir par aboutir. Tout ce qu'emporte la rivière se r'trouve là-bas. Quand la tempête se sera arrêtée, on y descendra pour ramener le... pour le ramener. »

Alvin s'essuya les yeux de sa manche, mais comme elle était trempée, le résultat ne fut guère probant. « Donnez-moi une minute et j'vais pouvoir faire ma part de travail », dit-il.

Ils attelèrent deux chevaux en renfort, et les quatre bêtes n'eurent aucun mal à sortir le chariot du courant, à présent beaucoup moins violent. On avait à peine regagné la route que le soleil perçait même les nuages.

« On peut jamais savoir, dit le forgeron. Par icitte, si l'climat vous plaît pas, vous avez même pas l'temps d'vous asseoir qu'il a déjà changé.

— Là, c'était différent, fit Alvin. C'te tempête-là, elle nous attendait... »

Le forgeron passa le bras autour des épaules d'Alvin et lui parla avec une grande douceur. « C'est pas pour vous offenser, monsieur, mais vous dites des sottises. »

Alvin l'ignora. « C'te tempête et c'te rivière, c'est nous qu'elles voulaient.

— Papa, fit David, t'es fatigué et t'as du chagrin. Tu devrais rester tranquille jusqu'à tant qu'on arrive à l'auberge et qu'on voye comment va maman.

— Ça sera un garçon, dit papa. Vous verrez. Il aurait été le septième fils d'un septième fils. »

Ils dressèrent l'oreille aussitôt, le forgeron comme les autres. Tout le monde savait qu'un septième fils héritait de certains dons, mais le septième fils d'un septième fils, c'était une naissance où se réunissaient le plus grand nombre de pouvoirs.

« Alors là, c'est pas pareil, dit le forgeron. Il aurait fait un fameux sourcier, c'est sûr, et l'eau, elle aime pas ça. » Les autres hochèrent la tête d'un air entendu.

« L'eau a voulu y mettre le holà, dit Alvin. Elle l'a voulu et elle a tout fait pour. Elle aurait tué Fidelity et l'bébé, si elle avait pu. Mais vu qu'elle y est pas arrivée, eh bien, elle a tué mon grand gars, Vigor. Et quand l'bébé naîtra, il sera le sixième fils, parce qu'il m'en reste plus que cinq de vivants.

— Y en a qui disent que ça fait aucune différence que les six premiers soyent ou non vivants », objecta un fermier.

Alvin ne répondit rien, mais il savait que ça en faisait une, de différence. Il avait cru que ce bébé serait un enfant miracle, mais la rivière s'en était mêlée. Si l'eau ne vous arrête pas d'une façon, elle y parvient d'une autre. Il n'aurait pas dû espérer un enfant miracle.

Le prix en était trop élevé. Tout ce qu'il vit, pendant le trajet jusqu'à l'auberge, ce fut Vigor ballotté dans l'étreinte des racines, charrié par le courant comme une feuille prise dans un tourbillon de poussière, et le sang qui s'écoulait de sa bouche pour étancher la soif meurtrière de la Hatrack.

V

La coiffe

La petite Peggy, debout à la fenêtre, regardait au cœur de la tempête. Elle voyait toutes ces flammes de vie, surtout l'une d'entre elles, si ardente qu'elle était pareille au soleil quand elle la fixait. Mais il y avait des ténèbres qui les entouraient. Non, même pas des ténèbres... du néant, on aurait dit une partie de l'univers que Dieu n'aurait pas terminée, et ça tournait autour des flammes de vie comme pour les arracher les unes aux autres, les entraîner, les engloutir. La petite Peggy savait ce qu'était le néant. Toutes les fois où ses yeux voyaient les flammes de vie jaune vif, il y avait aussi trois autres couleurs. L'ocre chaleureux de la terre. Le gris léger de l'air. Et le noir profond, le néant de l'eau. C'était l'eau qui s'en prenait à elles en ce moment. La rivière. Seulement, elle ne l'avait jamais vue si noire, si puissante, si terrifiante. Les flammes de vie lui paraissaient si minuscules dans l'obscurité.

« Qu'esse tu vois, fillette ? demanda grandpapa.

— La rivière va les emporter, répondit la petite Peggy.

— J'espère que non. »

La petite Peggy se mit à pleurer.

« Allons, fillette, dit grandpapa. C'est pas toujours drôle de voir loin comme ça, pas vrai ? »

Elle secoua la tête.

« Mais ça s'passera p't-être pas si mal que tu l'penses. »

Juste à ce moment, elle vit l'une des flammes se séparer des autres et basculer dans le noir. « Oh ! » s'écria-t-elle, tendant la main comme pour saisir la lumière et la ramener. Mais bien sûr, c'était impossible. Sa vision portait loin tout en restant nette ; sa main, non.

« Ils sont fichus ? demanda grandpapa.

— Un seul, souffla la petite Peggy.

— Conciliant et les autres, ils y sont pas encore ?

— Ils viennent d'arriver, dit-elle. La corde a tenu. Asteure ils sont sauvés. »

Grandpapa ne lui demanda pas comment elle le savait ni ce qu'elle voyait. Il se contenta de lui tapoter l'épaule. « Parce que t'as prévenu tout l'monde. Oublie pas ça, Margaret. Y en a un de perdu, mais si tu les avais pas vus et si t'avais pas envoyé des secours, ils auraient pu tous mourir. »

Elle secoua la tête. « J'aurais dû les voir plus tôt, grandpapa mais je m'suis endormie.

— Et tu t'en veux ?

— J'aurais dû laisser la Reine sanglante me piquer la main, et alors papa, il m'aurait pas grondée, et je serais pas allée à la source, et je m'serais pas endormie, et j'aurais pu envoyer les secours à temps...

— Des reproches en chapelet comme ça, on peut tous s'en faire, Maggie. Ça rime à rien. »

Mais elle, elle savait que ça rimait à quelque chose.

On n'en veut pas à un aveugle parce qu'il ne prévient pas que vous allez marcher sur un serpent... mais on en veut à celui qui a des yeux et qui se tait. Elle connaissait sa tâche depuis le jour où elle s'était aperçue que les autres gens voyaient moins de choses qu'elle. Dieu lui avait donné des yeux différents, alors à elle de voir et de prévenir, sinon le diable lui prendrait son âme. Le diable ou la mer profonde et noire.

« Ça rime à rien », murmura grandpapa. Puis, comme s'il venait de recevoir un coup de baguette de fusil dans le derrière, il se redressa et dit : « La source ! La source, évidemment ! » Il l'attira contre lui. « Écoute-moi, 'tite Peggy. C'était pas ta faute, et c'est la vérité. L'eau qui coule dans la Hatrack, elle vient du ruisseau, tout ça c'est la même eau, partout dans l'monde. Cette eau qui voulait qu'ils meurent, elle savait qu'tu pouvais donner l'alerte et envoyer de l'aide. Alors elle a chanté et elle t'a plongée dans l'sommeil. »

Elle trouvait l'explication plausible, très plausible. « Comment ça s'fait, grandpapa ?

— Oh, c'est dans sa nature. L'ensemble de l'univers est constitué de quatre éléments seulement, 'tite Peggy, et chacun veut prendre le d'ssus. » Peggy songea aux quatre couleurs qu'elle voyait quand brillaient les flammes de vie, et elle sut de quels éléments il s'agissait au moment même où grandpapa les nommait. « Le feu chauffe, éclaire et réduit en cendres. L'air rafraîchit et s'infiltre partout. La terre consolide et fortifie, pour que les choses durent. Mais l'eau, elle détruit, elle tombe du ciel et emporte tout ce qu'elle peut, elle l'emporte et l'entraîne vers la mer. Si l'eau prenait l'dessus, le monde serait tout lisse, y aurait qu'un grand océan et rien ne pourrait lui échapper. Tout lisse et mort. C'est pour ça que t'as dormi. L'eau veut détruire ces étrangers-là, j'sais pas qui ils sont, mais elle veut les détruire, les tuer. C'est miracle que tu t'sois réveillée.

— C'est l'marteau du forgeron qui m'a réveillée.

— Alors c'est ça, tu vois ? Le forgeron travaillait l'fer, ce qu'y a d'plus dur dans la terre, avec de l'air qui sort en force du soufflet et du feu si ardent qu'à l'extérieur d'la cheminée l'herbe est toute brûlée. L'eau pouvait pas l'atteindre pour l'faire tenir tranquille. »

La petite Peggy avait peine à le croire, mais c'était sûrement vrai. Le forgeron l'avait tirée d'un sommeil provoqué par l'eau. Le forgeron l'avait *aidée*. Eh ben, à l'idée que cette fois le forgeron était son ami, y avait de quoi rire.

Il y eut des appels dans la galerie en bas, des portes s'ouvrirent et se refermèrent.

« En v'là qu'arrivent », fit grandpapa.

La petite Peggy vit les flammes de vie au rez-de-chaussée et trouva celle qui éprouvait la plus grande crainte et la plus grande douleur. « C'est la maman, dit-elle. Elle va bétôt avoir un bébé.

— Eh ben, le hasard fait bien les choses. On en perd un, et v'là déjà un bébé pour remplacer la mort par la vie. » Grandpapa sortit d'un pas traînant pour descendre aider.

La petite Peggy, cependant, resta sur place, le regard fixé sur ce qu'elle voyait au loin. Cette flamme de vie perdue ne l'était pas encore, perdue, il n'y avait pas de doute. Elle la voyait se consumer là-bas, malgré les ténèbres dans lesquelles la rivière cherchait à l'engloutir. Il n'était pas mort, seulement entraîné par le courant, et peut-être qu'on pouvait l'aider. Elle sortit alors à toutes jambes, dépassa grandpapa à toute allure et dévala bruyamment l'escalier.

Maman l'attrapa par le bras alors qu'elle se ruait dans la grande salle.

« Y a un accouchement, dit maman, et on a besoin de toi.

— Mais maman, çui-là qu'est parti dans l'courant, l'est encore vivant !

— Peggy, on a pas l'temps de... »

Deux garçons aux visages identiques intervinrent dans la conversation. « Çui-là parti dans le courant ! s'écria l'un.

— Encore vivant ! s'écria l'autre.

— Qu'esse t'en sais ?

— C'est pas possible ! »

Leurs voix se couvraient tellement que maman dut les faire taire pour les entendre. « C'était Vigor, not' grand frère, il a été emporté...

— Ben, il est vivant, dit la petite Peggy, mais la rivière le tient. »

Les jumeaux regardèrent maman pour obtenir confirmation. « Elle sait ce qu'elle raconte, Dame Hôtesse ? »

Maman hocha la tête et les garçons foncèrent vers la porte en criant : « L'est vivant ! L'est 'core vivant !

— T'en es sûre ? demanda maman d'un ton rude. Ça serait cruel de leur mettre l'espoir au cœur comme ça, si c'est pas vrai. »

Les éclairs que lançaient les yeux de maman effrayèrent la petite Peggy, qui ne sut plus quoi dire.

Mais entre temps grandpapa était arrivé derrière

elle. « Allons, Peg, fit-il, comment qu'elle saurait qu'la rivière en a emporté un, à moins de l'avoir vu ?

— Je sais, dit maman. Mais c'te femme attend d'accoucher depuis trop longtemps et faut qu'je m'occupe du bébé, alors viens avec moi, 'tite Peggy, j'ai besoin qu'tu m'dises c'que tu vois. »

Elle conduisit la petite Peggy dans la chambre à coucher à côté de la cuisine, là où papa et maman dormaient quand il y avait des voyageurs de passage. La femme était allongée sur le lit, elle se cramponnait à la main d'une grande fille au regard grave et profond. La petite Peggy ne connaissait pas leurs visages, mais elle reconnut leurs flammes de vie, en particulier la peur et la douleur de la mère.

« Quelqu'un a crié, murmura la mère.

— Taisez-vous, maintenant, dit maman.

— Qu'il était 'core vivant. »

La fille au regard grave leva les sourcils, regarda maman. « C'est vrai, Dame Hôtesse ?

— Ma fille est une torche. C'est pour ça que je l'ai amenée dans la chambre. Pour voir le bébé.

— Elle a vu mon garçon ? Il est vivant ?

— J'croyais que tu lui avais rien dit, Aliénor », dit maman.

La fille au regard grave secoua la tête.

« Je l'ai vu du chariot. Il est vivant ?

— Dis-lui, Margaret », fit maman.

La petite Peggy se tourna et chercha la flamme de vie. Les murs n'arrêtaient pas ce genre de vision. La flamme était toujours là, pourtant elle sentait que c'était très loin. Mais cette fois, elle se rapprocha comme elle savait le faire, pour regarder de près.

« L'est dans l'eau. L'est tout emmêlé dans les racines.

— Vigor ! cria la mère sur le lit.

— La rivière, elle veut l'avoir. La rivière, elle dit : meurs, meurs... »

Maman toucha le bras de la femme. « Les jumeaux sont partis prévenir les autres. On va former un groupe de recherche.

— Dans l'noir ! » marmotta la femme avec dédain.

La petite Peggy prit à nouveau la parole. « Il dit une prière, je crois. Il dit... "septième fils."

— Septième fils, chuchota Aliénor.

— Qu'esse ça veut dire ? demanda maman.

— Si ce bébé est un garçon, répondit Aliénor, et s'il naît pendant qu'Vigor est encore en vie, alors il sera le septième fils d'un septième fils, tous vivants en même temps. »

Maman tressaillit. « Pas étonnant qu'la rivière... » fit-elle. Inutile d'aller au bout de sa pensée. Elle se contenta de prendre les mains de la petite Peggy pour la mener vers la femme allongée sur le lit. « Regarde ce bébé, et vois ce qu'y a à voir. »

La petite Peggy en avait l'expérience, bien sûr. Les torches servaient surtout à ça : regarder le bébé à naître juste au moment de l'accouchement. En partie pour voir comment il se présentait dans le ventre, mais aussi parce qu'une torche distinguait parfois qui était et ce que serait l'enfant, pouvait prédire des événements à venir. Avant même de toucher le ventre de la femme, elle vit la flamme de vie du bébé. C'était la flamme qu'elle avait aperçue plus tôt, si forte et si vive que la comparer à celle de la mère équivalait à comparer le soleil à la lune. « C'est un garçon, dit-elle.

— Alors laissez-moi mettre ce bébé au monde, dit la mère. Qu'il vive pendant qu'Vigor vit encore !

— Comment s'présente l'enfant ? demanda maman.

— Très bien, dit la petite Peggy.

— La tête en premier ? La figure vers le bas ? »

Peggy hocha la tête.

« Alors pourquoi donc qu'il sort pas ? voulut savoir maman.

— Elle lui a dit qu'il fallait pas, dit la petite Peggy en regardant la mère.

— Dans le chariot, fit la mère. Je l'sentais venir, alors j'ai fait une supplication.

— Ah ça, vous auriez dû me l'dire tout d'suite, lâcha maman d'un ton sec. Z'attendez que j'vous aide et vous m'prévenez même pas qu'il a une supplication sur lui. Toi, fillette ! »

Plusieurs gamines se tenaient près du mur, les yeux écarquillés ; elles ne savaient pas à qui maman s'adressait.

« N'importe laquelle, il m'faut c'te clé avec l'anneau, sus l'mur. »

La plus grande la prit gauchement au crochet et l'apporta, avec l'anneau.

Maman fit osciller le large anneau et la clé au-dessus du ventre de la mère en psalmodiant doucement :

Voici le cercle, grand ouvert,
Voici la clé qui libère,
Terre soit le fer, le feu soit clair,
Sors de l'eau, entre dans l'air.

La mère poussa un cri, soudain prise de douleurs intenses. Maman jeta la clé au loin, repoussa le drap, releva les genoux de la femme et ordonna avec rudesse à la petite Peggy de *voir*.

Peggy toucha le ventre de la femme. L'esprit du garçon était vide, en dehors d'une impression de poussée et de froid grandissant lorsqu'il affleura l'air libre. Mais le vide total de son esprit laissait apparaître autre chose qui ne serait plus jamais visible. Les milliards et milliards de routes de son existence s'ouvraient devant lui, dans l'attente de ses premiers choix, des premiers changements dans son environnement, pour éliminer un million de futurs toutes les secondes. L'avenir existait en chacun, ombre vacillante qu'elle ne voyait qu'occasionnellement et jamais clairement, voilée par les pensées du moment présent ; mais ici, pendant un court instant, la petite Peggy les vit distinctement.

Et ce qu'elle voyait, c'était la mort au bout de chaque route. La noyade, la noyade, chaque route de son futur conduisait l'enfant à une mort par l'eau.

« Pourquoi tu l'détestes comme ça ? cria la petite Peggy.

— Quoi ? demanda Aliénor.

— Chut, fit maman. Laisse-la voir ce qu'y a à voir. »

À l'intérieur de l'enfant qui n'était pas encore né, la tache sombre de l'eau entourait sa flamme de vie, si terrible et puissante que la petite Peggy eut peur qu'il se fasse engloutir.

« Sortez-le, qu'il respire ! » hurla-t-elle.

Maman enfonça sa main, sans se soucier de l'atroce déchirure qu'elle causait à la mère, et de ses doigts robustes accrocha le bébé par le cou pour le tirer au dehors.

À cet instant, alors que dans l'esprit de l'enfant la tache sombre se retirait, juste avant la première goulée d'air, la petite Peggy vit dix millions de morts par l'eau disparaître. Maintenant, pour la première fois, des routes nouvelles s'ouvraient, des routes menant à un futur éblouissant. Et toutes celles qui n'aboutissaient pas à une mort prématurée avaient un point commun. Sur toutes ces routes, la petite Peggy se voyait accomplir une chose simple.

Elle accomplit donc cette chose. Elle ôta ses mains du ventre ramolli et se baissa par-dessous les bras de sa mère. La tête du bébé venait d'être dégagée, encore couverte d'une coiffe sanguinolente, lambeau du sac membraneux où il avait flotté dans la matrice maternelle. La bouche ouverte, il faisait succion sur la coiffe, mais la membrane résistait et il ne pouvait pas respirer.

La petite Peggy fit ce qu'elle s'était vu faire dans le futur de l'enfant. Elle avança la main, saisit la coiffe sous le menton du bébé et l'arracha de son visage. Elle vint d'un bloc, en un seul morceau humide ; et au moment où elle se décollait et lui dégageait la bouche, le nouveau-né aspira une grande goulée d'air pour aussitôt pousser ce vagissement dans lequel les accouchées entendent le chant de la vie.

Peggy plia la coiffe, l'esprit toujours empli des visions que lui avaient révélées les routes du futur de l'enfant. Elle ignorait encore la signification de ces visions, mais les scènes étaient si claires dans sa tête qu'elle ne les oublierait jamais, ça elle le savait. Elle s'en effrayait, parce que tant de choses allaient dépendre d'elle et de l'emploi qu'elle ferait de la coiffe chaude dans ses mains.

« Un garçon, dit maman.

— C'est vrai ? murmura la mère. Un septième fils ? »

Maman faisait un nœud au cordon, elle n'avait donc pas le loisir de se tourner vers Peggy. « Vérifie ! » lui souffla-t-elle.

La petite Peggy chercha la flamme de vie isolée, au loin sur la rivière. « Oui », dit-elle, car la flamme brillait toujours.

Alors qu'elle la regardait, la lueur vacilla... et s'éteignit.

« Asteure, il est mort. »

La femme sur le lit pleura amèrement, des frissons parcoururent son corps meurtri par l'accouchement.

« Avoir du chagrin à la naissance du bébé, fit maman. Ça s'fait pas.

— Chut, murmura Aliénor à sa mère. Faut qu'tu soyes gaie, sinon ça porte ombrage sur toute l'existence du bébé !

— Vigor, balbutia la femme.

— Vaut mieux rien entendre du tout que d'entendre pleurer », dit maman. Elle tendit le bébé qui vagissait et Aliénor le prit dans ses bras compétents — elle en avait déjà bercé plus d'un, c'était évident. Maman se rendit à la table dans le coin de la chambre pour y prendre le fichu de laine teinte en noir, couleur de nuit jusque dans ses fibres. Elle le promena lentement sur le visage de la femme en pleurs en disant : « Dors, la mère, dors. » L'étoffe une fois passée, les pleurs avaient cessé et la femme dormait, à bout de forces.

« Sortez l'bébé d'la chambre, ordonna maman.

— Faut pas qu'il commence à téter? demanda Aliénor.

— Elle allaitera jamais c't'enfant, répliqua maman, À moins d'vouloir lui donner à téter le lait d'la haine.

— Elle va pas le haïr, tout d'même, protesta Aliénor. C'est pas d'la faute au bébé.

— M'est avis qu'son lait, il en sait rien, dit maman. Pas vrai, 'tite Peggy? À quel téton l'bébé va s'nourrir?

— Çui d'sa maman», répondit la petite Peggy.

Maman la regarda avec insistance. «T'en es sûre?»

Elle hocha la tête.

«Bon, alors, on lui amènera l'bébé quand elle se réveillera. Il a pas besoin d'manger la première nuit, de toute façon.» Aliénor emporta donc le nouveau-né dans la grande salle où le feu brûlait. Les hommes, qui se séchaient, cessèrent un instant de se raconter des histoires d'orages et de déluges pires que ceux-ci, le temps de découvrir et d'admirer le bébé.

Mais dans la chambre, maman prit la petite Peggy par le menton et la fixa droit dans les yeux. «Faut m'dire la vérité, Margaret. C'est grave quand un bébé tète sa maman et boit le lait d'la haine.

— Elle va pas le haïr, maman, dit la petite Peggy.

— Qu'esse t'as vu?»

La petite Peggy aurait bien voulu répondre, mais elle ne connaissait pas les mots pour décrire la majeure partie de ce qu'elle voyait. Elle baissa donc les yeux au sol. Elle pouvait dire, en entendant la brusque inspiration de maman, qu'elle était mûre pour les remontrances. Mais maman attendit, puis sa main descendit doucement pour lui caresser la joue. «Ah, mon enfant, t'en as eu d'une journée! Le bébé aurait pu mourir, mais tu m'as dit de l'sortir. Avec ta main, tu lui as même dégagé la bouche... c'est c'que t'as fait, s'pas ? »

La petite Peggy hocha la tête.

« C'est beaucoup pour une petiote, beaucoup en une seule journée. » Maman se tourna vers les autres filles, appuyées contre le mur dans leurs vêtements trempés. « Et vous aut' aussi, vous avez eu vot' compte pour la journée. Sortez d'la chambre, laissez vot' maman dormir, sortez et allez vous sécher près du feu. J'vais vous préparer à dîner, dame oui. »

Mais grandpapa s'activait déjà dans la cuisine, et il rejeta l'idée même que maman mette la main à la pâte. L'instant suivant, elle ressortait avec le bébé et chassait les hommes afin de pouvoir le bercer en lui laissant son doigt à sucer.

Au bout d'un moment, la petite Peggy se dit qu'on ne remarquerait pas sa disparition ; aussi gravit-elle furtivement l'escalier jusqu'à l'échelle du grenier, puis l'échelle pour s'introduire dans le local sans lumière et qui sentait le renfermé. Les araignées ne la gênaient pas trop et les chats empêchaient la plupart du temps les souris de s'y aventurer, alors elle n'avait pas peur. Elle rampa tout droit à sa cachette secrète et en retira la boîte sculptée que lui avait donnée grandpapa, celle que selon lui son propre papa avait amenée d'Ulster quand il s'était installé dans les colonies. Elle était pleine de reliques enfantines — cailloux, bouts de ficelle, boutons — mais elle savait désormais qu'elles ne comptaient pas, comparées à la tâche qui l'attendait pour le restant de ses jours. Elle les sortit pour en faire un tas à part et souffla dans la boîte vide pour en chasser la poussière. Puis elle déposa la coiffe pliée à l'intérieur et referma le couvercle.

Elle savait que dans l'avenir elle ouvrirait cette boîte des dizaines et des dizaines de fois. Qu'elle entendrait ses appels, qu'elle serait réveillée dans son sommeil, arrachée à ses amis, privée de tous ses rêves. Tout ça parce qu'un bébé, le petit garçon au rez-de-chaussée, n'avait d'autre avenir que la mort par l'eau noire, à moins qu'elle, la petite Peggy, n'ait recours à cette coiffe pour écarter le danger, cette membrane qui l'avait déjà protégé dans le sein maternel.

Elle fut prise d'un accès de colère à l'idée de sa vie ainsi chamboulée. Pire que l'arrivée du forgeron dans le pays, pire que papa et sa baguette de noisetier qui cinglait les fesses, pire que maman quand elle faisait ses yeux méchants. Tout serait à jamais différent et ce n'était pas juste. Tout ça pour un bébé qu'elle n'avait pas invité, à qui elle n'avait pas demandé de venir... qu'est-ce qu'elle en avait à faire, des bébés ?

Elle tendit la main et ouvrit la boîte afin de prendre la coiffe et de la jeter dans un coin sombre du grenier. Mais même dans l'obscurité, elle vit un endroit où il faisait encore plus sombre : près de sa propre flamme de vie, où le néant de la rivière profonde et noire n'attendait que l'occasion de faire d'elle une meurtrière.

Pas moi, dit-elle à l'eau. Tu fais pas partie de moi.

Oh si, chuchota l'eau. Je suis partout en toi, tu te dessécherais et tu mourrais, sans moi.

C'est pas toi qui me commandes, toujours bien, répliqua-t-elle.

Elle rabattit le couvercle de la boîte et redescendit en se laissant glisser le long de l'échelle. Papa lui répétait toujours qu'elle se récolterait des échardes dans le derrière, à ce jeu-là. Pour une fois, il avait raison. Ça la piquait très fort. Alors elle se rendit en crabe dans la cuisine où se trouvait grandpapa. Il interrompit la préparation du repas le temps de lui retirer ses échardes.

« Mes yeux sont pas assez bons pour faire ça, Maggie, se plaignit-il.

— T'as des yeux d'aigle. Papa l'a dit. »

Grandpapa gloussa. « V'là aut' chose.

— C'est quoi, pour le dîner ?

— Oh, tu vas l'aimer, c'dîner-là, Maggie. »

La petite Peggy plissa le nez. « Ça sent l'poulet.

— C'est vrai.

— J'aime pas la soupe au poulet.

— Pas d'la soupe, Maggie. Çui-là est rôti, sauf le cou et les ailes.

— Le poulet rôti *aussi*, j'déteste ça.

— Ton grandpapa a-t-y l'habitude de t'mentir ?

— Non.

— Alors tu f'rais mieux de m'croire si j'te dis que c'est un dîner au poulet qui *t'fera plaisir*. Tu vois pas de quelle façon un certain dîner au poulet pourrait t'faire plaisir ? »

La petite Peggy réfléchit... réfléchit... puis sourit. « La Reine sanglante ? »

Grandpapa cligna de l'œil. « J'ai toujours dit qu'c'était une poule bonne qu'à faire du ragoût. »

La petite Peggy le serra si fort qu'il manqua s'étrangler, puis ils rirent, longtemps.

Plus tard ce soir-là, bien après que la petite Peggy se fut mise au lit, on ramena le corps de Vigor, et papa, aidé de Conciliant, commença de lui fabriquer une caisse. Alvin Miller avait à peine l'air vivant, même quand Aliénor lui montra le bébé. Jusqu'à ce qu'elle annonce : « La p'tite fille, la torche... elle dit que l' bébé est l'septième fils d'un septième fils. »

Alvin regarda autour de lui en quête d'une confirmation.

« Oh, vous pouvez lui faire confiance », dit maman.

Des larmes montèrent aussitôt aux yeux d'Alvin. « Mon gars a tenu bon, fit-il. Dans l'eau, là-bas, il a tenu bon l'temps qu'y fallait.

— Il savait qu'c'était important pour toi », dit Aliénor

Alvin tendit alors les bras et prit le bébé ; il le serra contre lui et pencha la tête pour le regarder dans les yeux. « Personne lui a encore donné d'nom, hein ? demanda-t-il.

— 'videmment, tiens, fit Aliénor. C'est maman qu'a choisi pour tous les autres garçons, mais t'as toujours dit que l'septième fils porterait...

— ... mon nom à moi. Alvin. Septième fils d'un septième fils, le même nom qu'son père. Alvin junior. » Il regarda autour de lui puis se tourna dans la direction de la rivière, très loin dans la forêt plongée dans la nuit. « T'entends ça, la Hatrack ? Son nom, c'est Alvin, et tu l'as pas tué, en fin d'compte. »

Bientôt on apporta la caisse dans laquelle on allongea le corps de Vigor auprès de bougies, représentations du feu de la vie qui l'avait quitté. Alvin souleva le bébé au-dessus du cercueil. « R'garde ton frère, chuchota-t-il au nouveau-né.

— L'bébé, il voit pas encore, papa, dit David.

— C'est pas vrai, David. Il *sait pas* ce qu'il voit, mais ses yeux voient quand même. Et quand il sera en âge d'entendre l'histoire de sa naissance, j'y dirai qu'ses yeux ont vu son frère Vigor, lui qu'a fait don d'sa vie pour le salut d'ce bébé. »

Il fallut deux semaines avant que Fidelity soit assez forte pour voyager. Mais Alvin veilla à ce que ses garçons et lui travaillent dur pour payer leur subsistance. Ils défrichèrent une bonne parcelle de terrain, coupèrent les bûches pour l'hiver, mirent du charbon de bois en tas pour Conciliant Smith, le forgeron, et ils élargirent la route. Ils abattirent aussi quatre grands arbres et construisirent un pont solide sur la Hatrack, un pont couvert afin que même sous des trombes d'eau on puisse traverser la rivière sans recevoir une goutte. La tombe de Vigor était la troisième du pays, creusée auprès des deux sœurs défuntes de la petite Peggy. La famille y présenta ses respects et elle y vint prier le matin de son départ. Puis ils montèrent tous à bord de leur chariot et prirent la direction de l'ouest. « Mais on laisse ici pour toujours une partie d'nous-mêmes », déclara Fidelity ; et Alvin approuva de la tête.

La petite Peggy les regarda partir, puis grimpa vite au grenier ouvrir la boîte et serrer la coiffe du petit Alvin dans sa main. Pas de danger — pour le moment, du moins. À l'abri pour l'instant. Elle reposa la coiffe et referma le couvercle. « T'as intérêt à devenir quelqu'un, bébé Alvin, dit-elle, sinon t'auras causé tout un tas d'embêtements pour rien. »

VI

La poutre faîtière

Les haches tintaient, les hommes robustes chantaient des hymnes en travaillant, et la nouvelle église du révérend Philadelphia Thrower s'élevait peu à peu, dominant les champs communaux de la commune de Vigor. Tout se déroulait beaucoup plus vite que le révérend Thrower n'avait osé l'espérer. Le premier mur du temple venait à peine d'être dressé, un jour ou deux plus tôt, qu'un Rouge borgne et soûl était tranquillement entré pour recevoir le baptême, comme s'il avait vu dans ce lieu de culte un tremplin vers le christianisme et la civilisation. Si un Rouge vivant dans les ténèbres de l'ignorance comme Lolla-Wossiky pouvait venir à Jésus, quels autres miracles de la conversion ne s'accompliraient-ils pas dans ce pays inculte, une fois son temple achevé et son ministère institué ?

Le révérend Thrower n'était pas tout à fait heureux, cependant, car il existait des ennemis de la civilisation beaucoup plus puissants que ces barbares païens de Rouges, et l'avenir paraissait moins prometteur que la première fois où Lolla-Wossiky avait revêtu des habits de Blanc. Ce qui assombrissait en particulier cette radieuse journée, c'était l'absence d'Alvin Miller parmi les ouvriers. Et sa femme n'avait plus d'excuse à fournir. Il était revenu de l'expédition qu'il avait entreprise pour découvrir une carrière idéale où tailler une meule, il avait pris un jour de repos ; en toute justice, alors, il aurait dû être présent.

« Quoi, il est malade ? » demanda Thrower.

Fidelity pinça les lèvres. « J'dis qu'il viendra pas, révérend Thrower, j'dis pas qu'il peut pas venir. »

Les soupçons grandissants de Thrower se virent confirmés. « L'aurais-je offensé d'une façon ou une autre ? »

Fidelity soupira et détourna les yeux, pour les diriger vers les piliers et les poutres du temple. « Pas vous personnellement, monsieur, pas d'la façon dont on foule l'honneur d'un homme, comme on dit. » Brusquement elle fut sur le qui-vive. « Qu'esse qui s'passe, là ? »

Aux abords immédiats de la construction, le gros des hommes attachaient des cordes à l'extrémité nord de la poutre faîtière pour la hisser en place. C'était un travail délicat, que compliquaient encore les gamins qui se bagarraient au milieu de la poussière et venaient rouler dans leurs jambes. C'étaient eux qui avaient attiré l'œil de Fidelity. « Al ! s'écria-t-elle. Alvin junior, t'arrêtes tout d'suite ! » Elle avança de deux pas vers le nuage de poussière qui attestait des corps à corps héroïques des garnements de six ans.

Le révérend n'entendait pas la laisser couper court à la conversation aussi facilement. « Madame Fidelity, lança-t-il sèchement, Alvin Miller est le premier colon de la région, et on le tient en grande estime. S'il s'est monté contre moi pour une raison ou une autre, mon ministère en souffrira considérablement. Vous pouvez au moins me dire ce que j'ai fait pour l'offenser. »

Fidelity le regarda dans les yeux, l'air de calculer s'il allait supporter d'entendre la vérité.

« C'est par rapport à vot' sermon ridicule, monsieur, dit-elle.

— Ridicule ?

— Vous pouviez pas savoir, vous arrivez d'Angleterre et...

— D'Écosse, madame Fidelity.

— ... et vu ce qu'on apprend dans les écoles où ils connaissent pas grand-chose sur...

— L'université d'Édimbourg ! Ne connaissent pas grand-chose... vraiment, je...

— ... sur les sorts, les formules, les charmes, les supplications et tout ça.

— Je sais que revendiquer le recours aux puissances obscures et invisibles constitue un délit passible du bûcher dans les pays qui relèvent du Lord Protecteur, madame Fidelity, bien que dans sa clémence il se contente de bannir ceux qui...

— Alors écoutez voir c'que j'vais vous dire, fit-elle, triomphante. Y a peu d'chances qu'ils vous apprennent ça à l'université, asteure, pas vrai ? Mais icitte, c'est not' façon de vivre, à nous autres, et appeler ça d'la superstition...

— J'ai parlé d'hystérie...

— Ça change rien au fait que ça fonctionne.

— À mon sens, vous *croyez* que ça fonctionne, corrigea Thrower d'un ton patient. Mais dans le monde tout n'est que science ou miracle. Dieu a accompli les miracles aux temps anciens, et ces temps-là sont révolus. Aujourd'hui, si nous voulons changer le monde, ce n'est pas la magie mais la science qui nous en donnera les moyens. »

Il suffit à Thrower de regarder le visage de Fidelity pour comprendre qu'il ne faisait pas grosse impression.

« La science, dit-elle. Comme palper les bosses du crâne ? »

Il doutait qu'elle ait fait de gros efforts pour dissimuler son mépris. « La phrénologie en est à ses balbutiements, répliqua-t-il avec froideur, et elle est loin d'avoir atteint la perfection, mais je cherche à découvrir... »

Elle éclata de rire — un rire de fillette qui la faisait paraître terriblement jeune pour une femme qui avait porté quatorze enfants. « Pardon, révérend Thrower, mais je m'suis souvenue de Mesure ; il appelle ça faire "le sourcier en intelligence", et d'après lui, vous récolterez pas gras par chez nous. »

Très juste, pensa le révérend Thrower, mais il était assez avisé pour le garder à part lui. « Madame Fidelity, mon sermon avait pour but de faire comprendre aux gens qu'il existe aujourd'hui dans le monde des modes de pensée supérieurs, et qu'il faut désormais se libérer des illusions de... »

Peine perdue. Elle était à bout de patience. « Mon fils va bien finir par se r'cevoir un coup d'une solive qui traîne, s'il laisse pas les autres gamins tranquilles, révérend, alors vous voudrez bien m'excuser. »

Et elle le planta là, pour s'abattre sur Alvin, six ans, et Calvin, trois ans, telle la vengeance du Seigneur. Elle faisait une houspilleuse de première force ; de sa place, il l'entendait vitupérer, et ce malgré le vent contraire.

Tant d'ignorance, se dit Thrower. On a besoin de moi ici, non seulement en tant qu'homme de Dieu parmi des païens ou peu s'en faut, mais aussi en tant qu'homme de science parmi des abrutis superstitieux. Quelqu'un lance tout bas une malédiction : six mois plus tard, la personne visée a des ennuis — ça ne manque jamais, tout le monde a des ennuis au moins deux fois par an — et la certitude s'installe que la malédiction a eu l'effet recherché. *Post hoc ergo propter hoc.*

En Angleterre, les étudiants apprenaient à se débarrasser d'erreurs de logique aussi élémentaires, tout en suivant le trivium. Ici, c'était une manière de vivre. Le Lord Protecteur avait parfaitement raison de châtier les adeptes de la magie, mais Thrower aurait préféré qu'il condamne ainsi la stupidité plutôt que l'hérésie. Qualifier ces pratiques d'hérésie, c'était leur accorder trop d'importance, comme si elles inspiraient davantage la crainte que le mépris.

Trois ans auparavant, alors qu'il venait à peine d'obtenir son doctorat en théologie, Thrower avait compris quel mal causait en réalité le Lord Protecteur. Il s'en souvenait comme du tournant de son existence ; n'était-ce pas aussi la première fois que le Visiteur lui était apparu ? Il logeait alors dans une petite chambre du presbytère de l'Église St. James à Belfast, où il était pasteur auxiliaire en second, sa première affectation après l'ordination. Il regardait une carte du monde quand son œil s'était égaré sur l'Amérique, là où la Pennsylvanie, clairement indiquée, s'étendait vers l'ouest depuis les colonies hollandaises et suédoises jusqu'aux frontières qui se perdaient dans les contrées inconnues au-delà du Mizzipy. Ce fut comme si la carte avait alors pris vie, et il avait vu une marée humaine déferler sur le Nouveau Monde. Les bons puritains, les pratiquants loyaux et les hommes d'affaires sérieux s'établissaient en Nouvelle-Angleterre ; les papistes, les royalistes et la racaille rejoignaient tous la zone esclavagiste rebelle de Virginie, de Caroline et de Jacobie, les prétendues Colonies de la Couronne. Le type d'individus qui, une fois leur place trouvée, n'en bougent jamais.

Mais c'en étaient d'une autre espèce qui s'installaient en Pennsylvanie. Allemands, Hollandais, Suédois et Huguenots fuyaient leurs pays et faisaient de la colonie de Pennsylvanie un dépotoir peuplé des pires détritus humains du continent. Mieux que ça, ils ne restaient pas en place. Ces crétins de paysans débarquaient à Philadelphie, jugeaient que les terres colonisées — Thrower ne les qualifiait pas de « civilisées » — de Pennsylvanie étaient trop peuplées pour eux et aussitôt partaient vers l'ouest, dans le pays des Rouges, pour se bâtir une ferme au milieu des arbres. Le Lord Protecteur ne leur avait-il pas expressément interdit de s'établir dans ces régions ? Aucune importance. Quelle valeur pareils mécréants accordaient-ils à la loi ? La terre, c'était ce qu'ils voulaient, comme si la simple propriété d'un carré de boue pouvait métamorphoser un paysan en hobereau.

Puis, sous les yeux de Thrower, le tableau du Nouveau Monde vira du gris au noir. Il vit qu'avec le siècle naissant la guerre gagnerait l'Amérique. Sa vision lui révéla que le roi de France enverrait au

Canada cet insupportable colonel corse, Bonaparte, et que ses gens exciteraient les Rouges de la place-forte française de Détroit. Les Rouges s'abattraient sur les colons et les massacreraient ; c'étaient peut-être des rebuts, mais des rebuts anglais pour la plupart, et la vision de la sauvagerie des Rouges fit courir des frissons sur la peau de Thrower.

Pourtant, même si les Anglais l'emportaient, le résultat resterait *grosso modo* inchangé. L'Amérique à l'ouest des Appalachies ne deviendrait jamais terre chrétienne. Soit ces maudits papistes de Français et d'Espagnols s'en empareraient, soit les tout aussi maudits païens de Rouges la conserveraient ; sinon ce seraient les plus dépravés des Anglais qui allaient y prospérer pour y faire un pied de nez au Christ comme au Lord Protecteur. Encore tout un continent qui allait vivre dans l'ignorance du Seigneur Jésus. La vision était si terrifiante que Thrower poussa un cri, croyant que personne ne l'entendrait dans l'intimité de sa chambrette.

Mais on l'entendit.

« Pour un homme de Dieu, voilà l'œuvre d'une vie », fit quelqu'un derrière lui. Thrower se retourna d'un bloc, effrayé ; mais la voix était douce et chaleureuse, le visage aimable et âgé, et la peur de Thrower ne dura qu'un instant, malgré le fait que la porte et la fenêtre étaient toutes deux hermétiquement fermées et qu'aucun homme ordinaire n'aurait pu pénétrer chez lui.

L'inconnu faisait sûrement partie de la vision dont il venait d'être l'objet, et Thrower s'adressa à lui avec respect : « Monsieur, qui que vous soyez, j'ai vu l'avenir de l'Amérique du Nord et j'ai eu l'impression de la victoire du démon.

— Le démon remporte ses victoires, répondit l'autre, partout où les hommes de Dieu perdent courage et lui laissent le champ libre. »

Ensuite plus personne. L'inconnu avait disparu.

Thrower avait su dès cet instant ce qu'allait être l'œuvre de sa vie. Se rendre dans les régions sauvages de l'Amérique, bâtir une église de campagne et combattre le démon sur son propre terrain. Il lui avait fallu trois ans pour réunir l'argent et obtenir la permission de ses supérieurs de l'Église d'Écosse ; mais il était à pied d'œuvre aujourd'hui, et les poteaux et les poutres de son temple se mettaient en place, leur bois blanc et nu comme un reproche éclatant à la forêt obscure de la barbarie d'où on les avait tirés pour les équarrir.

Bien entendu, devant une tâche aussi magnifique en chantier, le Malin ne manquerait pas d'ouvrir l'œil. Et il paraissait évident que le premier disciple du démon dans la commune de Vigor, c'était Alvin Miller le meunier. Tous ses fils avaient beau faire acte de présence et aider à la construction du temple, Thrower savait qu'il le devait à Fidelity. La femme avait même fini par laisser entendre que son cœur penchait vers l'Église d'Écosse, bien qu'elle fût née dans le Massachusetts ; son adhésion signifierait que Thrower pouvait espérer former une congrégation... à condition d'empêcher Alvin Miller de tout saboter.

Et il saboterait sûrement. Qu'Alvin se soit senti offensé par une bévue que Thrower avait dite ou faite par mégarde, c'était une chose. Mais que la querelle porte d'emblée sur la croyance en la sorcellerie... là, l'affrontement était inévitable. Les forces antagonistes avaient pris position. Thrower soutenait le camp de la science et du christianisme, face à toutes les puissances des ténèbres et de la superstition ; la nature charnelle, bestiale, de l'homme s'incarnait dans l'autre camp, et Alvin Miller en était le champion. Je ne suis qu'au début de mon tournoi au nom du Seigneur, songea Thrower. Si je ne peux vaincre ce premier adversaire, alors aucune victoire ne me sera possible.

« Pasteur Thrower ! cria David, l'aîné d'Alvin. On est prêts à hisser la poutre faîtière ! »

L'homme d'église s'élança au petit trot avant de se rappeler sa dignité et de se remettre au pas le reste du chemin. Rien dans les évangiles ne donnait à entendre que le Seigneur ait jamais couru ; il marchait, uniquement, comme il seyait à son haut rang. Évidemment, Paul avait fait des commentaires sur les bienfaits de la course à pied, mais il s'agissait d'une allégorie. Un pasteur était censé renvoyer l'image de Jésus-Christ, marcher dans Ses pas et Le représenter aux yeux des mortels. C'était le contact le plus étroit auquel parviendraient jamais ces gens avec la majesté de Dieu. Le révérend Thrower avait pour devoir d'oublier la vitalité de sa jeunesse et d'avancer du pas respectueux d'un vieil homme, malgré ses vingt-quatre ans.

« Vous allez bénir la poutre, pas vrai ? » demanda l'un des fermiers.

C'était Ole, un Suédois des bords de la Delaware, et donc un luthérien de cœur ; il était assez serviable pour aider à la construction d'une église presbytérienne, ici, dans la vallée de la Wobbish, sachant qu'il n'en existait pas d'autre plus proche en dehors de la cathédrale papiste de Détroit.

« Naturellement », répondit Thrower. Il apposa les mains sur la lourde poutre charpentée à la hache.

« Révérend Thrower, fit une petite voix derrière lui, perçante et criarde comme seule une voix d'enfant sait l'être, c'est-y pas un genre de charme, de bénir un morceau d'bois ? »

Thrower se retourna pour voir Fidelity Miller qui faisait déjà taire le gamin. Il n'avait que six ans, mais Alvin junior, en grandissant, allait indiscutablement causer autant d'ennuis que son père. Voire davantage : Alvin senior, lui au moins, avait eu la délicatesse de rester à l'écart du chantier.

« Continuez, dit Fidelity. Faites pas attention à lui. J'lui ai pas encore appris quand ouvrir la bouche et quand la tenir fermée. »

Malgré la main de sa mère pressée sur ses lèvres, le jeune garçon braquait les yeux sur le pasteur. Et quand Thrower refit demi-tour, il découvrit que tous les hommes adultes le regardaient, l'air d'attendre quelque chose. La question de l'enfant représentait un défi qu'il lui fallait relever à moins de passer pour un hypocrite ou un imbécile devant ceux-là mêmes qu'il était venu convertir.

« Je suppose, si vous pensez que ma bénédiction change réellement quelque chose à la nature de la poutre, dit-il, qu'on pourrait l'apparenter à un ensorcellement. Mais à la vérité, la poutre n'est que le *prétexte*. Ce que je bénis en fait, c'est la congrégation de chrétiens qui se rassembleront sous ce toit. Et il n'y a rien de magique là-dedans. C'est la puissance et l'amour de Dieu que nous sollicitons, pas un remède aux verrues ou un charme contre le mauvais œil.

— Dommage, murmura un homme. J'aurais bien b'soin d'un remède pour les verrues. »

Ils éclatèrent tous de rire, mais le danger était écarté. Quand on hisserait la poutre faîtière, ce serait un acte chrétien, pas un geste païen.

Il bénit la poutre en prenant soin de substituer aux paroles habituelles une prière qui ne conférait pas explicitement de propriétés particulières à la pièce de charpente. Puis les hommes halèrent les cordes et Thrower entonna « *Ô Seigneur sur la mer immense* » à plein gosier, de sa magnifique voix de baryton, pour leur donner rythme et inspiration dans leurs manœuvres.

Mais il ne cessa de garder une conscience aiguë de la présence du petit Alvin junior. Pas simplement à cause de sa question embarrassante, un moment plus tôt. Le jeune garçon avait la candeur de la plupart des enfants — Thrower doutait qu'il ait nourri de mauvaises intentions. Ce qui l'intriguait à son propos, c'était tout autre chose. Non pas une qualité propre au gamin, mais plutôt une attitude chez ses proches. Ils semblaient ne jamais relâcher leur attention à son endroit. Ils ne gardaient pas perpétuellement l'œil sur lui, non, ils y auraient consacré tout leur temps : le garnement n'arrêtait pas de galoper en tous sens. Mais on aurait dit qu'ils savaient toujours où il se trouvait, à la manière du cuisinier du collège qui savait toujours où se trouvait le chien dans la cuisine, sans jamais lui adresser la parole, qui l'enjambait et l'évitait sans même s'interrompre dans son travail.

Il n'y avait pas non plus que la famille du garçon à

tant veiller sur lui. Tout le monde agissait de même : Allemands, Scandinaves, Anglais, aussi bien nouveaux arrivants que colons de longue date. Comme si le fait d'élever cet enfant procédait d'un projet commun, comme ériger une église ou ponter un fleuve.

« Doucement, doucement ! » criait Économe, perché près du poteau est pour guider la mise en place de la lourde faîtière. Son positionnement devait être précis pour permettre aux chevrons de s'appuyer uniformément sur elle et constituer un toit solide.

« Trop loin de vot' bord ! » hurla Mesure. Il se tenait debout sur un échafaudage, au-dessus de l'entrait sur lequel reposait le poinçon destiné à soutenir les deux faîtières qu'on allait abouter au centre de l'édifice. C'était l'assemblage clé de toute la toiture, le plus délicat à réaliser ; il fallait placer les extrémités de deux lourdes poutres sur un sommet de poteau à peine large comme deux mains. Voilà pourquoi Mesure était juché là-haut, parce qu'à la longue il avait mérité son nom, combinant sûreté du coup d'œil et prudence.

« À droite ! hurla-t-il. Encore !

— Plusse vers moi ! hurla Économe.

— C'est bon ! hurla Mesure.

— Posez ! » hurla Économe.

Puis Mesure ordonna : « Posez » à son tour et les homme au sol relâchèrent leur traction sur les cordes. Ils poussèrent des vivats quand les filins se détendirent, car la faîtière couvrait à présent une demi-longueur d'église. Sans égaler une cathédrale, c'était quand même une réalisation impressionnante dans un pays aussi arriéré, l'édifice le plus imposant dont on ait jamais osé rêver dans un rayon de cent milles.

Le simple fait de le bâtir tenait lieu de déclaration : les colons étaient ici pour y rester ; et pas plus les Français que les Espagnols, les Cavaliers, ou les Yankees, voire ces sauvages de Rouges, personne ne forcerait ces gens à partir.

Comme de bien entendu, le révérend Thrower se rendit à l'intérieur, suivi de tous les autres, afin de voir le ciel barré pour la première fois par une poutre faîtière longue de quarante pieds, pas moins — et ce n'était que la moitié de la longueur finale. Mon église, pensa Thrower, est déjà plus belle que la plupart de celles que j'ai vues à Philadelphie.

Là-haut, sur le léger échafaudage, Mesure enfonçait une cheville de bois à travers une encoche ménagée à l'extrémité de la faîtière, jusque dans le trou creusé au sommet du poinçon. Économe faisait la même chose de son côté, évidemment. Les chevilles maintiendraient la poutre en place en attendant l'arrivée des chevrons. Une fois cela fait, la poutre faîtière serait si solide qu'ils pourraient presque retirer l'entrait, s'il n'était pas indispensable au lustre qui éclairerait l'église la nuit venue. La nuit venue, afin que les vitraux s'illuminent sur fond de ténèbres. Voilà le genre de décor grandiose que le révérend Thrower avait en tête. Que leurs esprits simples s'emplissent de crainte respectueuse à sa vue et méditent ainsi sur la majesté de Dieu.

Il en était là de ses pensées, quand soudain Mesure poussa un cri d'effroi, et tous s'aperçurent avec horreur que le corps du poinçon s'était fendu et avait éclaté sous le coup de maillet qu'il avait donné à la cheville de bois, faisant rebondir le colossal madrier à quelques six pieds de hauteur. La poutre échappa aux mains d'Économe à l'autre bout et brisa l'échafaudage comme du petit bois. La faîtière parut planer un instant dans les airs, parfaitement de niveau, avant de se ruer vers le sol, comme propulsée par le talon du Seigneur.

Et le révérend Thrower sut sans même regarder que quelqu'un se trouverait directement sous cette poutre, en son centre précis, quand elle s'abattrait. Il le sut parce qu'il *sentit* où allait le jeune garçon, il sentit qu'il courait exactement dans la mauvaise direction et que son cri de « Alvin ! » venait de l'arrêter net exactement au mauvais endroit.

Et quand il regarda, il vit précisément ce qu'il avait pressenti : le petit Al debout, les yeux levés vers l'arbre dégauchi qui allait l'écraser contre le sol de l'église. Rien d'autre ne subirait de dommage ; parce que la poutre restait horizontale, l'impact se répartirait sur l'ensemble du plancher. Le gamin était trop petit pour même ralentir la chute du madrier. Il serait broyé, réduit en bouillie, son sang éclabousserait le bois blanc du parquet de l'église.

Je ne ferai jamais partir cette tache, se dit Thrower — une insanité, mais on ne maîtrise pas ses pensées à l'instant de la mort.

Il vit l'impact dans un éclair de lumière aveuglant. Il entendit le fracas du bois contre le bois. Les cris. Puis il recouvra l'usage de ses yeux et vit la poutre faîtière, là, sur le sol, une extrémité exactement à la place prévue, l'autre de même ; mais en son milieu, le madrier se séparait en deux tronçons ; entre les deux tronçons le petit Alvin se tenait debout, le visage blanc de terreur.

Indemne. Le gamin était indemne.

Thrower ne connaissait ni l'allemand ni le suédois, mais il se doutait bien du sens des murmures auprès de lui. Laissons-les blasphémer, je dois comprendre ce qui vient de se passer ici, pensa-t-il. Il marcha vers Alvin et lui posa les mains sur le crâne, à la recherche d'une blessure. Pas un cheveu de déplacé, mais la tête était chaude, très chaude, comme si l'enfant avait séjourné près d'un feu. Puis le pasteur s'agenouilla pour examiner la poutre. Le bois était sectionné aussi proprement que s'il avait poussé ainsi, sur une largeur juste suffisante pour éviter totalement le jeune garçon.

La mère d'Alvin arriva dans l'instant qui suivit ; elle ramassa prestement l'enfant ; elle pleurnichait et bredouillait de soulagement. Le petit Alvin pleurait, lui aussi. Mais Thrower avait d'autres sujets de réflexion. Il était homme de science, après tout, et ce qu'il venait de voir était impossible. Il demanda aux hommes de compter leurs pas sur la longueur de la poutre, pour la mesurer à nouveau. Elle faisait sur le plancher exactement sa longueur d'origine — ses deux extrémités est et ouest aussi distantes l'une de l'autre qu'avant la chute. Le tronçon qui représentait la largeur du garçon, au centre, s'était tout bonnement évanoui. Volatilisé, dans un bref éclair de feu qui avait laissé la tête d'Alvin et les bouts sectionnés du madrier aussi chauds que des morceaux de charbon, mais sans qu'ils en gardent la moindre trace ou brûlure.

Puis Mesure se mit à brailler depuis l'entrée sous lequel il pendait à bout de bras, là où il s'était accroché après l'effondrement de l'échafaudage. Économe et Placide grimpèrent et le redescendirent sans dommage. Le révérend Thrower n'y prêta aucune attention. Il ne pensait à rien d'autre qu'à un garçonnet de six ans capable de rester sous une poutre qui tombait; et la poutre se brisait pour lui ménager un espace. Comme la mer Rouge s'ouvrant pour Moïse, à sa droite et à sa gauche.

« Septième fils », murmura Économe. Le besson était assis à califourchon sur la faîtière, côté ouest de la cassure.

« Quoi ? demanda le révérend Thrower.

— Rien, dit le jeune homme.

— Tu as dit "septième fils", fit Thrower. Mais c'est le petit Calvin le septième. »

Économe secoua la tête. « On avait un autre frère. Il est mort un couple de minutes après qu'Al soye né. » Économe secoua encore la tête. « Septième fils d'un septième fils.

— Mais ça en fait la progéniture du diable », dit Thrower, atterré.

Économe le regarda avec dédain. « C'est sans doute ce qu'on s'figure en Angleterre, mais par chez nous on croit qu'il peut faire un guérisseux, ou un sourcier, et dans tous les cas, il sera drôlement bon. » Puis Économe se rappela quelque chose et eut un grand sourire. « Progéniture du diable, répéta-t-il en savourant les mots avec malice. Ça m'fait penser à de l'hystérie. »

Furieux, Thrower sortit de l'église d'un air digne.

Il trouva madame Fidelity assise sur un tabouret, Alvin junior sur les genoux; elle berçait l'enfant qui continuait de pleurnicher. Elle le réprimandait gentiment. « J't'ai déjà dit de pas courir sans regarder, toujours dans nos pattes, tu peux jamais t'tenir tranquille, on va devenir fous s'il faut tout l'temps te surveiller... » Elle vit alors Thrower debout devant elle et se tut.

« Vous faites pas d'souci, dit-elle. Je l'amènerai plus.

— Pour son salut, je m'en réjouis, dit Thrower. Et si je pensais que la construction de mon temple doive coûter la vie d'un enfant, j'aimerais mieux prêcher en plein air jusqu'à la fin de mes jours. »

Elle le regarda avec attention et comprit qu'il le pensait vraiment, du fond du cœur. « C'est pas vot' faute, dit-elle. Il a toujours été maladroit. On dirait qu'il échappe sans arrêt aux dangers qui tueraient un gamin ordinaire.

— Je voudrais... je voudrais comprendre ce qui s'est passé là-dedans.

— Le pilier a bougé, tiens, dit-elle. Ça arrive.

— Je veux dire... comment la poutre l'a évité. Elle s'est ouverte en deux... avant de lui toucher la tête. J'aimerais examiner son crâne, si je peux...

— Il porte aucune trace, fit-elle.

— Je sais. Je veux l'examiner pour voir si... »

Elle leva les yeux au ciel et marmonna : « Sourcier en intelligence », mais elle retira néanmoins ses mains pour lui permettre de palper la tête de l'enfant.

Il procéda lentement, soigneusement, s'efforçant de comprendre la configuration du crâne du jeune garçon, de déchiffrer les crêtes et les bosses, les creux et les dépressions. Il n'avait pas besoin de consulter un livre. Les livres ne rimaient à rien, de toute façon. Il s'en était assez vite rendu compte : ils débitaient tous des généralités ineptes, telles que : « *Le Rouge aura toujours une bosse juste au-dessus de l'oreille, révélatrice du cannibalisme et de la sauvagerie* », alors qu'il existait bien entendu autant de crânes différents chez les Rouges que chez les Blancs. Non, Thrower n'avait aucune confiance dans ces livres... mais il avait appris deux ou trois choses sur les gens doués de certaines facultés et sur les bosses qu'ils avaient en commun. Il avait acquis quelque talent pour comprendre la configuration des formes du crâne humain ; tout le temps que ses mains se promenaient sur Al, il identifiait ce qu'il y découvrait.

Rien de remarquable, voilà ce qu'il découvrait. Pas la moindre protubérance qui se distinguât des autres. Un crâne moyen. Aussi moyen que possible. Si parfaitement moyen qu'on aurait pu le citer en exemple dans les manuels, si seulement il existait un manuel digne d'être lu.

Il retira ses doigts, et le garçon — qui s'était arrêté de pleurer pendant l'examen — se contorsionna sur les genoux de sa mère pour lever les yeux vers lui. « Révérend Thrower, dit-il, z'avez les mains toutes frettes, j'ai manqué geler. » Puis il se tortilla pour descendre et fila en appelant à grands cris l'un des petits Allemands, celui avec lequel il s'était battu si sauvagement plus tôt.

Fidelity eut un rire triste. « Vous voyez à quelle vitesse ils oublient ?

— Vous aussi », dit-il.

Elle secoua la tête. « Pas moi, fit-elle. J'oublie rien.

— Vous souriez déjà.

— *La vie continue*, révérend Thrower. La vie continue, c'est tout. Ça empêche pas d'oublier. »

Il approuva du chef.

« Alors... dites-moi donc c'que vous avez trouvé.

— Trouvé ?

— En lui tâtant les bosses. En cherchant l'intelligence. En a-t-y ?

— Il est normal. Absolument normal. Sa tête ne présente rien d'extraordinaire. »

Elle grogna. « Rien d'extraordinaire ?

— Comme je vous dis.

— Eh ben, si vous voulez mon avis, c'est ça justement qu'est extraordinaire, mais c'est pas donné au premier v'nu de s'en rendre compte. » Elle ramassa le tabouret et l'emporta, huchant Al et Cally en chemin.

Au bout d'un moment, le révérend Thrower comprit qu'elle avait raison. Personne n'était aussi parfaitement moyen. Tout le monde avait une particularité dominante. Ce n'était pas normal qu'Alvin présente un tel équilibre. Posséder tous les dons possibles qu'un crâne puisse révéler, et tous dans des proportions absolument égales. Loin d'être moyen, Al était extraordinaire, bien que Thrower n'eût aucune idée de ce qu'il en résulterait dans la vie du gamin. Touche-à-tout et bon à rien ? Ou bon à tout ? Superstition ou pas, Thrower ne pouvait s'empêcher de s'interroger. Le septième fils d'un septième fils, une conformation crânienne ahurissante, et le miracle — il ne voyait pas d'autre mot — de la poutre faîtière. Un enfant ordinaire serait mort aujourd'hui. C'était une question de lois physiques. Mais quelqu'un ou quelque chose protégeait ce jeune garçon, et les lois physiques s'étaient abolies.

Une fois les conversations éteintes, les hommes reprirent leur travail sur le toit. La première poutre était inutilisable, bien entendu, et ils transportèrent les deux tronçons à l'extérieur. Après ce qui venait de se produire, ils n'avaient aucune envie de leur trouver un autre usage. Ils se remirent plutôt à l'ouvrage pour tailler un nouveau madrier qui fut prêt en milieu d'après-midi, puis ils remontèrent l'échafaudage, et à la tombée de la nuit tout le faîte du toit était en place. Personne ne parla de l'incident de la poutre, du moins pas en présence de Thrower. Et quand il voulut chercher le poinçon éclaté, il ne le trouva nulle part.

VII

L'autel

Alvin junior n'avait pas eu peur en voyant tomber la poutre, et il n'avait pas eu peur quand elle s'était écrasée sur le plancher de part et d'autre. Mais quand tous les grands se mirent à en faire une histoire digne du Jour de Gloire, en le serrant dans leurs bras et en discutant à voix basse, alors il prit peur. Les grands s'y entendaient pour faire des choses sans raison aucune.

Comme papa, qu'était assis sur le plancher près du feu et examinait les morceaux du poinçon éclaté, le poteau qui s'était fendu sous le poids de la faîtière pour la précipiter par terre. Quand maman était dans son état normal, ni papa ni personne ne s'amusait à ramener de gros morceaux de bois tout sales et cassés dans sa maison. Mais aujourd'hui, maman était aussi folle que papa, et quand il était arrivé chargé de ses gros éclats de bois, elle s'était baissée et elle avait roulé le tapis avant de s'écarter de son chemin.

Tous ceux qu'oubliaient de s'écarter du chemin de papa quand il faisait cette tête-là, ils étaient trop bêtes pour vivre. David et Placide avaient de la chance, eux, ils pouvaient se retirer dans leurs maisons sur leurs terres défrichées, où leurs femmes gardaient le dîner sur le feu et où ils avaient le droit de décider d'être fous ou pas. Le reste de la famille n'avait pas autant de chance. Papa et maman étaient fous, alors fallait que tout le monde suive. Aucune des filles ne se chamailla avec ses sœurs, et elles aidèrent toutes à préparer le repas puis à nettoyer sans même se plaindre une seule fois. Économe et Fortuné sortirent pour couper du bois et se charger de la traite du soir, sans même se flanquer le plus petit coup de poing dans le bras, encore moins lutter au corps à corps, à la grande déception d'Alvin junior qui devait toujours affronter le perdant et donc livrer ses plus beaux combats, car leurs dix-huit ans faisaient d'eux des adversaires de taille, contrairement aux gamins avec lesquels il se colletait d'habitude. Mesure, lui, il resta assis près du feu à tailler au couteau une grosse cuiller pour la marmite de maman, sans lever les yeux de son occupation... mais il attendait, tout comme les autres, que papa redevienne lui-même et se mette à crier contre quelqu'un.

La seule personne normale de la maison, c'était Calvin, le petit frère de trois ans. L'ennui, c'était que « normal », pour lui, ça voulait dire se traîner sur les talons d'Alvin junior comme un chaton sur les traces d'une souris. Il ne s'approchait jamais assez d'Al pour *jouer* avec lui, ou le toucher, ou lui parler ou n'importe quoi d'intéressant. Il se contentait d'être là, toujours à la limite de sa vision ; quand Alvin levait les yeux, c'était pour surprendre Calvin détournant les siens ou pour entrevoir sa chemise à l'instant où il se cachait derrière une porte ; et parfois, la nuit, dans le noir, il entendait une légère respiration, plus proche qu'elle n'aurait dû, ce qui indiquait que Calvin n'était pas couché dans son petit lit, mais qu'il se tenait auprès de lui, Alvin, et qu'il le regardait dormir. Personne ne semblait remarquer son manège. Depuis plus d'un an, Alvin junior ne cherchait plus à l'en dissuader. S'il s'était plaint : « M'man, y a Cally qui m'embête », maman aurait répondu : « Al junior, il t'a rien dit, il t'a pas touché, et si t'aimes pas qu'il reste sage comme une image, eh ben, tant pis pour toi, parce que moi, ça me convient parfaitement. J'aimerais que certains d'mes enfants prennent exemple sur lui. » Calvin n'était pas particulièrement *normal* aujourd'hui, se dit Al, c'était plutôt le reste de la famille qui se mettait à son niveau ordinaire de folie.

Papa n'arrêtait pas de fixer les bouts de bois éclatés. De temps en temps il les assemblait comme pour reconstituer la pièce d'origine. Un moment donné, il parla, sans s'énerver. « Mesure, t'es sûr d'avoir bien ramassé tous les morceaux ? »

Mesure répondit : « Jusqu'au dernier, p'pa, j'en aurais pas trouvé davantage avec un balai. J'en aurais pas trouvé davantage si je m'étais mis à quatre pattes à licher comme un chien. »

M'man écoutait, évidemment. Une fois, papa avait dit que quand m'man faisait attention, elle pouvait entendre un écureuil péter dans les bois à un demi-mille de là, au beau milieu d'une tempête, avec les filles à remuer de la vaisselle et tous les garçons à couper du bois. Alvin junior se demandait parfois si ça ne voulait pas dire que m'man connaissait davantage de sorcellerie qu'elle ne le laissait croire, parce qu'un jour il était resté assis dans les bois à moins de trois pas d'un écureuil pendant plus d'une heure, et il ne l'avait même pas entendu roter.

Bref, ce soir elle était à la maison, alors bien sûr elle entendit la question de papa, et elle entendit la réponse de Mesure ; étant aussi folle que papa, elle se mit en boule comme si Mesure venait de jurer le nom du Seigneur. « Surveille ton langage, jeune homme, parce que l'Seigneur a dit à Moïse sus la montagne : “Tes père et mère honoreras afin qu'tes jours soyent nombreux sus la terre que l'Seigneur ton Dieu t'a donnée” ; et quand tu parles effrontément à ton père, t'enlèves des jours, des semaines et même des *années* à ta vie, et avec ton âme impure, t'as tout à craindre s'il faut t'présenter prématurément à la barre du Jugement pour y rencontrer ton Sauveur et t'entendre dire le sort qui t'est réservé dans l'éternité ! »

Ce n'était pas tant son sort dans l'éternité que la colère de maman après lui qui inquiétait Mesure. Il n'essaya pas de prétendre qu'il n'avait pas joué au malin ou fait l'insolent — seul un idiot s'y serait risqué quand maman s'était mise en rogne. Il prit simplement un air piteux et lui demanda son pardon, sans parler de la clémence de papa et de la grande miséricorde du Seigneur. Quand maman cessa de rouspéter, le pauvre Mesure s'était déjà excusé une demi-douzaine de fois ; finalement, elle se contenta de grommeler avant de retourner à sa couture.

Mesure regarda alors Alvin junior par en dessous et lui fit un clin d'œil.

« J't'ai vu, dit maman, et si tu vas pas en enfer, Mesure, moi, j'adresse une pétition à saint Pierre pour qu'il t'y expédie.

— J'signerai moi-même la pétition », dit Mesure

en prenant l'air soumis d'un jeune chiot qui vient de faire pipi sur la botte d'une grande personne.

« Et comment, fit maman, et tu la signeras de ton sang, en plusse, parce que, quand j'en aurai terminé avec toi, t'auras assez de blessures pour approvisionner l'année durant une dizaine de clercs en belle encre rouge. »

Alvin junior avait du mal à se retenir. La terrible menace de maman, il la trouvait drôle. Et tout en sachant qu'il jouait avec sa vie, il ouvrit les lèvres pour rire. Il savait que, s'il riait, maman lui flanquerait un bon coup de dé à coudre sur la tête, ou peut-être une bonne claque sur l'oreille, ou encore un bon coup de son petit talon sur son pied nu, ce qu'elle avait fait une fois à David le jour où il lui avait dit qu'elle aurait dû apprendre à dire *non* avant de se retrouver avec treize bouches à nourrir.

C'était une question de vie ou de mort. Ça faisait plus peur que la poutre faîtière, qui tout compte fait ne l'avait jamais touché ; il ne pouvait pas en dire autant de maman. Il retint donc son rire avant qu'il ne lui échappe, et à la place dit la première chose qui lui vint à l'esprit :

« Maman, fit-il, Mesure, il peut pas signer de pétition avec son sang, parce qu'il s'rait déjà mort, et les morts, ça saigne pas. »

Maman le regarda dans les yeux et elle répliqua, lentement, en détachant ses mots : « Ils saignent si j'en ai envie. »

Ça, c'était trop. Alvin junior éclata de rire. La moitié des filles en firent alors autant. Mesure suivit le mouvement. Et maman finit par s'y mettre elle aussi.

Ils rirent et rirent tous à en pleurer, et maman expédia son monde au lit, à l'étage, y compris Alvin junior.

La surexcitation donnait à Alvin l'illusion de pouvoir se permettre toutes les audaces, et il n'avait pas encore compris qu'il fallait parfois savoir se retenir. Il se trouva que Matilda, seize ans et qui se prenait pour une dame, montait l'escalier juste devant lui. Personne n'aimait marcher derrière Matilda : elle avançait à pas tellement affectés et distingués ! Mesure disait toujours qu'il préférerait faire la queue derrière la lune, parce qu'elle avançait plus vite. Pour l'instant, les fesses de Matilda se balançaient à hauteur des yeux d'Al junior ; il pensa à ce que Mesure disait à propos de la lune et reconnut que le postérieur de sa sœur en avait tout à fait la rondeur, puis il se demanda quel effet ça ferait de *toucher* la lune : est-ce que ce serait dur comme une carapace de scarabée ou tout mou comme une limace ? Et quand un petit garçon de six ans, déjà rempli d'audace, se met pareille idée en tête, il ne se passe pas une demi-seconde avant que son doigt ne s'enfonce d'une bonne moitié dans la chair délicate.

Matilda savait rudement bien crier.

Al aurait pu écoper d'une claque immédiate, mais Économe et Fortuné, qui le suivaient, virent la scène et se moquèrent tellement de Matilda qu'elle se mit à pleurer avant de grimper les marches deux par deux, en oubliant ses manières de dame. Économe et Fortuné portèrent Alvin jusqu'en haut de l'escalier en le soulevant entre eux, si haut qu'il en avait le vertige, et en chantant la vieille chanson sur saint Georges qui terrasse le dragon, mais dans une nouvelle version consacrée à saint Alvin, où *l'épée* qui frappait le monstre un millier de fois et qui ne fondait pas dans le feu devenait *le doigt*. Même Mesure ne put s'empêcher de rire.

« C'est une vilaine chanson, très vilaine ! » cria Mary, dix ans, qui montait la garde devant la porte des grandes filles.

« Vous feriez mieux d'arrêter d'chanter ça, fit Mesure, avant qu'maman vous entende. »

Alvin junior n'avait jamais compris pourquoi maman n'aimait pas cette chanson, mais il était vrai que les garçons évitaient de la chanter quand elle se trouvait à portée d'oreille. Les jumeaux se turent et gravirent l'échelle du grenier. À ce moment, la porte de la chambre des grandes s'ouvrit brusquement et Matilda, les yeux rouges d'avoir pleuré, passa la tête pour brailler : « Vous l'regretterez !

— Ooh, je r'grette, je r'grette », gémit Fortuné d'une petite voix aiguë.

Alors seulement, Alvin se souvint que lorsque les filles voulaient exercer des représailles, c'était surtout lui qu'elles prenaient pour cible. Calvin restait le bébé à leurs yeux, il ne craignait donc pas grand-chose ; les jumeaux étaient plus âgés et plus grands, et ils se quittaient rarement. Quand elles se mettaient en boule, Alvin était donc le premier exposé à leur terrible colère. Matilda avait seize ans, Béatrice quinze, Elizabeth quatorze, Anne douze, Mary dix, et harceler Alvin leur plaisait à toutes davantage que la quasi totalité des autres distractions permises par la Bible. Un jour qu'elles l'avaient tourmenté au-delà du supportable et que seuls les bras puissants de Mesure l'avaient retenu de commettre, sous l'emprise de la fureur, un meurtre avec une fourche à foin, son frère avait affirmé que l'enfer devait sûrement réserver pour supplice à un homme de vivre dans la même maison que cinq femmes, chacune à peu près deux fois grande comme lui. Depuis lors, Alvin s'était demandé quel péché il avait commis avant de naître pour mériter de grandir à moitié maudit dès le départ.

Il entra dans la petite chambre qu'il partageait avec Calvin et s'assit, attendant que Matilda vienne le tuer. Mais elle tardait à se montrer et il comprit qu'elle devait patienter jusqu'à ce que toutes les bougies soient éteintes, afin que personne ne sache laquelle des sœurs s'était glissée auprès de lui pour le zigouiller. Dieu savait qu'il leur avait fourni plus d'une raison de souhaiter sa mort, rien que dans les deux derniers mois. Il essayait de deviner si elles allaient l'étouffer sous l'oreiller en duvet d'oie de Matilda — ce serait la première fois qu'il aurait le droit d'y toucher — ou s'il allait périr le cœur transpercé par les précieux ciseaux à couture de Béatrice, quand il sentit brutalement que s'il ne sortait pas dans les vingt-cinq secondes pour se rendre aux cabinets, il allait en avoir plein le pantalon.

Les cabinets étaient occupés, comme de juste, et Alvin eut beau trépigner et s'égosiller trois minutes durant devant la porte, elle resta obstinément close. Il lui vint à l'idée qu'il s'agissait peut-être de l'une des filles, auquel cas c'était le plan le plus diabolique qu'elles aient jamais conçu : l'empêcher d'utiliser les cabinets, sachant qu'il avait peur d'aller dans les bois après la tombée de la nuit. Une vengeance horrible. S'il se souillait, il aurait tellement honte qu'il serait probablement forcé de changer de nom et de se sauver ailleurs ; c'était bien pire qu'un coup de doigt dans les fesses. Pareille injustice le rendait aussi fou qu'un bison constipé.

Tellement fou qu'il en vint à la menace suprême : « Si tu sors pas, j'fais juste devant la porte, et pis tu marcheras d'dans en partant ! »

Il attendit, mais l'occupant des lieux ne lui retourna pas la réplique traditionnelle : « Si tu fais ça, j'te f'rai licher ma chaussure pour la nettoyer », et Al se dit pour la première fois que la personne à l'intérieur n'était peut-être pas l'une de ses sœurs, après tout. Sûrement pas l'un des garçons non plus. Ça ne laissait que deux possibilités, chacune plus effrayante que l'autre. Al s'en voulait tellement qu'il s'abattit le poing sur la tête, sans y trouver de soulagement. Papa lui flanquerait probablement une raclée, mais avec maman, ça serait pire. Elle lui sonnerait les cloches, ce qui n'était déjà pas rien, mais si elle était vraiment de mauvaise humeur, elle prendrait sa figure glaciale et dirait d'une voix douce : « Alvin junior, j'avais espoir qu'au moins l'un d'mes garçons serait d'un naturel bien élevé, mais j'constate aujourd'hui que j'ai vécu en pure perte », ce qui le plongeait toujours dans un état de dépression extrême, proche, selon lui, de la mort.

Il se sentit presque soulagé quand la porte s'ouvrit et que papa s'y encadra, finissant de boutonner son pantalon et l'air pas content. « J'peux mettre le pied dehors sans crainte ? demanda-t-il avec froideur.

— Ouais, fit Alvin junior.

— Quoi ?

— Oui m'sieur.

— T'es certain ? Y a des bêtes sauvages par icitte qui croyent malin de déposer leur fait par terre sus l'devant des cabinets. J'te dis que si un animal comme ça rôde dans les parages, un d'ces soirs j'm'en vais t'y mettre un piège qui lui attrapera l'arrière-train. Et quand j'le récupérerai au matin, j'lui coudrai le trou d'balle et j'le relâcherai pour qu'il s'en aille gonfler et crever dans la forêt.

— Pardon, papa. »

Papa secoua la tête et se mit en marche vers la maison. « J'sais pas ce qui s'passe avec tes intestins, mon garçon. T'as pas envie, et d'un seul coup ça t'prend comme si t'étais à l'agonie.

— Ça irait mieux si t'installerais d'aut' cabinets », marmonna Al junior. Mais papa ne l'entendit pas, car Alvin n'avait parlé qu'une fois la porte refermée sur lui et son père rentré à la maison ; et de toute façon il avait baissé la voix.

Alvin se rinça longuement les mains à la pompe, parce qu'il craignait ce qui l'attendait à son retour chez lui. Mais alors, seul dehors, dans le noir, la peur le prit pour une autre raison. Tout le monde disait qu'un homme blanc n'entendait jamais un homme rouge marcher dans les bois, et les grands frères d'Alvin s'étaient beaucoup amusés à lui raconter que lorsqu'il se trouvait seul dehors, surtout la nuit, y avait dans les bois des Rouges qui l'épiaient en jouant avec leurs tommy-hawks en silex, et que ça les démangeait de lui prendre son scalp. En plein jour, Al ne les croyait pas, mais là, de nuit, ses mains toutes mouillées et glacées, il sentit un frisson le parcourir et il crut même deviner où se tenait le Rouge. Par-dessus son épaule, là-bas, près de la porcherie, il se déplaçait si silencieusement que les cochons ne grognaient même pas et que les chiens n'aboyaient pas, rien. Et on trouverait le cadavre d'Al, sans cheveux et tout sanglant, et *alors* il serait trop tard. Aussi méchantes qu'étaient ses sœurs — et elles étaient vraiment méchantes — il les trouvait préférables à la mort d'un coup de silex d'homme rouge dans la tête. Il fila comme le vent depuis la pompe jusqu'à la maison et ne regarda pas en arrière pour voir si le Rouge était vraiment là.

Dès la porte fermée, il oublia ses craintes de Rouges invisibles et silencieux. Tout était tranquille dans la maison, ce qui d'emblée paraissait louche. Les filles ne se calmaient jamais avant que papa ne leur crie dessus au moins trois fois chaque soir. Alvin monta donc avec une extrême prudence en faisant attention avant chaque pas, en regardant si souvent par-dessus son épaule qu'il se sentait un début de torticolis. Quand il se retrouva à l'intérieur de sa chambre, la porte close, il avait tellement la frousse qu'il souhaitait presque que ses sœurs lui fassent ce qu'elles voulaient et qu'on n'en parle plus.

Mais elles ne firent rien, rien de rien. Il inspecta la chambre à la lueur d'une bougie, retourna son lit, fouilla chaque recoin, mais il n'y avait rien non plus. Calvin dormait, le pouce dans la bouche ; par conséquent, si elles avaient rôdé dans sa chambre, ça remontait à un moment. Il en vint à se demander si, juste pour cette fois, les filles n'avaient pas décidé de le laisser tranquille, voire de jouer leurs sales tours aux bessons. Ce serait une toute nouvelle vie pour lui, si les filles se mettaient à être gentilles. Comme si un ange descendait du ciel et l'arrachait à l'enfer.

Il retira ses vêtements aussi vite qu'il put, puis il les plia et les posa sur le tabouret près de son lit pour qu'ils ne soient pas infestés de cancrelats le lendemain matin. Il bénéficiait d'une sorte d'accord avec les cancrelats. Ils pouvaient s'introduire dans tout ce qu'ils voulaient si c'était par terre, mais ils ne grimpaient pas dans le lit de Calvin ni dans celui d'Alvin et ne grimpaient pas non plus sur le tabouret. En retour, Alvin ne les piétinait jamais. Par conséquent, la chambre d'Alvin tenait quasiment lieu de sanctuaire pour les cancrelats de la maison ; mais comme ils respectaient le traité, Calvin et lui étaient les seuls à ne jamais se réveiller en hurlant qu'ils avaient des bêtes dans leurs lits.

Il décrocha sa chemise de nuit de la patère et l'enfila par-dessus sa tête.

Quelque chose le mordit sous le bras. La douleur aiguë lui fit pousser un cri. Autre chose le mordit à l'épaule. Il ne savait pas ce que c'était, mais il y en avait partout à l'intérieur de sa chemise, et pendant qu'il essayait de l'ôter, ça continuait de le piquer. Il parvint enfin à la retirer et, tout nu, il se brossa et se donna des claques des deux mains pour se débarrasser des insectes ou autres bestioles.

Puis il se pencha et, prudemment, ramassa sa chemise de nuit. Il ne vit rien qui en détalait, et il eut beau la secouer et la resecouer, pas le moindre insecte n'en tomba. Mais autre chose, oui. Qui étincela un instant à la lumière de la bougie et produisit un léger bruit métallique en heurtant le plancher.

Alors seulement, Alvin junior s'aperçut des gloussements étouffés dans la pièce voisine. Oh, elles l'avaient eu, elles l'avaient bien eu ! Il s'assit sur le bord de son lit pour extirper des épingles de sa chemise de nuit et les ficher dans le coin inférieur de son quilt. Il ne les aurait jamais crues folles au point de risquer de perdre une seule des précieuses épingles en acier de maman, uniquement pour se venger de lui. Mais il aurait dû s'en douter. Les filles ne pratiquaient jamais les règles du jeu à la loyale, à la façon des garçons. Quand un gars, dans une bagarre, t'envoie à terre d'un coup de poing, eh ben, soit il te saute dessus, soit il attend que tu te relèves, dans les deux cas il y a égalité : les deux debout ou les deux au sol. Mais Al savait, pour en avoir fait la douloureuse expérience, que les filles te balançaient des coups de pied quand t'étais à terre et qu'elles te tombaient dessus à plusieurs dès qu'elles en avaient l'occasion. Quand elles se battaient, elles s'arrangeaient pour finir le combat aussi vite que possible. C'était même plus drôle.

Comme ce soir, tiens. Ce n'était pas juste, cette punition ; lui, il n'avait donné qu'un coup de doigt, et les filles, elles s'étaient débrouillées pour qu'il se pique avec des épingles. Certaines avaient pénétré si profond qu'il saignait en deux ou trois endroits. Et d'après lui, Matilda n'avait même pas de bleu ; il le regrettait bien.

Alvin junior n'était pas méchant, oh non. Mais, assis sur le bord de son lit, tandis qu'il retirait les épingles de sa chemise de nuit, il ne pouvait manquer de remarquer les cancrelats vaquant à leurs affaires dans les fentes du plancher, et il ne pouvait s'empêcher d'imaginer ce que ça donnerait si tous ces cafards décidaient d'aller rendre une petite visite dans certaine chambre pleine de gloussements.

Il s'agenouilla donc sur le parquet, posa la bougie à côté de lui et se mit à parler à voix basse aux insectes, tout comme il l'avait fait le jour où il avait passé son traité de paix avec eux. Il commença par leur parler de jolis draps bien doux et de peau tendre et pulpeuse où galoper, et surtout de la taie de satin enveloppant l'oreiller en plume d'oie de Matilda. Mais ça n'avait pas l'air de les intéresser. Manger, c'est ça, ils veulent manger, pensa Alvin. Leur seule préoccupation, c'est la faim, la faim et la peur. Alors il se mit à leur parler de nourriture, la plus délicieuse des nourritures qu'ils aient jamais goûtée. Les cancrelats redressèrent la tête et s'approchèrent pour écouter, mais aucun ne grimpa sur lui, en parfait accord avec le traité. Toute la nourriture que vous avez jamais souhaitée, sur une peau rose et tendre. Et vous n'avez rien à craindre non plus, pas le moindre danger, aucune inquiétude à avoir, suffit d'entrer là-bas pour trouver à manger sur cette peau rose, lisse, tendre et pulpeuse.

De fait, quelques cancrelats filèrent bientôt sous la porte d'Alvin, suivis par un nombre croissant, et finalement toute la troupe disparut en une seule et massive charge de cavalerie, par-dessous le battant, à travers les murs, leurs carapaces luisantes et rougeoyantes à la lumière de la bougie, guidés par leur éternel et insatiable appétit, sans éprouver de crainte puisque Al leur avait assuré qu'il n'y avait pas de danger.

Il ne se passa pas dix secondes avant qu'il n'entende les premiers cris dans la chambre voisine. Et en l'espace d'une minute il régnait un tel tumulte dans toute la maisonnée qu'on aurait cru à un incendie. Des filles hurlaient, des garçons vociféraient et de grosses bottes martelèrent le plancher quand papa se précipita à l'étage pour piétiner les cancrelats. Al était aussi heureux qu'un cochon dans la gadouille.

Le calme finit par se rétablir peu à peu dans la pièce d'à côté. D'ici une minute, on allait venir voir ce qu'ils faisaient, Calvin et lui, aussi souffla-t-il sa bougie pour s'enfoncer sous les couvertures en chuchotant aux cancrelats de se cacher. Effectivement, les pas de maman s'approchaient dans le couloir. À la dernière seconde, Alvin junior se rappela qu'il ne portait pas sa chemise de nuit. Il glissa la main hors du lit, saisit le vêtement et le ramena sous les draps juste comme la porte s'ouvrait. Puis il s'appliqua à respirer paisiblement et régulièrement.

Maman et papa entrèrent en tenant des bougies. Il les entendit rabattre les couvertures de Calvin, à la recherche de cancrelats, et il craignit qu'ils viennent lui rabattre aussi les siennes. Il aurait tellement honte : dormir comme un animal, sans rien sur soi. Mais les filles, qui savaient qu'il ne pouvait s'être endormi aussi vite après toutes ces piqûres d'épingles, elles avaient peur, bien sûr, de ce qu'il risquait de raconter aux parents, alors elles s'arrangèrent pour les presser à sortir de la chambre sitôt qu'ils eurent passé une lumière sous le nez d'Alvin pour s'assurer de son sommeil. Alvin garda le visage parfaitement immobile, sans même battre des paupières. La bougie s'éloigna, la porte se referma doucement.

Il attendit encore et, comme prévu, la porte se rouvrit. Il entendit des pieds nus avancer à pas feutrés sur le plancher. Puis il sentit sur sa figure le souffle d'Anne qui lui chuchota à l'oreille : « On sait pas comment t'as fait ça, Alvin junior, mais on sait qu'c'est toi qui nous as envoyé les cancrelats. » Alvin fit semblant de ne rien entendre. Même, il se mit à ronfler légèrement.

« Ça prend pas, Alvin junior. Tu f'rais mieux de pas dormir c'te nuit, par rapport que tu pourrais bien jamais t'réveiller, tu m'entends ? »

À l'extérieur de la chambre, papa demandait : « Ousqu'elle est passée, Anne ? »

Elle est icitte, papa, elle me menace de m'tuer, pensa Alvin. Mais évidemment il ne le dit pas tout haut. De toute manière, elle voulait juste lui faire peur.

« On s'débrouillera pour que ç'ait l'air d'un accident, chuchota-t-elle encore. T'en as toujours, des accidents, personne imaginera qu'c'est un meurtre. »

Alvin commençait à la croire, de plus en plus fort.

« On sortira ton cadavre et on l'fera passer dans l'trou des cabinets, et tout l'monde pensera que t'es allé te soulager et que t'es tombé d'dans. »

Ça marcherait, se dit Alvin. C'était bien d'Anne de combiner un plan aussi diabolique, il n'y en avait pas deux comme elle pour pincer les autres en douce et se trouver à dix pas de là quand ils se mettaient à crier. C'est pour ça qu'elle gardait toujours ses ongles longs et affilés. D'ailleurs, en ce moment même, Alvin en sentait un qui lui raclait la joue.

La porte s'ouvrit plus grande.« Anne, chuchota maman, sors de d'là tout d'suite. »

L'ongle cessa de griffer. « J'voulais juste être sûre que le p'tit Alvin allait bien. » Les pieds nus s'en retournèrent, toujours à pas feutrés, et sortirent de la chambre.

Bientôt toutes les portes furent refermées et il entendit claquer les chaussures de papa et de maman qui descendaient l'escalier. Il savait qu'en toute logique il aurait dû encore être mort de peur à cause des menaces d'Anne, mais ce n'était pas le cas. Il avait gagné la bataille. Il s'imagina les filles grouillantes de cancrelats, et il se mit à rigoler. Non, ça ne se faisait pas. Il fallait se retenir, respirer aussi calmement que possible. Tout son corps était secoué des rires qu'il essayait de contenir.

Il y avait quelqu'un d'autre dans la chambre.

Il n'entendait rien et, quand il ouvrit les yeux, il ne vit pas âme qui vive. Mais il savait qu'il y avait quelqu'un. On n'était pas entré par la porte, on s'était donc introduit par la fenêtre ouverte. C'est complètement idiot, se dit Alvin, y a absolument personne ici. Mais il resta immobile, il n'avait plus envie de rire, parce qu'il le *sentait*, il n'était pas tout seul. Non, c'est un cauchemar, voilà tout, j'ai encore la trouille à cause de ces histoires de Rouges qui m'épient dehors, ou peut-être à cause des menaces d'Anne, quelque chose comme ça. Si je reste allongé en fermant les yeux, ça va passer.

Les ténèbres sous les paupières d'Al virèrent au rose. Il y avait une lumière dans sa chambre. Une lumière aussi éclatante que celle du jour. Il n'existait pas une bougie au monde, non, même pas une lanterne, capable d'éclairer aussi fort que ça. Al rouvrit les yeux et son appréhension se mua en terreur, car il voyait maintenant que ce qu'il craignait était réel.

Il y avait un homme debout au pied de son lit, un homme lumineux, comme fait de soleil. La lumière dans la chambre venait de sa peau : de sa poitrine que sa chemise déchirée laissait à découvert, de son visage et de ses mains. Et dans une main, un couteau, un couteau d'acier acéré. Je vais mourir, se dit Al. Tout comme Anne me l'a promis. Sauf qu'il était inconcevable que ses sœurs puissent provoquer une apparition aussi effrayante. Cet homme-lumière éblouissant était venu tout seul, pas de doute ; et il projetait de tuer Alvin junior pour ses péchés et non parce que quelqu'un d'autre l'avait envoyé.

Puis ce fut comme si la clarté que dégageait l'homme se frayait un passage à travers la peau d'Alvin pour pénétrer en lui, et la peur le quitta aussitôt. L'homme-lumière tenait peut-être un couteau et il s'était peut-être introduit dans la chambre sans même ouvrir une porte, mais il n'avait pas l'intention de lui faire du mal. Alvin se détendit donc un peu et, en se tortillant, se redressa dans son lit presque jusqu'à la position assise, le dos appuyé au mur, pour observer l'homme-lumière, dans l'attente de ce qu'il allait faire.

L'Homme leva son couteau d'acier luisant, posa la lame contre la paume de son autre main... et coupa. Alvin vit le sang vermeil miroitant couler de la blessure, ruisseler le long de l'avant-bras et, au niveau du coude, s'égoutter sur le plancher. Mais quatre gouttes n'étaient pas tombées qu'une vision lui apparut en esprit. Il voyait la chambre de ses sœurs, il la reconnaissait, pourtant elle était différente. Les lits étaient très hauts et ses sœurs des géantes ; il ne distinguait que d'immenses pieds et jambes. Puis il comprit qu'il voyait la chambre par les yeux d'une minuscule créature. Les yeux d'un cancrelat. Dans sa vision il courait à toute allure, poussé par la faim, sans éprouver la moindre peur, sachant que s'il parvenait à atteindre ces pieds, ces jambes, il trouverait à manger, autant qu'il en voudrait. Alors il se dépêchait, il grimpait, il galopait en tous sens, il cherchait. Mais il n'y avait pas de nourriture, pas une miette, et voilà que des mains monstrueuses fondaient pour le balayer brutalement, puis une ombre immense, gigantesque, s'étendit sur lui, et il connut l'affreuse, l'atroce agonie de la mort par écrasement.

Non pas une fois, mais plusieurs, des douzaines de fois l'espoir de nourriture, l'assurance de ne courir aucun danger, puis la désillusion — rien à manger, rien du tout — et après la désillusion, la terreur, la mutilation et la mort. Chacune de ces petites vies confiantes trahie, broyée, martyrisée.

Puis, dans sa vision, il fut l'un des rescapés, un de ceux qui échappèrent au piétinement des formidables bottes en se réfugiant sous les lits, dans les fissures des murs. Il fuyait la chambre de mort, mais il ne retournerait pas à côté, dans la pièce refuge, parce qu'elle ne constituait plus un refuge. C'était de là que venaient les mensonges. C'était le repaire du traître, du menteur, du tueur qui les avait envoyés se faire massacrer. Cette vision était muette, bien entendu. Il ne pouvait y avoir de mots, de pensées lucides dans un cerveau de cancrelat. Mais Al, lui, disposait des mots et il était capable de pensée ; il savait mieux que n'importe lequel des insectes ce qu'on leur avait mis dans la tête. On leur avait promis monts et merveilles, on leur avait donné des assurances, et ce n'était que mensonge. La mort terrifiait, oui, fuir cette chambre ; mais l'autre chambre recelait pire que la mort — le monde n'y avait plus de sens, il pouvait y arriver n'importe quoi, la confiance n'y existait pas, la certitude non plus. Une zone d'épouvante. L'horreur.

Puis la vision disparut. Alvin, assis dans son lit, se pressait les mains sur les yeux, sanglotant de désespoir. Ils ont eu mal, pleurait-il en silence, ils ont eu mal et c'est moi qui leur ai fait ça, je les ai trahis. C'est ce que l'homme-lumière est venu me montrer. Ils m'ont fait confiance, mais ensuite je les ai trompés et je les ai envoyés à la mort. J'ai commis un meurtre.

Non, pas un meurtre ! On n'a jamais entendu dire que c'était un meurtre de tuer des cancrelats. Personne au monde irait raconter une chose pareille.

Mais ça ne comptait pas, ce que les autres pensaient, Al le savait. L'homme-lumière était venu lui montrer qu'un meurtre était un meurtre.

À présent il était parti. La lumière avait quitté la chambre et, quand Al ouvrit les yeux, il n'y avait personne d'autre dans la pièce que Cally, profondément endormi. Trop tard, même pour demander pardon. Malheureux comme les pierres, Al junior referma les yeux et pleura de plus belle.

Combien de temps pleura-t-il ? Quelques secondes ? Ou bien s'était-il assoupi, et n'avait-il pas senti passer le temps ? Aucune importance : la lumière revint. Une fois encore elle entra en lui, non par ses yeux mais en le pénétrant jusqu'au cœur, dans un murmure apaisant. Alvin ouvrit à nouveau les paupières et regarda le visage de l'homme-lumière, attendant qu'il parle. Comme il ne disait rien, Alvin jugea que c'était à lui de commencer ; alors il balbutia quelques mots, si dérisoires comparés aux sentiments qui alourdissaient son cœur : « Je m'excuse, je l'referai plus, je... »

Il bredouillait, il le savait, il ne s'entendait même pas parler, tellement il était bouleversé. Mais la lumière se fit un instant plus éclatante et il perçut une question dans son esprit. Aucune parole n'avait été prononcée, notez bien, mais il savait que l'homme-lumière voulait l'entendre dire de quoi il s'excusait.

Et en y réfléchissant, Alvin n'avait plus aucune certitude sur ce qui était mal. Ce n'était pas l'acte de tuer en lui-même — on risquait de mourir de faim si on n'abattait pas un cochon de temps en temps, et ce n'était guère un meurtre pour une belette d'attraper une souris, pas vrai ?

Puis la lumière insista de nouveau, et il eut une autre vision. Pas de cancrelats, cette fois-ci. Il avait maintenant en esprit l'image d'un homme rouge, agenouillé devant un daim, lui demandant de s'approcher et de mourir ; le daim s'approchait, tout tremblant et les yeux grands ouverts, comme lorsqu'ils sont terrorisés. Il savait qu'il allait à la mort. Le Rouge lui décocha une flèche qui resta fichée, frémissante, dans le flanc de l'animal. Le daim flageola sur ses pattes. Il s'écroula. Et Alvin savait que cette vision n'était pas entachée de péché parce que tuer et mourir faisaient l'un et l'autre partie de la vie. Le Rouge n'avait pas démérité, le daim non plus, et tous deux avaient obéi à leur nature.

Si le mal qu'il avait commis, ce n'était pas la mort des cancrelats, c'était quoi alors ? Le pouvoir qu'il détenait ? Son talent à imposer sa volonté aux choses, à les faire se briser à un endroit précis, à comprendre comment elles devaient se mettre en place et à les y aider ? Il avait trouvé ça plutôt pratique de fabriquer et de réparer les objets que tout petit garçon fabrique et répare quand il vit à la dure. Il pouvait assembler les deux morceaux d'un manche de houe cassé, les ajuster si serré que ça tenait indéfiniment, sans colle ni clou. Ou deux morceaux de cuir déchiré, il n'avait même pas besoin de les coudre ; et quand il nouait une ficelle ou une corde, le nœud ne se relâchait pas. C'était ce même talent qu'il avait utilisé avec les cancrelats. En leur faisant comprendre comment les choses devaient être ; après quoi ils avaient fait ce qu'il voulait. C'était ça, son péché : son talent ?

L'homme-lumière entendit sa question avant même qu'il ait trouvé les mots pour la poser. Une nouvelle flambée de clarté amena une autre vision. Cette fois, il se voyait appuyer les paumes contre une pierre, et la pierre fondait comme du beurre à leur contact, prenait exactement la configuration qu'il désirait, en un bloc bien lisse qui se détachait du flanc de la montagne pour rouler, boule parfaite, sphère idéale, et grossir de plus en plus jusqu'à devenir un véritable monde, à l'exacte forme initialement donnée par ses mains, où des arbres et de l'herbe surgissaient du sol, où des animaux couraient, bondissaient, volaient, nageaient, rampaient et creusaient à la surface, au-dessus et à l'intérieur du globe minéral qu'il avait façonné. Non, ce pouvoir n'était pas effrayant, mais magnifique, pourvu qu'il sache l'employer.

Bon, alors, si c'est pas d'avoir donné la mort et si c'est pas de m'être servi de mon talent, qu'est ce que j'ai fait de mal ?

Cette fois-ci, l'homme-lumière ne lui montra rien. Cette fois-ci, Alvin ne vit pas d'explosion de lumière, il n'y eut pas la moindre vision. La réponse vint toute seule, non pas de l'Homme mais du profond de lui-même. Une seconde plus tôt, il se trouvait trop bête pour jamais comprendre sa propre méchanceté et, d'un coup, elle lui apparaissait dans toute son évidence.

Ce n'était pas la mort des cancrelats, ni le fait de les avoir envoyés se faire tuer. Mais d'avoir agi ainsi dans le seul but de satisfaire un caprice personnel. Il leur avait dit que c'était pour leur bien, mais il avait menti pour son seul bénéfice à lui, Alvin. Il avait encore plus mal agi envers ses sœurs qu'envers les cancrelats, afin de pouvoir se tordre de rire dans son lit, ravi d'avoir pris sa revanche...

L'homme-lumière entendit les pensées dans l'âme d'Alvin, mais oui, parfaitement, et Al junior vit jaillir de son œil étincelant un feu qui vint le frapper au cœur. Il avait deviné juste. Il avait raison.

Alvin fit donc la promesse la plus solennelle de toute son existence, là, à cet instant précis. Il possédait un talent et il s'en servirait, mais ce talent imposait des règles, des règles qu'il respecterait dût-il y perdre la vie. « Je m'en servirai jamais plus pour moi tout seul », dit Alvin junior. Et quand il prononça ces paroles, il eut l'impression que son cœur était en feu, tellement ça lui chauffait à l'intérieur.

L'homme-lumière disparut à nouveau.

Alvin se rallongea, se glissa sous les couvertures, épuisé d'avoir pleuré, fatigué mais soulagé. Il avait mal agi, c'était vrai. Mais tant qu'il tiendrait sa promesse, tant qu'il n'utiliserait son talent que pour aider les autres et jamais, jamais, pour son propre compte, alors il serait un bon garçon et n'aurait aucune raison d'avoir honte. Il se sentait l'esprit léger comme au sortir d'une fièvre, et c'était exactement ça : on l'avait guéri de la méchanceté qui avait un instant germé en lui. Il se revit en train de rire alors qu'il venait d'apporter la mort pour son plaisir et il éprouva des remords, mais des remords atténués, adoucis, parce qu'il savait qu'une telle erreur ne se reproduirait jamais.

Tandis qu'il reposait, Alvin sentit encore la lumière envahir la chambre. Mais cette fois, elle ne provenait pas d'une source unique. Nullement de l'homme-lumière. Cette fois, quand il ouvrit les yeux, il s'aperçut que la lumière sortait de lui-même. Ses mains brillaient, sa figure devait rayonner comme celle de l'homme-lumière. Il rejeta ses couvertures et vit que tout son corps irradiait une clarté si éblouissante qu'il supportait difficilement de se regarder et supportait encore moins de regarder ailleurs. C'est moi ? se demanda-t-il.

Non, pas moi. Je brille comme ça parce que j'ai à mon tour quelque chose à faire. Tout comme l'homme-lumière a fait quelque chose pour moi, j'ai quelque chose à faire aussi. Mais je suis censé le faire pour qui ?

L'homme-lumière réapparut au pied de son lit, mais il n'était plus lumineux. Al junior s'aperçut alors qu'il le connaissait. Il s'agissait de Lolla-Wossiky, ce Rouge borgne imbibé de whisky qui s'était fait baptiser quelques jours plus tôt, encore affublé des vêtements de Blanc qu'on lui avait donnés pour sa conversion. Grâce à la lumière qu'il avait maintenant en lui, Alvin voyait avec plus d'acuité que jamais. Il vit que ce n'était pas l'alcool qui empoisonnait ce pauvre homme rouge, ni son œil perdu qui l'estropiait. C'était quelque chose de plus obscur, qui se développait comme une moisissure à l'intérieur de sa tête.

L'homme rouge fit trois pas et s'agenouilla près du lit, son visage à courte distance de celui d'Alvin.

Qu'est-ce que tu veux de moi ? Qu'est-ce que je dois faire ?

Pour la première fois, l'homme ouvrit les yeux et parla. « Guéris tout », dit-il. Très vite, Alvin se rendit compte que l'homme s'était exprimé dans sa langue rouge — du shaw-nee, il s'en souvenait, les grandes personnes l'avaient dit au moment du baptême. Mais Al l'avait comprise aussi facilement que l'anglais du Lord Protecteur lui-même. Guéris tout.

Eh ben, c'était justement le talent d'Al, pas vrai ? Réparer, remettre dans l'état normal. L'ennui, c'est qu'il ne comprenait pas très bien comment il faisait ça et ne voyait pas du tout comment réparer quelque chose de vivant.

Mais peut-être qu'il n'avait pas besoin de comprendre. Peut-être qu'il lui suffisait d'*agir*. Il leva donc la main, l'avança avec une extrême prudence et toucha la joue de Lolla-Wossiky, sous l'orbite vide. Non, ce n'était pas comme ça. Il redressa un doigt jusqu'à ce qu'il entre en contact avec la paupière flasque derrière laquelle aurait dû se trouver l'autre œil de l'homme rouge. Oui, pensa-t-il. Guéris.

L'air crépita. La lumière se chargea d'étincelles. Al sursauta et retira la main.

Toute la lumière avait quitté la chambre. Seul le clair de lune entrait par la fenêtre. Ne restait même pas la moindre lueur pour rappeler l'éclat de tout à l'heure. Exactement comme s'il venait de s'éveiller d'un rêve, le rêve le plus intense qu'il ait jamais fait.

Il fallut une minute aux yeux d'Alvin pour recouvrer une vision claire. Ça n'était pas un rêve, aucun doute là-dessus. Parce qu'il y avait l'homme rouge, qui avait été l'homme-lumière. On ne rêve pas quand on a un Rouge agenouillé auprès de son lit, que des larmes lui coulent de son seul œil valide et que l'autre, celui qu'on a touché...

La paupière était toujours détendue, elle pendait sur du vide. L'œil n'avait pas été guéri. « Ç'a pas marché, murmura Alvin. J'm'excuse. »

C'était affreux : l'homme-lumière l'avait sauvé d'une méchanceté sans nom, et lui, il n'avait rien fait en retour. Mais l'homme rouge ne lui adressa pas le moindre reproche. Il préféra tendre les bras et saisir les épaules nues d'Alvin dans ses grandes mains puissantes pour l'attirer à lui et lui planter sur le front un gros baiser appuyé, comme un père embrasse son fils, comme deux frères, comme de véritables amis à la veille de leur mort. Ce baiser et tout ce qu'il contenait — d'espoir, de pardon, d'amour —, il ne l'oublierait jamais, jura silencieusement Alvin.

Lolla-Wossiky bondit sur ses pieds. Avec l'agilité d'un jeune homme, et non l'hésitation titubante de l'ivresse. Changé, *il était changé*, et Alvin s'avisa que peut-être il lui avait vraiment guéri ou remis en place quelque chose, quelque chose de plus profond que ses yeux. Corrigé de son penchant pour le whisky, peut-être.

Mais si c'était vrai, Al savait qu'il n'en avait pas le mérite ; le mérite en revenait à la lumière qui l'avait un moment pénétré. Le feu qui l'avait réchauffé sans brûler.

L'homme rouge s'élança vers la fenêtre, enjamba prestement le rebord, resta suspendu un instant par les mains, puis disparut. Alvin n'entendit même pas ses pieds toucher le sol au-dehors, tellement il était silencieux. Comme les chats dans la grange.

Combien de temps tout ça avait-il duré ? Des heures et des heures ? Le jour allait bientôt se lever ? Ou bien ne s'était-il écoulé que quelques secondes depuis qu'Anne avait chuchoté dans son oreille et que la famille s'était calmée ?

Ça n'avait pas une grande importance. Alvin ne pouvait pas dormir, pas maintenant, pas après tout ce qui venait de se passer. Pourquoi il lui avait rendu visite, cet homme rouge ? Qu'est-ce que ça voulait dire, tout ça, la lumière à l'intérieur de Lolla-Wossiky qui était ensuite passée en lui ? Il ne pouvait pas rester au lit comme ça, complètement ahuri. Il se leva donc, enfila sa chemise de nuit à toute vitesse et se glissa hors de sa chambre.

Une fois dans le couloir, il entendit parler au rez-de-chaussée. Maman et papa étaient encore debout. Son premier mouvement fut de se précipiter en bas pour leur raconter ce qui lui était arrivé. Mais il remarqua alors le ton de leurs voix. Colère, angoisse, des voix bouleversées. Pas le bon moment pour arriver avec une histoire de rêve. Même si Alvin savait qu'il ne s'agissait pas du tout d'un rêve mais de la réalité, eux la traiteraient comme tel. Et maintenant qu'il avait l'esprit lucide, il n'était plus question de leur raconter... leur raconter quoi ? qu'il avait envoyé les cancrelats dans la chambre de ses sœurs ? Les épingles, le doigt dans les fesses, les menaces ? Il faudrait leur en parler aussi, même si ça lui semblait remonter à des mois, à des années. Rien de tout ça n'avait d'importance maintenant, à côté du vœu qu'il avait prononcé et de l'avenir qu'il se voyait réservé, mais c'en aurait pour papa et maman.

Aussi longea-t-il le couloir et descendit-il l'escalier

sur la pointe des pieds, s'avançant assez près pour écouter mais restant assez loin, caché par l'angle de la cloison, pour ne pas être vu.

Au bout de quelques minutes, il oublia cette dernière précaution. Il reprit doucement sa descente, jusqu'à ce qu'il puisse regarder dans la grande pièce. Papa était assis par terre, entouré de morceaux de bois. Al junior s'étonna que papa soit encore occupé à examiner le poinçon, même après être monté pour tuer les cancrelats, même après tout ce temps passé. Il se penchait en avant à présent, le visage enfoui dans les mains. Maman se tenait agenouillée devant papa, séparée de lui par les plus gros des morceaux de bois.

« Il est vivant, Alvin, dit maman. Tout l'restant, ça vaut pas la peine qu'on s'en inquiète. »

Papa releva la tête pour la regarder. « C'est l'eau qui s'est infiltrée dans l'arbre et qu'y a gelé et fondu, bien avant qu'on l'abatte. Et comme par adon, on l'a coupé pour qu'la flache se voye pas du dehors. Mais en d'dans, y avait des cassures à trois endroits, qu'attendaient que l'poids d'la faîtière. C'est l'eau qu'a fait ça.

— L'eau, fit maman, et il y avait de la dérision dans sa voix.

— Ça fait quatorze fois que l'eau essaye de l'tuer.

— Les gosses, il leur arrive tout l'temps des histoires.

— La fois où que t'as glissé sus l'plancher mouillé pendant que tu l'portais dans tes bras. La fois où qu'David a renversé l'chaudron d'eau bouillante. Les trois fois où qu'il s'est perdu et qu'on l'a retrouvé au bord d'la rivière. L'hiver dernier, quand la glace s'est rompue sus la Tippy-Canoe...

— Tu crois qu'il est l'premier drôle à tomber dans l'eau ?

— L'eau empoisonnée qui l'a fait rendre du sang. L'bison fou furieux plein d'boue qui l'a chargé dans l'pré...

— Plein d'boue. Tout l'monde sait qu'les bisons se vautrent dans la gadouille comme les cochons. Ç'avait rien à voir avec l'eau. »

Papa frappa violemment le plancher du plat de la main. Le claquement résonna comme un coup de feu à travers la maison. Il fit sursauter maman qui, bien entendu, leva les yeux du côté de l'escalier, du côté des enfants endormis. Alvin junior regrimpa précipitamment quelques marches et attendit, hors de vue, qu'elle lui ordonne de retourner au lit. Mais elle ne devait pas l'avoir aperçu, parce qu'elle ne cria pas et que personne ne monta le chercher. Quand il redescendit à pas de loup, ils continuaient sur le même sujet, à voix plus basse toutefois.

Papa chuchotait, mais ses yeux jetaient des flammes. « Si tu t'figures que ç'a rien à voir avec l'eau, alors c'est *toi* qu'es folle. »

Maman avait maintenant son visage de glace. Alvin junior le connaissait bien — c'était l'air le plus en colère que maman avait à sa disposition. Pas de claques, dans ces cas-là, pas de gronderie. Rien que la froideur et le silence ; et quand l'un des enfants avait droit à ce traitement, il ne tardait pas à souhaiter la mort et les tortures de l'enfer ; là au moins, il y ferait plus chaud.

Avec papa, elle ne resta pas silencieuse, mais sa voix était horriblement froide. « L'Sauveur a bien bu l'eau du puits du Samaritain.

— Autant que je m'souvienne, il est pas tombé d'dans, lui », répliqua papa.

Alvin junior se revit cramponné au seau du puits, chutant dans le noir jusqu'à ce que la corde se bloque dans le treuil et que le seau s'arrête au ras de l'eau, où il se serait à coup sûr noyé. On lui avait dit qu'il avait moins de deux ans quand ça s'était produit, mais il lui arrivait encore de rêver des pierres qui garnissaient l'intérieur du trou, de plus en plus sombre au fil de sa descente. Dans ses rêves, le puits faisait dix milles de profondeur, et il y tombait éternellement avant de se réveiller.

« Alors, réfléchis à c'que j'te dis, Alvin Miller, toi qui crois connaître les Écritures. »

Papa voulut protester qu'il ne croyait rien de tel...

« L'diable lui-même a dit au Seigneur dans l'désert que les anges soulèveraient Jésus, de crainte qu'y s'cogne le pied contre un caillou.

— J'vois pas c'que ça vient faire avec l'eau...

— C'que j'vois, moi, c'est que si je t'ai épousé pour ta cervelle, j'me suis bel et bien fait avoir. »

Le visage de papa vira au rouge. « Me traite pas d'niaiseux, Fidelity. Je sais c'que j'sais et...

— Il a un ange gardien, Alvin Miller. Y a quelqu'un qui veille sus lui.

— Toi et tes Écritures. Toi et tes anges...

— Alors dis-moi donc pourquoi, malgré ces quatorze accidents, il a jamais eu plusse qu'une égratignure au bras. Combien y en a, des gamins qu'arrivent à six ans sans s'blesser une seule fois ? »

Le visage de papa prit une expression étrange, il se déforma légèrement, comme s'il avait beaucoup de peine à parler. « J'te dis qu'y a quelque chose qui veut sa mort. Je l'sais.

— T'en sais rien du tout. »

Papa répéta plus lentement encore, mâchant ses mots comme si chacun d'eux lui causait une douleur : « Je l'*sais.* »

Il avait tellement de mal à s'exprimer que maman s'empressa de lui reprendre la parole. « S'il existe un complot diabolique pour le tuer — c'est pas c'que j'dis, note bien — alors le ciel dispose d'un plan encore plus puissant pour le protéger. »

Soudain, papa n'éprouva plus aucune difficulté à parler. Il cessa simplement d'essayer de dire ce qui ne voulait pas sortir, et Alvin junior se sentit déçu, comme devant quelqu'un qui aurait crié pouce avant même d'être mis à terre. Mais il savait, à la seconde exacte où il le pensait, que son papa n'aurait pas abandonné comme ça à moins d'une force terrible pour le réduire au silence. Papa était costaud, il n'avait rien d'un lâche. Et de le voir ainsi, eh bien, ça faisait peur au jeune garçon. Le petit Alvin savait que ses parents discutaient de lui et, même sans comprendre la moitié de ce qu'ils racontaient, il savait que papa prêtendait que quelqu'un voulait sa mort à lui, Alvin junior; mais quand il voulait donner sa vraie preuve, celle qui lui avait ouvert les yeux, quelque chose lui fermait la bouche et le rendait muet.

Al junior savait aussi, intuitivement, que ce qui avait pu retenir papa était l'exact contraire de la clarté éblouissante qui les avait envahis durant la nuit, l'homme-lumière et lui. Il y avait quelque chose qui voulait qu'Alvin devienne fort et bon. Et il y avait autre chose qui voulait qu'il meure. La force bénéfique, quelle qu'elle soit, amenait des visions, elle lui montrait son horrible péché et lui apprenait comment s'en laver à jamais. Mais la maléfique, elle avait le pouvoir de faire taire papa, d'imposer sa volonté au plus solide, au meilleur des hommes que connaissait Al junior ou dont il avait jamais entendu parler. Et ça, il en était épouvanté.

Quand papa exposa ses arguments, son septième fils sut qu'il n'avait pas recours à la preuve essentielle. « S'agit pas de diables ni d'anges, dit papa, s'agit des éléments de l'univers. Tu vois donc pas qu'il outrage la nature ? Y a une puissance en lui qu'on peut même pas imaginer, ni toi ni moi. Un pouvoir si grand qu'une partie d'la nature peut pas l'tolérer, si grand qu'il se protège tout seul même sans s'en rendre compte.

— Si ça donne autant d'pouvoir, d'être le septième fils d'un septième fils, alors où il est ton pouvoir à *toi*, Alvin Miller ? T'es un septième fils... c'est pas rien, soi-disant, mais jamais j'te vois faire le sourcier ou...

— Tu sais pas c'que j'fais...

— Je sais c'que tu fais pas. J'sais que tu crois pas...

— J'crois dans tout c'qu'est vrai...

— Moi, j'sais qu'tous les hommes sont allés aux communaux pour construire not' belle église, sauf toi...

— C'pasteur est un abruti...

— Tu t'es jamais dit que Dieu se sert peut-être de ton cher septième fils pour essayer de t'réveiller et t'montrer la voie du repentir ?

— Oh, c'est dans cette espèce de dieu-là qu'tu

crois ? Qui cherche à tuer les p'tits garçons pour qu'leurs pères, ils aillent au culte ?

— L'Seigneur a sauvé ton fils, en signe d'amour et de compassion...

— L'amour et la compassion qu'ont laissé mon Vigor mourir...

— Mais un d'ces jours il perdra patience...

— ... et il assassinera un autre de mes fils. »

Elle le gifla. Alvin junior le vit de ses yeux. Et ce n'était pas le genre de calotte spontanée qu'elle flanquait à ses gars quand ils lui répondaient ou traînassaient. C'était une gifle qui manqua arracher la tête à papa et l'envoya s'étaler sur le plancher.

« Écoute bien c'que j'te dis, Alvin Miller ! » Sa voix était si glaciale qu'elle brûlait. « Si c't'église se termine sans qu'y ait aucun ouvrage à toi d'dans, alors tu cesseras d'être mon mari et je cesserai d'être ta femme. »

Il y eut peut-être d'autres paroles échangées, mais Alvin junior ne les entendit pas. Il était remonté dans son lit, tout tremblant à l'idée qu'on puisse avoir une pensée aussi horrible, et à plus forte raison qu'on la dise tout haut. Il avait si souvent eu peur au cours de cette nuit ! D'avoir mal, de mourir quand Anne l'avait menacé de meurtre à l'oreille, et surtout de l'homme-lumière venu lui révéler son crime. Mais là, c'était différent. C'était la fin de tout son univers, la fin de sa seule certitude : il avait entendu maman insinuer qu'elle ne resterait plus avec papa. Allongé dans son lit, toutes sortes de pensées lui passant par la tête si vite qu'il ne pouvait en retenir aucune, en pleine confusion, il ne lui restait plus en définitive que la solution de dormir.

*

Au matin, il se dit qu'il avait sans doute tout rêvé ; c'était forcément un rêve. Mais il y avait de nouvelles taches au pied de son lit, là où le sang de l'homme-lumière avait goutté. Ce n'était donc pas un rêve. Et la dispute de ses parents, ce n'était pas un rêve non plus. Papa lui mit la main dessus après le petit déjeuner et lui dit : « Aujourd'hui tu restes avec moi, Al. »

L'expression sur la figure de maman lui fit comprendre, aussi clair que deux et deux font quatre, que ses paroles de la nuit dernière, elle les pensait toujours ce matin.

« J'veux aider à l'église, dit Alvin junior. J'ai pas peur des poutres.

— Tu vas rester auprès d'moi, asteure. Tu vas m'donner un coup d'main à fabriquer quelque chose. » Papa déglutit et détourna les yeux de maman. « Cette église va avoir besoin d'un autel, et j'me dis qu'on pourrait en construire un pour mettre dedans dès que l'toit sera posé et les murs dressés. » Papa regarda maman et lui adressa un sourire qui fit courir des frissons dans le dos d'Alvin junior. « Tu crois que ça f'ra plaisir au pasteur ? »

Maman fut prise au dépourvu, ça se voyait. Mais elle n'était pas du genre à se retirer d'un combat simplement parce que l'adversaire gisait à terre, Alvin junior le savait pertinemment. « Qu'esse qu'il peut faire, le p'tit ? demanda-t-elle. Il est pas charpentier.

— Il a l'œil, dit papa. S'il peut rapiécer et ciseler l'cuir, il peut faire des croix pour décorer l'autel. Ça sera joli.

— Mesure est mieux indiqué pour l'travail à la gouge, objecta maman.

— Alors j'demanderai au p'tit de graver les croix au *feu.* » Papa posa une main sur la tête d'Alvin junior. « Même s'il doit rester assis icitte toute la journée à lire la Bible, ce garçon s'approchera pas de l'église tant que l'dernier banc sera pas installé. »

La voix de papa avait une dureté à imprimer ses paroles dans la pierre. Maman regarda Alvin junior, puis Alvin senior. Finalement elle leur tourna le dos et entreprit de préparer le panier-repas pour ceux qui se rendaient aux communaux.

Alvin junior sortit voir Mesure qui attelait les chevaux tandis qu'Économe et Fortuné chargeaient dans le chariot des bardeaux pour le toit de l'église.

« T'as l'intention de r'tourner dans l'église ? demanda Fortuné.

— On peut t'laisser tomber des bûches dessus, et tu les débiteras en bardeaux avec ta tête, dit Économe.

— J'y vais pas », fit Alvin junior.

Économe et Fortuné échangèrent un même regard entendu.

« Eh ben, tant pis, dit Mesure. Mais quand papa et maman attrapent froid, c'est toute la vallée d'la Wobbish qu'a droit à une tempête de neige. » Il fit un clin d'œil à son petit frère, comme la veille au soir, quand Al s'était attiré tous ces ennuis. Le clin d'œil décida Alvin à poser à Mesure une question qu'il ne se serait jamais permise d'ordinaire. Il se rapprocha, afin que sa voix ne porte pas jusqu'aux autres. Mesure saisit ce que voulait son frère et il s'accroupit, là, près de la roue du chariot, pour entendre ce qu'il avait à dire.

« Mesure, si maman, elle croit en Dieu et pas papa, comment j'sais lequel qu'a raison ?

— J'pense que p'pa croit en Dieu, dit Mesure.

— Oui, mais s'il y croit pas ? C'est ça que j'demande. Comment j'sais dans ce cas-là, quand papa dit une chose et maman une autre ? »

Mesure allait faire une réponse banale, mais il se reprit ; Alvin lut sur son visage qu'il se décidait à répondre sérieusement. Par une vérité, au lieu d'une banalité. « Al, faut que j'te dise, j'aimerais bien l'savoir aussi. Des fois, j'ai l'impression que personne sait rien de rien.

— Papa dit qu'on sait c'qu'on voit avec ses yeux. Maman dit qu'on sait c'qu'on sent avec son cœur.

— Qu'esse tu dis, toi ?

— Comment j'peux savoir, moi, Mesure ? J'ai que six ans.

— J'en ai vingt-deux, Alvin, j'suis un adulte, et j'sais pas quand même. M'est avis que p'pa et m'man, ils savent pas non plus.

— Ben, s'ils savent pas, comment ça s'fait que ça les met tellement en boule ?

— Oh, c'est comme ça quand on est mariés. On s'bagarre tout l'temps, mais jamais pour la raison qu'on croit.

— Ils s'bagarrent pourquoi, alors ? »

Cette fois, Alvin lut sur le visage de son frère un nouveau changement, inverse du précédent. Mesure avait eu l'intention de dire la vérité, mais il changea d'avis. Il se redressa de toute sa taille et lui ébouriffa les cheveux. Pour Alvin, c'était le signe indiscutable qu'un adulte allait lui mentir ; ils mentaient toujours aux enfants, comme s'ils n'étaient pas assez dignes qu'on leur confie la vérité. « Oh, m'est avis qu'ils s'disputent histoire de s'entendre causer. »

La plupart du temps, Alvin se bornait à écouter mentir les grands sans rien dire, mais cette fois il s'agissait de Mesure, et il détestait tout particulièrement que Mesure lui mente.

« Faut qu'j'attende d'avoir quel âge, pour que tu m'parles franchement ? »

Les yeux de Mesure lancèrent un bref éclair de colère — personne n'aime se faire traiter de menteur — puis son visage se fendit d'un large sourire et son regard s'éclaira d'une lueur de compréhension. « Faut qu't'attendes d'être assez vieux pour déjà deviner la réponse tout seul, dit-il, mais pas trop pour qu'ça t'profite encore.

— Ça sera quand ? demanda Alvin. J'veux qu'maintenant tu m'dises la vérité, tout l'temps. »

Mesure s'accroupit à nouveau. « J'pourrai pas toujours le faire, Al, parce que des fois, ça sera trop difficile. Des fois, j'saurai même pas comment m'y prendre pour t'expliquer. Des fois, y a des choses qu'on peut comprendre qu'en prenant de l'âge. »

Alvin était en colère et il savait que ça se voyait sur sa figure.

« Soye pas en colère après moi, p'tit frère. Y a des choses que j'peux pas te dire, par rapport que j'les connais pas moi-même, et ça, c'est pas pareil que mentir. Mais compte sur moi. Si j'*peux* t'expliquer, je t'expliquerai, et si j'peux pas, je te l'dirai et j'te ferai pas des accroires. »

C'était le discours le plus sincère jamais entendu dans la bouche d'une grande personne, et les yeux d'Alvin se gonflèrent de larmes. « Tu tiendras ta promesse, Mesure.

— J'la tiendrai, sinon que j'meure, compte là-dessus.

— J'oublierai pas, tu sais. » Alvin se souvenait du serment qu'il avait fait à l'homme-lumière la nuit précédente. « J'sais tenir une promesse, moi aussi. »

Mesure éclata de rire et attira Alvin pour le serrer contre son épaule. « T'es aussi teigneux que maman, dit-il. Tu lâches jamais la patate.

— C'est pus fort que moi. Si j'commence à t'croire, comment j'saurai quand faudra que j'm'arrête ?

— T'arrête jamais », dit Mesure.

À ce moment, Placide arriva sur sa vieille jument, maman sortit avec son panier-repas, et tous ceux qui devaient partir s'en allèrent. Papa emmena Alvin dans la grange ; en un rien de temps, Alvin aidait à encocher les planches, et ses pièces s'emboîtaient aussi bien que celles de papa. À la vérité, elles s'emboîtaient même mieux, parce que, pour *ça*, Al avait le droit de se servir de son talent, non ? L'autel était destiné à tout le monde, alors il pouvait ajuster le bois si étroitement qu'il ne se disloquerait jamais, pas plus aux jointures qu'ailleurs. Alvin pensa même rendre les emboîtages de papa aussi résistants que les siens, mais, quand il essaya, il s'aperçut que son père possédait lui aussi un genre de talent dans ce domaine. Le bois ne s'imbriquait pas pour former une pièce d'un seul tenant, comme dans le cas d'Alvin, mais il s'ajustait parfaitement, oh oui ! alors inutile de s'embêter.

Papa ne parlait pas beaucoup. Pas besoin. L'un et l'autre savaient qu'Alvin junior avait un talent pour les assemblages, tout comme son père. À la tombée de la nuit, l'autel était monté et teint. Ils le laissèrent sécher et rentrèrent à la maison, la main ferme de papa enserrant l'épaule d'Alvin. Ils passèrent le seuil du même pas souple et tranquille, comme s'ils formaient deux parties d'un seul et unique corps, comme si la main de papa avait poussé là, au cou d'Alvin. Il sentait le pouls dans les doigts de papa, et il battait en rythme avec le sang qui palpitait dans sa propre gorge.

Maman travaillait auprès du feu quand ils entrèrent. Elle se retourna et les regarda. « Ça donne quoi ? demanda-t-elle.

— C'est la pus belle boîte que j'ai jamais vue, dit Alvin junior.

— Y a pas eu un seul accident à l'église, aujourd'hui, dit maman.

— Tout s'est bien passé icitte aussi », fit papa.

Alvin junior ne s'expliqua absolument pas pourquoi, dans les paroles de maman, il entendit : « Je partirai pas », et dans celles de papa : « Reste toujours avec moi. » Mais il sut qu'il n'était pas fou de croire ça, parce qu'à cet instant précis, Mesure, vautré devant le feu, leva les yeux vers Alvin pour lui adresser un clin d'œil que lui seul pouvait voir.

VIII

Le Visiteur

Le révérend Thrower s'autorisait peu de vices, parmi lesquels son repas du vendredi chez les Weaver. Son *dîner* du vendredi, pour être plus précis, car les Weaver, commerçants et manufacturiers, n'interrompaient leur travail que le temps d'un en-cas le midi. Ce n'était pas tant l'abondance que la qualité qui ramenait Thrower chaque semaine. On prétendait qu'une vieille souche d'arbre, entre les mains d'Aliénor Weaver, prenait le goût d'un succulent civet de lapin. Et ce n'était pas uniquement la cuisine, non plus : Armure-de-Dieu Weaver était un fidèle qui connaissait sa Bible sur le bout du doigt, et les conversations se tenaient à un niveau élevé. Pas au niveau supérieur des discussions entre ecclésiastiques érudits, bien entendu, mais ce qu'on pouvait espérer de mieux dans ces contrées sauvages plongées dans l'ignorance.

Ils mangeaient dans l'arrière-boutique des Weaver, à la fois cuisine, atelier et bibliothèque. De temps à autre Aliénor remuait le contenu de la marmite ; les fumets de la venaison en train de mijoter et du pain quotidien en train de cuire se mêlaient aux odeurs du savon fabriqué dans l'appentis derrière le magasin et du suif dont ils se servaient pour façonner des bougies, ici, dans cette même pièce. « Oh, on touche un peu à tout, avait dit Armure lors de la première visite du révérend Thrower. C'qu'on fabrique, n'importe quel fermier du coin pourrait se l'fabriquer tout seul ; mais nous autres, on l'fait mieux et, en venant acheter chez nous, il s'évite des heures de travail, ça lui laisse du temps pour défricher, labourer et ensemencer davantage de terrain. »

Le magasin proprement dit, sur le devant, était garni d'étagères jusqu'au plafond, étagères qui croulaient sous les articles apportés par chariots de différentes régions de l'Est. Cotonnades en provenance des machines à filer et des métiers à vapeurs d'Irrakwa, plats d'étain, marmites et fourneaux de fonte sortis des fonderies de Pennsylvanie et du Suskwahenny, poteries délicates, petits meubles à tiroirs et coffres réalisés par les menuisiers de Nouvelle-Angleterre, et même quelques précieux sacs d'épices arrivés d'Orient par bateau à la Nouvelle-Amsterdam. Armure Weaver avait un jour avoué qu'il avait englouti les économies de toute une vie dans l'acquisition de son stock, et rien ne garantissait que ses affaires marcheraient dans ce territoire faiblement colonisé. Mais le révérend Thrower avait remarqué le flot continu de chariots remontant de la basse Wobbish, descendant de la Tippy-Canoe et, pour certains, arrivant du pays de Noisy River, plus loin vers l'ouest.

Ce jour-là, en attendant l'annonce d'Aliénor que le ragoût de venaison était prêt, Thrower posa une question qui le tracassait depuis quelque temps :

« Je vois bien ce que les fermiers prennent chez vous, dit-il, mais je n'ai pas la plus petite idée de la façon dont ils vous payent. Personne ne se fait d'argent par ici, et ce qu'ils vous échangent n'est guère revendable dans l'Est.

— Ils payent avec du lard et du charbon d'bois, d'la cendre et de bons madriers de construction, et puis évidemment avec des vivres pour Aliénor et moi, et... et c'ti-là qui pourrait ben arriver. » Seul un imbécile n'aurait pas remarqué la taille d'Aliénor, épaissie par quatre bons mois de grossesse. « Mais la plupart du temps, dit Armure, j'leur fais crédit.

— Crédit ! À des fermiers dont les scalps risquent d'être troqués contre des mousquets ou de l'alcool à Fort Détroit l'hiver prochain ?

— On scalpe beaucoup moins qu'on l'raconte, fit observer Armure. Les Rouges de par chez nous sont pas bêtes. Ils sont au courant pour les Irrakwas, qu'ils ont des sièges au Congrès, à Philadelphie, avec les Blancs, qu'ils ont des mousquets, des chevaux, des fermes, des champs et des villes pareil qu'en Pennsylvanie, au Suskwahenny ou en Nouvelle-Orange. Ils sont au courant pour le peuple Cherriky d'Appalachie, qu'y cultivent et qu'y s'battent aux côtés des Blancs rebelles de Tom Jefferson pour garder leur pays indépendant du roi et des Cavaliers.

— Ils auraient aussi pu s'aviser du défilé incessant des plates qui descendent l'Hio et des chariots qui arrivent de l'Est, des arbres qu'on abat et des maisons en rondins qu'on bâtit.

— J'reconnais qu'vous avez raison en partie, admit Armure. J'reconnais qu'les Rouges pourraient aussi bien agir dans un sens que dans l'autre. Pourraient essayer d'nous tuer tous, comme de s'installer et de vivre parmi nous. Ça serait pas vraiment facile pour eux d'rester avec nous, ils ont pas beaucoup l'habitude des villes, alors que c'est la façon de vivre la plus naturelle pour les Blancs. Mais ça serait encore pire de s'battre contre nous, par rapport que dans ce cas-là, ça finirait mal pour eux. Ils pensent p't-être qu'en tuant quelques Blancs l'restant aura peur et s'tiendra à l'écart. Ils savent pas comment qu'c'est en Europe, que l'rêve de posséder une terre pousse les gens à franchir cinq mille milles pour trimer pus dur qu'ils ont jamais trimé de toute leur vie, enterrer des enfants qu'auraient sans doute vécu dans leur pays natal et risquer de s'faire défoncer l'crâne par un tommy-hock, parce que ça vaut mieux d'être son propre maître que d'servir un seigneur. Sauf not' Seigneur Dieu.

— Et vous êtes dans ce cas-là, vous aussi ? demanda Thrower. Prêt à tout risquer, pour une terre ? »

Armure regarda sa femme, Aliénor, et sourit. Elle ne lui rendit pas son sourire. Thrower s'en aperçut, mais il s'aperçut aussi qu'elle avait un beau regard profond, comme si elle connaissait des secrets qui lui donnaient cet air grave et lui faisaient oublier sa gaieté naturelle.

« J'veux pas une terre pour la posséder comme les fermiers, j'suis pas fermier, moi, j'peux l'dire, fit Armure. Y a d'autres manières de la posséder. Voyez-vous, révérend Thrower, j'leur fais présentement crédit parce que j'crois dans ce pays. Quand ils viennent commercer chez moi, j'leur demande de m'donner les noms de tous leurs voisins et de m'dessiner à vue de nez la mappe des fermes et des ruisseaux du coin où qu'ils habitent, et des routes et des rivières entre chez eux autres et icitte. J'leur fais porter des lettres que d'autres genses ont écrites, et j'écris leurs lettres à eux, qu'après j'envoye à la parenté qu'ils ont laissée dans l'Est. J'sais où tout et tout l'monde se trouve dans toute la région comprise entre l'amont d'la Wobbish et la Noisy River, et j'sais comment m'y rendre. »

Le révérend Thrower le regarda en coin et sourit. « En d'autres termes, frère Armure, vous êtes le gouvernement.

— Disons seulement qu'si un jour on s'aperçoit qu'y a besoin d'un gouvernement, j'répondrai présent, dit Armure. Et dans deux ou trois ans, quand les genses commenceront à s'en sortir et qu'y en aura qui se mettront à produire, par exemple des briques ou bien des chaudrons et des ustensiles de cuisine, des meubles et des barils, d'la bière, du fromage ou du fourrage, eh ben, où c'est qu'vous croyez qu'ils s'rendront pour vendre ou acheter ? Au magasin qui leur a fait crédit quand leurs femmes avaient envie de tissu pour s'tailler une robe avec de belles couleurs, ou qu'ils avaient besoin d'une marmite en fonte ou d'un fourneau pour se garantir du froid l'hiver. »

Philadelphia Thrower préféra taire qu'il ne croyait guère à la reconnaissance de fermiers censés rester fidèles à Armure-de-Dieu Weaver. D'un autre côté, pensa-t-il, j'ai peut-être tort. Le Sauveur n'a-t-il pas affirmé qu'il fallait jeter son pain sur les eaux ? Et même si Armure ne réalise pas tous ses rêves, il aura fait du bon travail et aidé à ouvrir ce pays à la civilisation.

Le repas était prêt. Aliénor servit le ragoût. Lorsqu'elle déposa un joli bol blanc devant lui, le révérend Thrower se sentit obligé de sourire. « Vous devez être rudement fière de votre mari et de tout ce qu'il accomplit. »

Au lieu de lui retourner un sourire réservé, comme il s'y attendait, Aliénor faillit rire aux éclats. Armure-de-Dieu était beaucoup moins délicat. Il s'esclaffa franchement. « Révérend Thrower, vous êtes un drôle de phénomène, dit-il. Quand moi, j'suis dans le suif à bougies jusqu'aux coudes, Aliénor l'est tout pareillement dans l'savon. Quand j'écris des lettres pour les autres et que j'les fais acheminer, Aliénor dessine des mappes et inscrit des noms pour not' petit livre de recensement. J'fais jamais rien sans qu'Aliénor soye auprès d'moi, et elle fait rien sans que j'soye auprès d'elle. Sauf p't-être pour son jardin de fines herbes, ça m'intéresse moins qu'elle. Et la lecture de la Bible, qui l'intéresse moins qu'moi.

— Ma foi, c'est bien qu'elle soit une vertueuse compagne pour son époux, dit le révérend Thrower.

— On est chacun le compagnon de l'autre, fit Armure-de-Dieu, l'oubliez pas. »

Il le dit avec un sourire que lui rendit Thrower, mais le pasteur se sentait un peu déçu de constater qu'Armure se faisait mener par le bout du nez, au point de devoir admettre ouvertement qu'il n'était pas le maître dans ses propres affaires ou son propre ménage. Mais à quoi pouvait-on s'attendre, sachant qu'Aliénor avait grandi au sein de cette impossible famille Miller ? Il ne fallait pas compter que l'aînée des filles d'Alvin et Fidelity Miller se soumette à son mari selon les préceptes du Seigneur.

La venaison, en tout cas, était la meilleure qu'ait jamais mangée Thrower.« Pas faisandé du tout, dit-il. Je ne pensais pas que le chevreuil pouvait avoir ce goût-là.

— Elle enlève le gras, expliqua Armure, et elle rajoute un peu d'poulet.

— Maintenant que vous le dites, fit Thrower, je le sens dans la sauce.

— Et le gras d'chevreuil nous sert pour le savon, dit Armure. On jette jamais rien si on croit qu'y a moyen de l'utiliser.

— En parfait accord avec les préceptes du Seigneur », conclut Thrower. Puis il attaqua son repas. Il en était à sa seconde bolée de fricot et sa troisième tranche de pain quand il se permit une observation qu'il voulait un compliment fait sur le ton de la plaisanterie : « Madame Weaver, vous cuisinez si bien que j'en viendrais presque à croire à la sorcellerie. »

Thrower s'attendait à un gloussement, tout au plus. Au lieu de quoi, Aliénor baissa les yeux sur la table, aussi honteuse que s'il l'avait accusée d'adultère. Et Armure-de-Dieu se raidit, tout droit sur son siège. « Vous seriez bien aimable de pas aborder ce sujet dans cette maison », dit-il.

Le révérend Thrower tenta de s'excuser. « Je ne le pensais pas sérieusement. Pour les chrétiens rationnels, c'est de la plaisanterie, pas vrai ? Un ramassis de superstitions, et je... »

Aliénor se leva de table et sortit.

« Qu'est-ce que j'ai dit ? » demanda Thrower.

Armure soupira. « Oh, vous pouviez pas savoir, fit-il. C'est une dispute entre nous autres qui dure depuis avant qu'on soye mariés, à l'époque où j'suis arrivé dans la région. Je l'ai connue quand elle est venue avec ses frères pour m'aider à bâtir ma première cabane — c'qui m'sert maintenant d'appentis pour fabriquer mon savon. Elle s'est mise à répandre de la menthe verte sur mon plancher et à réciter des manières de vers, alors j'y ai dit d'arrêter ça et d'sortir de ma maison. J'ai cité la Bible, là où ça dit : "Tu laisseras pas en vie la magicienne." Ç'a donné lieu à une demi-heure agitée, vous pouvez m'en croire.

— Vous l'avez traitée de sorcière et elle vous a épousé ?

— On a eu quelques conversations entre temps.

— Elle ne croit plus à tout cela, n'est-ce pas ? »

Armure fronça les sourcils. « C'est pas une question de croire mais une question de pratiquer, révérend. Elle pratique pus. Pas icitte, nulle part. Et quand vous l'avez à moitié accusée d'avoir recommencé, eh ben, ça l'a retournée. Par rapport qu'elle m'a promis, vous comprenez.

— Mais quand je me suis excusé, pourquoi est-ce qu'elle...

— Eh ben, à cause de ça, justement. Vous avez vos propres idées, mais y faut pas lui dire que les envoûtements, les herbes et les incantations ont aucun effet, parce qu'elle a vu des choses, de ses propres yeux, qu'on peut pas expliquer autrement.

— Sûrement que vous, un homme instruit dans les Écritures et qui connaît le monde, vous êtes en mesure de convaincre votre femme de renoncer aux superstitions de son enfance. »

Armure, gentiment, posa la main sur le poignet du révérend Thrower. « Révérend, faut que j'vous dise quelque chose que j'aurais pas pensé dire un jour à personne. Un bon chrétien bannit ce genre de pratiques de sa vie parce qu'y a qu'une façon correcte d'accepter des pouvoirs occultes, c'est par la prière et la grâce de notre Seigneur Jésus. C'est pas parce que ça *marche* pas.

— Mais ça ne marche effectivement pas, insista Thrower. Les pouvoirs célestes sont réels, les visions et les visitations d'anges, et tous les miracles attestés dans les Écritures. Mais les pouvoirs célestes n'ont rien à voir avec les jeunes couples qui tombent amoureux, ou la guérison du croup, les poules qui se remettent à pondre, et toutes les broutilles que les gens du commun obtiennent, dans leur ignorance, grâce à leur soi-disant sagesse infuse. Il n'y a rien, dans ce qu'on attribue aux sourciers, aux sorts ou je ne sais quoi, qu'on ne puisse expliquer par un simple examen scientifique. »

Armure s'abstint de répondre pendant un long moment. Le silence mettait Thrower mal à l'aise, mais il ne voyait pas ce qu'il pouvait ajouter. Il ne lui était pas encore venu à l'esprit qu'Armure pouvait *croire* en de telles balivernes. Cette seule pensée l'ahurissait. C'était une chose de se passer de la sorcellerie parce qu'on la tenait pour une absurdité, et une autre d'y croire et de s'en passer parce qu'on la jugeait impie. Thrower s'avisa que cette dernière position était en réalité plus noble : pour Thrower, mépriser la sorcellerie tombait sous le sens commun, tandis que pour Armure et Aliénor, il s'agissait d'un gros sacrifice.

Il cherchait encore la façon d'exprimer sa pensée, quand Armure se laissa basculer en arrière sur sa chaise et passa à un tout autre sujet :

« M'est avis qu'votre église est quasiment terminée. »

Soulagé, le révérend Thrower suivit Armure sur ce terrain plus sûr : « Ils ont fini le toit hier, et aujourd'hui ils ont pu clouer toutes les planches sur les murs. Elle sera hors d'eau demain, avec des volets aux fenêtres, et quand on y aura posé des vitres et installé les portes, elle sera aussi étanche qu'un tambour.

— J'fais venir le verre par bateau », dit Armure. Puis il cligna de l'œil. « J'ai résolu la question de passer le lac Canada.

— Comment avez-vous réussi cela ? Les Français coulent un bateau sur trois, même ceux d'Irrakwa.

— Facile. J'ai commandé l'verre à Montréal.

— Du verre français aux fenêtres d'une église anglaise !

— D'une église américaine, rectifia Armure. Et Montréal, c'est une ville d'Amérique, elle aussi. N'importe comment, p't-être que les Français essayent de s'débarrasser d'nous, mais en attendant on est un marché pour leurs produits manufacturés, alors le gouverneur, le marquis d'La Fayette, il s'en fiche que ses genses fassent du profit en commerçant avec nous, tant qu'on reste icitte. Ils vont l'expédier jusqu'au lac Mizogan par le nord, puis par barge lui faire descendre le lac, remonter l'Saint-Joseph et descendre la Tippy-Canoe.

— Est-ce qu'ils arriveront avant le mauvais temps ?

— J'pense bien, dit Armure, sinon ils seront pas payés.

— Vous êtes un homme stupéfiant, dit Thrower.

Mais je m'étonne que vous manifestiez aussi peu de loyauté envers le protectorat britannique.

— Ben, vous voyez, c'est comme ça, fit Armure. Vous avez grandi sous l'Protectorat et vous pensez encore comme un Anglais.

— Je suis écossais, monsieur.

— Britannique, en tout cas. Dans vot' pays, tous ceusses qu'on soupçonnait de pratiquer les arts occultes s'faisaient exiler, séance tenante, sans qu'on s'donne la peine de les passer en jugement, pas vrai ?

— Nous essayons d'être justes... mais les cours ecclésiastiques sont expéditives et sans appel.

— Bon, eh ben, réfléchissez. Si tous ceusses qu'avaient des dispositions pour les arts occultes se sont fait expédier aux colonies d'Amérique, comment vous auriez pu voir la moindre trace de sorcellerie de toute vot' vie ?

— Je n'ai rien vu parce que ces choses-là n'existent pas.

— Ça existe pas *en Grande-Bretagne*. Mais c'est notre fléau, à nous autres, les bons chrétiens d'Amérique ; on baigne jusqu'au cou dans les histoires de torches, de sourciers, de fouleux d'marais, de jeteux de sorts ; un gamin fait pas encore quatre pieds de haut qu'il s'est déjà jeté la tête la première dans un maléfice repousseur ou déjà fait prendre par c'ti-là d'un farceur qui l'oblige à causer sans arrêt, si bien qu'il dit tout c'qui lui passe par l'esprit et qu'il offense tout l'monde à dix milles à la ronde.

— Un maléfice qui oblige à parler ! Allons, frère Armure, vous pouvez sûrement comprendre qu'un peu d'alcool produit les mêmes effets.

— Pas à un drôle de douze ans qu'a jamais bu une goutte d'alcool de sa vie. »

Il était clair qu'Armure parlait d'expérience, mais les faits restaient les faits. « Il y a toujours une autre explication.

— Des explications, on peut en trouver des tas pour tout c'qui s'passe, reprit Armure. Mais j'vais vous dire. Vous pourrez prêcher contre les sortilèges, vous aurez quand même une congrégation. Mais si vous persistez à prétendre que ça *marche* pas, eh ben, m'est avis qu'la plupart des genses vont s'demander pourquoi ils devraient s'déranger jusqu'à l'église écouter l'sermon du dernier des imbéciles.

— Je dois dire la vérité telle que je la vois, se défendit Thrower.

— Quand vous voyez qu'un homme fraude dans son commerce, vous êtes pas obligé de donner son nom en chaire, il m'semble ? Non, vous insistez simplement sus l'honnêteté dans vos sermons en espérant que l'idée f'ra son chemin.

— Vous dites que je ne devrais pas aborder le sujet de front.

— C'est une joliment belle église, révérend Thrower, et elle aurait été bien moins belle si vous l'aviez pas rêvée comme ça. Mais les gens d'icitte s'figurent que c'est *leur* église. Ils ont coupé l'bois, ils l'ont construite, elle est sus l'terrain communal. Et ça s'rait honteux si à cause de vot' entêtement ça les prenait d'un coup d'confier vot' chaire à un autre pasteur. »

Le révérend Thrower fixa longuement les restes du repas. Il pensait à l'église, non pas dans son état actuel, en bois de charpente brut attendant d'être peint, mais terminée, bancs installés, chaire en place et surélevée, l'intérieur de l'édifice brillamment éclairé par la lumière du soleil entrant par les fenêtres aux vitres impeccables. Ce qui importe, se dit-il, ce n'est pas tant l'édifice que ce que je peux y accomplir. Je faillirais à mon devoir de chrétien si je laissais ce pays tomber aux mains d'idiots superstitieux comme Alvin Miller et, apparemment, toute sa famille. Si ma mission consiste à détruire le mal et la superstition, alors je dois vivre parmi les ignorants et les superstitieux. Peu à peu, je les amènerai à la connaissance et à la vérité. Et si je ne peux pas convaincre les parents, je convertirai les enfants en temps voulu. C'est le travail de toute une vie, c'est mon ministère, pourquoi le gâcher pour la satisfaction de dire la vérité quelques instants seulement ?

« Vous êtes un sage, frère Armure.

— Vous aussi, révérend Thrower. En fin d'compte, même si de temps en temps on n'est pas d'accord, j'pense qu'on veut tous les deux pareil. On veut que tout l'pays soye civilisé et chrétien. Et ça nous dérangerait ni l'un ni l'autre si Vigor Church devenait Vigor City et si Vigor City devenait la capitale du territoire d'la Wobbish. Ils parlent même, là-bas à Philadelphie, de proposer à l'Hio de former un état et d'se joindre aux autres, et ils vont certainement l'proposer aussi à l'Appalachie. Pourquoi pas à la Wobbish un d'ces jours ? Pourquoi y aurait pas un pays qui s'étendrait d'un océan à l'autre, pour les Blancs et les Rouges, où chacun s'rait libre d'élire le gouvernement d'son choix pour décréter les lois qu'on demanderait pas mieux que d'respecter ? »

C'était un beau rêve. Et Thrower s'y voyait, dans ce rêve. L'homme qui occuperait la chaire de la plus grande église dans la plus grande ville du territoire deviendrait le chef spirituel de toute une population. Durant quelques minutes, il crut si intensément à son rêve que, lorsqu'il mit le pied dehors après avoir chaleureusement remercié son hôte pour le repas, il sursauta au vu de la situation actuelle de la commune de Vigor qui se résumait en tout et pour tout au grand magasin d'Armure et ses dépendances, à un terrain communal clos où broutaient une douzaine de moutons et à la carcasse de bois brut d'une grande église neuve.

L'église était cependant bien réelle. Elle était presque achevée, elle avait ses murs, elle avait son toit. Thrower était quelqu'un de rationnel. Il lui fallait du concret avant de croire à un rêve, mais l'église, c'était du concret désormais, et à eux deux, Armure et lui, ils pourraient réaliser le reste. Amener des colons jusqu'ici, faire de Vigor Church le centre du territoire. L'église était assez vaste pour accueillir les réunions municipales, en plus des offices religieux. Et en cours de semaine ? Il aurait étudié en vain s'il n'ouvrait pas une école pour les enfants des environs. Leur apprendre à lire, à écrire, à compter et, surtout, à *penser*, à débarrasser leurs esprits de toute superstition et n'y inculquer rien d'autre que connaissance pure et foi dans le Sauveur.

Absorbé par ses pensées, il ne se rendit même pas compte qu'il ne se dirigeait pas vers la ferme de Peter McCoy, plus bas sur la rivière, où l'attendait son lit dans la vieille cabane en rondins. Il remontait la pente menant au temple. Ce ne fut qu'en y allumant deux bougies qu'il comprit : il avait en fait l'intention d'y passer la nuit. C'était chez lui ici, entre ces murs de bois nu, comme aucun autre lieu au monde ne l'avait jamais été. L'odeur de sève dans ses narines l'affolait, il lui prenait des envies de chanter des hymnes qu'il n'avait encore jamais entendus, et il restait assis là, à fredonner, à feuilleter les pages de l'Ancien Testament sans rien voir des mots imprimés sur le papier.

*

Il ne les entendit pas arriver jusqu'à ce qu'ils posent le pied sur le plancher de bois. Il leva alors les yeux et reconnut, à sa grande surprise, madame Fidelity équipée d'une lanterne, suivie des jumeaux de dix-huit ans, Économe et Fortuné. Ils transportaient entre eux un gros coffre de bois. Il lui fallut un moment pour comprendre que le coffre était destiné à servir d'autel. Qu'en fait il s'agissait d'un bel autel, aux pièces si parfaitement assemblées qu'un maître ébéniste n'aurait pu mieux les ajuster, joliment teint. Et gravées au feu dans les planches entourant la partie supérieure de l'ouvrage, il y avait deux rangées de croix.

« Vous l'voulez où ? demanda Économe.

— L'père a dit qu'il fallait qu'on l'amène ce soir, asteure que l'toit et les murs sont finis.

— Le père ? demanda Thrower.

— Il l'a fait spécialement pour vous, dit Économe. Et le p'tit Al, c'est lui qu'a gravé les croix, par rapport qu'il avait plus l'droit de venir icitte. »

Thrower les avait maintenant rejoints et il constatait que l'autel avait été menuisé avec amour. C'était bien la dernière chose qu'il attendait d'Alvin Miller.

Et les croix parfaitement régulières ne semblaient guère l'œuvre d'un enfant de six ans.

« Ici », dit-il en les conduisant vers l'emplacement où il avait imaginé que se tiendrait son autel. Il n'y avait rien d'autre dans le temple, en dehors des murs et du plancher, et le meuble, sous sa couche de teinture, apparaissait plus sombre que la toute récente construction de bois. Il était parfait et les larmes montèrent aux yeux de Thrower. « Dites-leur qu'il est splendide. »

Fidelity et les bessons exhibèrent leur plus large sourire. « Vous voyez, l'est pas vot' ennemi », dit Fidelity, et Thrower ne put que le reconnaître.

« Je ne suis pas son ennemi non plus. » Et il s'abstint d'ajouter : je vaincrai sa résistance à force d'amour et de patience, mais je vaincrai, et cet autel est le signe indéniable qu'au fond de son cœur il désire secrètement que je l'arrache aux ténèbres de l'ignorance.

Ils ne s'attardèrent pas mais s'en retournèrent vite chez eux, s'enfonçant dans la nuit. Thrower posa son bougeoir à même le plancher, près de l'autel — jamais dessus, ce qui avait un arrière-goût de papisme —, et s'agenouilla pour une prière d'action de grâces. L'église en grande partie édifiée, et un magnifique autel déjà en place, sorti des mains de l'homme qu'il avait le plus craint, orné de croix gravées au feu par l'enfant étrange qui symbolisait les superstitions asservissantes de ces gens ignorants.

« Tu es bouffi d'orgueil », fit une voix derrière lui.

Il se retourna, le sourire aux lèvres, car il était toujours content quand apparaissait le Visiteur.

Mais le Visiteur, lui, ne souriait pas. « Bouffi d'orgueil.

— Pardonnez-moi, dit Thrower. Je m'en repens déjà. Mais comment m'empêcher de me réjouir de la grande œuvre qui s'ébauche ici ? »

Le Visiteur toucha délicatement l'autel, ses doigts cherchèrent et trouvèrent les croix. « C'est *lui* qui a fait cela, n'est-ce pas ?

— Alvin Miller.

— Et le petit garçon ?

— Les croix. J'avais tellement peur qu'ils soient des suppôts du Diable... »

Le Visiteur posa sur lui un regard pénétrant. « Et tu t'imagines que le fait de fabriquer un autel prouve le contraire ? »

Un frisson de terreur parcourut Thrower qui murmura : « Je ne pensais pas que le Diable pouvait recourir au signe de la croix...

— Tu es aussi superstitieux que les autres, dit avec froideur le Visiteur. Les papistes font tout le temps leur signe de croix. Tu penses que c'est pour conjurer le Diable ?

— Comment savoir, alors ? demanda Thrower. Si le malin peut faire un autel et dessiner une croix...

— Non, non, Thrower, mon cher fils, ce ne sont pas des démons, ni l'un ni l'autre. Tu reconnaîtras le Diable quand tu le verras. En guise de cheveux, le Diable a des cornes de taureau sur la tête. En guise de pieds, le Diable a les sabots fourchus d'un bouc. En guise de mains, le Diable a les grosses pattes d'un ours. Et sois-en sûr : il ne t'offrira pas d'autel quand il viendra. » Le Visiteur y posa les deux mains. « C'est *mon* autel, désormais, dit-il. Peu importe qui l'a fait, je puis le tourner à mon avantage. »

Thrower en pleura de soulagement. « À présent, le voilà consacré, vous l'avez sanctifié. » Et il tendit la main pour toucher l'autel.

« Arrête ! » chuchota le Visiteur. Même assourdie, sa voix avait le pouvoir de faire trembler les murs. « Écoute-moi d'abord.

— Je vous écoute toujours, dit Thrower. Je ne vois pourtant pas pourquoi votre choix s'est porté sur l'humble ver de terre que je suis.

— Même un ver de terre peut accéder à la grandeur, touché par le doigt de Dieu, dit le Visiteur. Non, ne te méprends pas... je ne suis pas le Seigneur des Armées. Ne m'adore pas. »

Mais Thrower ne pouvait s'en empêcher, et il pleura de dévotion, à genoux devant cet ange aussi sage que puissant. Oui, ange, Thrower n'en doutait pas, quand bien même le Visiteur était dépourvu d'ailes et portait un habit qu'on se serait attendu à voir au Parlement.

« L'homme qui a fabriqué ceci vit dans la confusion, mais il a l'envie de meurtre dans l'âme et, pour peu qu'on le provoque il y donnera libre cours. Quant à l'enfant qui a fait les croix... il est aussi remarquable que tu le supposes. Mais le destin n'a pas encore choisi pour lui, entre une vie consacrée au bien et une vie consacrée au mal. Les deux chemins lui sont ouverts et il est exposé aux influences. Tu me comprends ?

— C'est là ma tâche ? demanda Thrower. Oublier tout le reste et me consacrer à conduire l'enfant dans le droit chemin ?

— Si tu donnes l'impression de trop t'occuper de lui, ses parents te tiendront à l'écart. Tu devras plutôt assurer ton ministère comme tu l'as prévu. Mais, au fond de toi, toutes tes pensées seront tournées vers cet enfant remarquable, pour le gagner à ma cause. Parce que s'il ne me sert pas à ses quatorze ans, je le détruirai. »

La simple idée d'Alvin junior blessé ou tué était insupportable à Thrower. Elle l'emplissait d'un tel sentiment de perte qu'il avait peine à imaginer un père ou même une mère souffrant davantage. « Tout ce qu'un homme, malgré sa faiblesse, peut faire pour sauver l'enfant, je le ferai ! » s'écria-t-il, la voix déformée presque jusqu'au glapissement par l'angoisse.

Le Visiteur hocha la tête, sourit de son magnifique et affectueux sourire et tendit la main vers Thrower. « J'ai confiance en toi », dit-il avec douceur. Sa voix agissait comme de l'eau cicatrisante sur le feu d'une blessure. « Je sais que tu feras ce qu'il faut. Quant au Diable, ce n'est pas de *lui* que tu dois avoir peur. »

Thrower se saisit de la main offerte pour la couvrir de baisers ; mais là où il aurait dû rencontrer de la chair, il n'y avait plus rien, le Visiteur était déjà reparti.

IX

Mot-pour-mot

Il y avait eu un temps, Mot-pour-mot s'en souvenait bien, où il pouvait grimper à un arbre dans cette région et embrasser du regard une centaine de milles carrés de forêt intacte. Un temps où les chênes vivaient un siècle ou plus, et leurs troncs n'en finissaient jamais de s'épaissir pour former des montagnes de bois. Un temps où le feuillage était si dense au-dessus des têtes qu'en certains endroits il ne poussait au sol aucune végétation par manque de lumière.

Ce monde de pénombre éternelle s'enfuyait désormais. Il restait encore des étendues de forêt vierge, où les hommes rouges se déplaçaient plus silencieusement que le daim et où Mot-pour-mot avait l'impression de se trouver dans la cathédrale des plus sincères adorateurs de Dieu. Mais pareil environnement devenait si rare qu'au cours de sa dernière année de pérégrinations, Mot-pour-mot n'avait jamais eu la possibilité, tout au long de ses journées de marche, de contempler du haut d'un arbre une parfaite continuité dans le toit de la forêt. Toute la région entre l'Hio et la Wobbish faisait l'objet d'une colonisation, clairsemée mais régulière, et même aujourd'hui, depuis son perchoir à la cime d'un saule, au sommet d'une éminence, il découvrait trois douzaines de cheminées crachant leurs colonnes de fumée tout droit dans l'air froid de l'automne. Et dans toutes les directions, de vastes pans de forêt avaient été défrichés, le terrain labouré, des cultures plantées, entretenues, récoltées, si bien que là où jadis de grands arbres avaient masqué la terre au regard du ciel, le sol déchaumé apparaissait désormais dans toute sa nudité, attendant que l'hiver vienne lui cacher sa honte.

Mot-pour-mot se rappela sa vision de Noé pris de boisson. Il l'avait gravée pour une édition de la Genèse destinée au catéchisme de rite écossais. Noé, nu, la mâchoire pendante, une coupe à demi renversée oscillant encore entre ses doigts recourbés ; Cham, non loin de lui, un rire moqueur aux lèvres ; Sem et Japhet enfin, allant recouvrir leur père d'un manteau, mais à reculons afin de ne pas voir ce que Noé dans son hébétude exposait aux regards. En proie à une fièvre électrique, Mot-pour-mot se rendit compte que cette vision prophétique annonçait la situation présente : lui, Mot-pour-mot, perché en haut d'un arbre, contemplait le pays dénudé, hébété, qui attendait le modeste manteau de l'hiver. C'était une prophétie accomplie, une chose qu'on espérait sans s'attendre à la connaître au cours d'une vie.

D'un autre côté, l'anecdote de Noé enivré ne symbolisait peut-être pas la situation présente. Peut-être était-ce l'inverse ? La terre défrichée symbole de Noé enivré ?

Mot-pour-mot se sentait d'une humeur massacrante quand il regagna le sol. Il faisait travailler son esprit sans relâche pour essayer de l'ouvrir à des visions, pour devenir un bon prophète. Mais à chaque fois qu'il croyait en tenir une sérieuse, une sûre, elle se déformait, elle changeait. Il produisait une pensée de trop et tout l'édifice s'écroulait, le laissant dans la même incertitude qu'avant.

Au pied de l'arbre il fouilla dans son havresac. Il en sortit le Livre des Récits qu'il avait primitivement écrit pour le vieux Ben en 1885. Délicatement, il déboucla la section qu'il gardait scellée, puis ferma les yeux et feuilleta les pages. Il rouvrit les yeux et vit ses doigts posés sur les Proverbes de l'Enfer. Évidemment, en de telles circonstances... Il touchait du doigt deux proverbes, l'un et l'autre écrits de sa main. Le premier ne signifiait rien, mais le second semblait approprié : *Le fou ne voit pas le même arbre que le sage.*

Pourtant, plus il s'efforçait de déchiffrer le sens du proverbe, moins il lui trouvait de rapport avec la situation présente, en dehors de la référence aux arbres. Aussi revint-il au premier, tout compte fait : *En persistant dans sa folie, le fou devient sage.*

Ah. Celui-ci lui disait quelque chose, en définitive. C'était la voix de la prophétie, consignée à l'époque où il vivait à Philadelphie avant d'entreprendre son voyage, un soir que le Livre des Proverbes était né à la vie pour lui et qu'il avait vu, comme tracés en lettres de feu, les mots qui auraient dû s'y trouver. Cette nuit-là, il était resté debout jusqu'à ce que la lumière de l'aube vienne éteindre les flammes sur la page. Quand le vieux Ben avait descendu l'escalier d'un pas lourd et qu'il était entré en ronchonnant pour prendre son petit déjeuner, il s'était arrêté pour humer l'air. « De la fumée, dit-il. Vous n'avez pas tenté de mettre le feu à la maison, hein, Bill ?

— Non, monsieur, répondit Mot-pour-mot. Mais une vision m'a montré ce que Dieu n'avait pas dit dans le Livre des Proverbes, et je l'ai écrit.

— Vous êtes obsédé par les visions, dit le vieux Ben. La seule véritable vision ne vient pas de Dieu mais des replis les plus secrets de l'esprit humain. Écrivez ça comme proverbe, si vous voulez. C'est bien trop agnostique pour que je m'en serve dans l'Almanach du bonhomme Richard.

— Regardez », fit Mot-pour-mot.

Le vieux Ben regarda et vit les dernières flammes qui se mouraient. « Dites donc, c'est bien le tour le plus étonnant à faire avec des lettres ! Et vous m'avez affirmé que vous n'étiez pas sorcier ?

— Pas du tout. C'est à Dieu que je dois ça.

— Dieu ou le Diable ? Quand vous êtes entouré de lumière, Bill, comment savez-vous s'il s'agit de la gloire de Dieu ou des flammes de l'enfer ?

— Je ne sais pas », fit Mot-pour-mot, de plus en plus embarrassé. Il était jeune alors, il n'avait pas encore trente ans et se troublait facilement en présence du grand homme.

« Ou peut-être que, dans votre désir effréné de vérité, vous ne le devez qu'à vous-même. » Le vieux Ben inclina la tête pour examiner les pages des Proverbes à travers les lentilles inférieures de ses besicles bifocales. « Les lettres ont été inscrites au feu. C'est drôle, n'est-ce pas, on me traite de sorcier, moi qui ne le suis pas, et vous, qui en êtes un, vous refusez de l'admettre.

— Je suis un prophète. Enfin... je voudrais être prophète.

— Si l'une de vos prophéties se vérifie, Bill Blake, alors j'y croirai, mais pas avant. »

Depuis ce jour, des années plus tôt, Mot-pour-mot courait après l'accomplissement d'au moins une prophétie. Mais à chaque fois qu'il croyait toucher au but, il entendait la voix du vieux Ben, dans un coin de son esprit, lui proposer une autre explication et se moquer de lui pour oser croire qu'il existait un rapport incontestable entre la prophétie et la réalité.

« La relation n'est jamais certaine, disait le vieux Ben. Gratifiante, oui... Attendez, je tiens là quelque chose. Votre esprit peut parfaitement établir un rapport gratifiant pour l'imaginaire. Mais la certitude, c'est une autre affaire. Elle implique que vous avez trouvé un rapport effectif indépendant de votre propre appréhension, qui existerait, que vous le perceviez ou non. Et je dois dire que je n'ai jamais trouvé un tel rapport de ma vie. Il m'arrive de croire que ça n'existe pas, que toutes relations, parentés, analogies et similitudes sont le produit de l'esprit et ne possèdent aucune consistance.

— Alors pourquoi est-ce que le sol ne se désagrège pas sous nos pieds ? demanda Mot-pour-mot.

— Parce qu'on est parvenu à le persuader de ne pas nous laisser passer au travers. C'était peut-être sir Isaac Newton. Un gars qui savait convaincre. Les hommes ont des doutes sur lui, mais pas le sol, alors il nous supporte. » Le vieux Ben éclata de rire. Il prenait tout à la rigolade. Il ne pouvait jamais se résoudre à croire, même en son propre scepticisme.

Pour l'heure, assis au pied de l'arbre, les yeux clos,

Mot-pour-mot faisait un nouveau rapprochement : entre l'anecdote de Noé et le vieux Ben. Le vieux Ben était Cham, qui voyait la vérité toute nue, amollie et indécente, et qui se moquait d'elle tandis que les enfants fidèles de l'Église et de l'Université marchaient à reculons pour la recouvrir et dissimuler pareille sottise aux regards. Ainsi le monde continuait-il de croire en une vérité solide et digne, ne l'ayant jamais surprise en flagrant délit d'indolence.

Le rapport est certain, songea Mot-pour-mot. Voilà la signification de l'anecdote. C'est l'accomplissement de la prophétie. La vérité, quand on la voit, nous apparaît ridicule, et pour la vénérer il faut toujours éviter de la regarder.

À ce trait de lumière, Mot-pour-mot bondit sur ses pieds. Il fallait qu'il trouve quelqu'un tout de suite pour lui faire part de sa grande découverte tant qu'il y croyait encore. Comme le disait son propre proverbe : « La citerne contient, la fontaine se répand. » S'il ne racontait pas ses histoires, elles prenaient l'humidité et le moisi, elles s'étiolaient en lui ; tandis qu'en les diffusant il les conservait fraîches et convaincantes.

Quelle direction prendre ? La route forestière, à moins de trois perches, conduisait vers une grande église blanche avec un clocher haut comme un chêne ; il l'avait aperçue, distante d'à peine un mille, depuis le sommet de son arbre. C'était le plus grand édifice qu'il voyait depuis son dernier passage à Philadelphie. Une bâtisse aussi importante pour accueillir des gens signifiait que les habitants de la région estimaient avoir de la place à revendre pour les nouveaux arrivants. Bon signe pour un conteur d'histoires itinérant, dépendant de la confiance d'étrangers susceptibles de l'accueillir et de le nourrir, quand lui n'offrait rien d'autre en paiement que son livre, sa mémoire, deux bras vigoureux et des jambes solides qui l'avaient porté pendant dix mille milles et le porteraient encore pendant cinq mille autres au moins.

La route était sillonnée d'ornières, ce qui voulait dire que des chariots l'empruntaient souvent, et dans les passages creux de bons rondins posés en travers la consolidaient afin que les roues ne s'embourbent pas dans un sol détrempé. Ainsi une ville allait naître, non ? La grande église ne signifiait pas forcément une ouverture du cœur, elle dénotait peut-être davantage l'ambition. Voilà le danger de porter un jugement sur tout, pensa Mot-pour-mot. Il existe une centaine de causes possibles pour chaque effet et une centaine d'effets possibles pour chaque cause. Il songea à écrire cette pensée, mais se ravisa. Elle ne portait d'autre marque distinctive que celles laissées par son propre esprit, aucune trace du paradis ou de l'enfer. Il en concluait qu'elle ne lui avait pas été transmise. Il avait forgé cette pensée lui-même. Il ne s'agissait donc pas d'une prophétie et on ne pouvait lui accorder crédit.

La route aboutissait à des terrains communaux non loin d'une rivière. Mot-pour-mot le savait à cause de l'odeur de l'eau courante — il avait du nez. Sur le pourtour des communaux, ici et là, se dressaient plusieurs bâtisses, mais la plus grande de toutes était une demeure à étage en bardeaux chaulés assortie d'un écriteau : WEAVER.

Une maison qui porte un écriteau, Mot-pour-mot savait ça, laisse généralement entendre que les propriétaires souhaitent qu'on la reconnaisse sans se faire indiquer le chemin, ce qui revient à dire qu'elle est ouverte aux étrangers. Il s'approcha donc franchement et frappa à la porte.

« Une minute ! » hurla-t-on à l'intérieur. Mot-pour-mot attendit sur la galerie. Vers son extrémité, plusieurs paniers suspendus étaient accrochés, d'où retombaient les longues feuilles de plantes diverses. Mot-pour-mot en reconnut beaucoup pour leur utilité dans différents arts tels que guérison, détection, obturation, remémoration.

Il reconnut aussi qu'on ne les avait pas disposés au bonheur : vus sous un certain angle, vers le bas de la porte, ils composaient une figure magique parfaite. En vérité, l'effet en était si insistant que Mot-pour-mot s'accroupit, puis finit par s'allonger sur le ventre afin de l'apprécier convenablement. Les couleurs barbouillées sur les paniers exactement où il fallait prouvaient qu'il ne s'agissait pas d'un hasard. C'était un exquis sortilège protecteur, orienté vers la porte d'entrée.

Il s'efforça de comprendre pourquoi on avait disposé un sortilège aussi puissant mais en cherchant à le dissimuler. Eh oui, Mot-pour-mot était probablement la seule personne à l'entour en mesure de sentir l'odeur de pouvoir dégagée par quelque chose d'aussi passif qu'un sortilège, et en conséquence la seule personne forcée de le remarquer. Il était toujours allongé par terre, à s'interroger, quand la porte s'ouvrit sur un homme qui demanda :

« Vous êtes donc si fatigué, l'étranger ? »

L'interpellé bondit sur ses pieds. « J'admirais l'arrangement de vos plantes. Joli jardin suspendu, monsieur.

— L'est à ma femme, dit l'homme. Elle arrête pas de s'occuper d'ses herbes. Faut toujours qu'elles soyent comme ci et pas comme ça. »

L'homme était-il un menteur ? Non, jugea Mot-pour-mot. Il n'essayait pas de cacher le fait que les paniers formaient un sortilège et que les feuilles grimpantes s'entrelaçaient pour les raccorder les uns aux autres. Il l'ignorait, tout bonnement. Quelqu'un — sa femme, probablement, s'il s'agissait de son jardin — avait placé une protection sur la maison, et le mari n'en soupçonnait rien.

« Elles m'ont l'air très bien comme ça, dit Mot-pour-mot.

— Je m'demandais comment on pouvait arriver jusqu'icitte sans qu'j'entende le chariot ou l'cheval. Mais suffit d'vous regarder pour deviner que vous êtes venu à pied.

— Effectivement, monsieur, dit Mot-pour-mot.

— Et vot' sac me paraît guère plein pour que vous ayez beaucoup d'articles à troquer.

— Je ne troque pas des *objets*, monsieur, dit Mot-pour-mot.

— Quoi donc, alors ? Qu'esse qu'on peut troquer d'autre que des objets ?

— Le travail, déjà, dit Mot-pour-mot. Je travaille en échange du gîte et du couvert.

— Vous êtes vieux, pour un vagabond.

— Je suis né en cinquante-sept ; j'ai donc encore dix-sept bonnes années devant moi avant d'arriver au bout de mes septante ans... Et puis j'ai quelques talents. »

Aussitôt, l'homme parut avoir un mouvement de recul. Non pas physiquement. Mais dans ses yeux qui devinrent plus distants quand il lâcha : « Chez nous autres, c'est ma femme et moi qui faisons le travail, par rapport qu'nos gars sont encore bien p'tits. On n'a pas b'soin d'aide. »

Une femme se tenait à présent derrière lui suffisamment jeune encore pour que le temps n'ait pas eu le loisir de durcir et d'altérer ses traits, mais la mine sérieuse. Elle portait un bébé dans les bras. Elle s'adressa à son époux : « On a d'quoi garder un invité à dîner ce soir, Armure.... »

À ces mots, le visage du mari se ferma résolument. « Ma femme est plus généreuse que moi, l'étranger. J'vais vous parler tout net. Vous avez avoué posséder quelques talents, et pour c'que j'en sais, ça veut dire que vous revendiquez des pouvoirs occultes. J'accepte pas ce genre de pratiques dans une maison chrétienne. »

Mot-pour-mot lui jeta un regard sévère, qu'il adoucit pour le poser sur la femme. Alors voilà comment ça se passait ici : elle, élaborant des charmes et des sortilèges à l'insu de son mari, et lui, rejetant sans détours la moindre idée de magie venant de son épouse. Si le mari découvrait un jour la vérité, Mot-pour-mot se demandait ce qui arriverait à la femme. L'homme — Armure ? — n'avait pas l'air mauvais, mais enfin, nul ne pouvait dire de quelles violences on était capable quand la fureur lâchait la bonde.

« Je comprends votre prudence, monsieur, dit-il enfin.

— J' sais qu'vous avez des protections sur vous, dit Armure. Un homme tout seul, qu'arrête pas de s'promener à pied en pleine nature ? Le fait d'avoir encore vos cheveux sur la tête prouve que vous avez échappé aux Rouges. »

Mot-pour-Mot eut un large sourire et, d'un geste vif, retira son chapeau pour dévoiler un crâne chauve. « C'est un bon moyen d'échapper aux Rouges, si je les aveugle en leur renvoyant l'éclat du soleil ? demanda-t-il. Ils ne toucheraient aucune prime pour *mon* scalp.

— À vrai dire, fit Armure, ceux d'la région sont plus pacifiques que la plupart. Le prophète borgne s'est bâti une ville sur l'aut' bord de la Wobbish, où il enseigne aux Rouges à pas boire d'alcool.

— Un bon conseil qu'il faudrait donner à tout le monde », approuva Mot-pour-mot. Et il pensait : un Rouge qui se qualifie de prophète. « Avant que je m'en aille, faudra que je rencontre cet homme, que j'aie une conversation avec lui.

— Il vous parlera pas à *vous*, dit Armure. Sauf si vous changez la couleur de vot' peau. Il a pas causé à un Blanc depuis qu'il a eu sa première vision, y a quelques années de ça.

— Il me tuera, si j'essaye ?

— Peu probab'. Il enseigne à son peuple de pas tuer les Blancs.

— Ça aussi, c'est un bon conseil.

— Bon pour les Blancs, mais ça risque de l'être moins pour les Rouges. Y a des genses, comme ce soi-disant gouverneur Harrison, plus bas à Carthage City, qui pensent pis qu'pendre de tous les Rouges, pacifiques ou non. » L'agressivité n'avait pas disparu de son visage, mais en tout cas Armure parlait, et il parlait à cœur ouvert. Mot-pour-mot tenait en confiance les hommes qui disaient à tout le monde le fond de leur pensée, même aux étrangers, même aux ennemis. « De toute façon, poursuivait Armure, c'est pas tous les Rouges qui croient dans les paroles de paix du Prophète. Comme ceux qui suivent Ta-Kumsaw, ils fomentent des troubles au sud, près de l'Hio, et plein d'genses remontent vers le nord, dans la partie amont d'la Wobbish. Vous manquerez donc pas de maisons qui veulent bien ouvrir leur porte à un mendiant... pour ça aussi, vous pouvez remercier les Rouges.

— Je ne suis pas un mendiant, monsieur, rectifia Mot-pour-mot. Je vous l'ai dit, je veux travailler.

— Avec des talents et d'la malice par en dessous, j'en doute pas. »

L'hostilité de l'homme contrastait avec la mine avenante et accueillante de son épouse. « C'est *quoi* vot' talent, monsieur ? demanda la femme. À vot' façon de parler, vous m'avez l'air d'avoir de l'instruction. Vous seriez pas maître d'école, dites-moi ?

— Mon talent est dans mon nom, dit-il. Mot-pour-mot. J'ai un talent pour les histoires.

— Pour les inventer ? On appelle ça mentir, par chez nous. » Plus la femme cherchait à venir en aide à Mot-pour-mot, plus son mari était désagréable.

« J'ai un talent pour me souvenir des histoires. Mais je ne raconte que celles que je crois véridiques, monsieur. Et je suis difficile à convaincre. Si vous me racontez vos histoires, je vous raconterai les miennes, et l'échange nous rendra tous deux plus riches, parce qu'on n'aura rien perdu de notre capital de départ.

— J'ai pas d'histoires », dit Armure, qui pourtant

avait déjà évoqué d'une part le Prophète et d'une autre Ta-Kumsaw.

« C'est bien triste, et dans ce cas, j'ai frappé à la mauvaise porte. » Mot-pour-mot avait compris que ce n'était vraiment pas la demeure qu'il lui fallait. Même si Armure changeait d'avis et le faisait entrer, il serait en butte aux soupçons, lui qui ne souffrait pas de vivre sous une perpétuelle surveillance. « Le bonjour. »

Mais Armure n'allait pas le laisser partir aussi facilement. Les paroles de Mot-pour-mot l'avaient piqué au vif. « Pourquoi donc ce serait triste ? J'mène une vie tranquille, ordinaire.

— Aucune vie ne paraît ordinaire à celui qui la mène, dit Mot-pour-mot, et s'il prétend le contraire, alors c'est une histoire du genre que je ne raconte jamais.

— Vous m'traitez d'menteux ? lança Armure.

— Je vous demande si vous connaissez une maison où mon talent recevrait bon accueil. »

Mot-pour-mot remarqua — Armure non — que la femme formait un signe magique d'apaisement des doigts de la main droite et tenait le poignet de son mari de la gauche. C'était délicatement fait, et le mari avait dû en prendre l'habitude parce que, visiblement, il se détendit quand elle s'avança légèrement pour répondre. « L'ami, fit-elle, si vous prenez l'chemin par-derrière la colline là-bas et que vous l'suivez jusqu'au bout, en traversant deux ruisseaux, tous les deux pontés, vous arriverez au logis d'Alvin Miller, et j'sais qu'il vous acceptera chez lui.

— Ah, fit Armure.

— Merci, dit Mot-pour-mot. Mais comment vous pouvez le savoir ?

— Ils vous garderont aussi longtemps qu'vous voudrez rester et ils vous mettront jamais dehors, tant qu'vous ferez preuve de bonne volonté pour leur donner un coup d'main.

— La bonne volonté, j'en fais toujours preuve, madame.

— *Toujours ?* fit Armure. Personne fait *toujours* preuve de bonne volonté. Il m'semblait qu'vous disiez *toujours* la vérité.

— Je dis toujours ce que je crois. Quant à savoir si c'est la vérité, je n'en suis pas plus sûr que n'importe qui.

— Alors pourquoi vous m'donnez du "monsieur", quand j'suis pas chevalier, et que vous l'appelez "madame", elle qui vaut pas mieux qu'moi ?

— Eh bien, je ne partage pas l'idée que le roi se fait de la chevalerie, voilà pourquoi. Il appelle chevaliers tous ceux auxquels il doit une faveur, vrais chevaliers ou non. Et toutes ses maîtresses sont qualifiées de "dames" pour les services rendus entre les draps royaux. Voilà le langage qu'on parle chez les Cavaliers... des mensonges, la moitié du temps. Mais votre épouse, monsieur, s'est comportée en vraie dame, gracieuse et hospitalière. Et vous, monsieur, comme un vrai chevalier, en protégeant votre maison contre les dangers que vous redoutez le plus. »

Armure éclata d'un rire sonore. « Après des paroles aussi emmiellées, j'parie qu'vous devez sucer du sel pendant une heure pour vous ôter l'goût du sucre de la bouche.

— C'est mon talent, dit Mot-pour-mot. Mais j'ai

d'autres façons de parler, moins agréables, quand les circonstance s'y prêtent. Bonne après-midi à vous, à votre femme, à vos enfants et à votre maison chrétienne. »

Mot-pour-mot s'en alla et s'engagea sur l'herbe des terrains communaux. Les vaches ne lui accordèrent aucune attention, parce qu'il bénéficiait *bel et bien* d'un charme protecteur, mais pas du genre qu'Armure remarquerait jamais. Il s'assit un petit moment au soleil pour se réchauffer le cerveau et voir si une pensée n'allait pas en sortir. Sans résultat. Il n'avait presque jamais eu de pensées dignes de ce nom, l'après-midi. Comme disait le proverbe : « Pense le matin, fais le midi, mange le soir, dors la nuit. »Trop tard pour penser, maintenant. Trop tôt pour manger.

Il monta le chemin menant à l'église qui se dressait bien en retrait des communaux, au sommet d'une colline respectable. Si j'étais un vrai prophète, pensa-t-il, je saurais déjà tout. Je saurais si je vais rester ici une journée, une semaine ou un mois. Je saurais si Armure va devenir mon ami, ce que j'espère, ou mon ennemi, ce que je crains. Je saurais si sa femme aura un jour la liberté d'employer ouvertement ses pouvoirs. Je saurais si je vais rencontrer ce prophète rouge face à face.

Mais c'était de la bêtise, il en avait conscience. Qui rappelait les visions spécifiques des torches — il les avait vues opérer, plus souvent qu'à son tour, et il s'était senti rempli d'épouvante parce qu'il n'était pas bon, il le savait, de voir trop loin sur le chemin de sa propre existence. Non, le talent qu'il demandait pour lui-même c'était la prophétie : voir, non pas les petits faits et gestes d'hommes et de femmes dans leurs petits coins de planète, mais plutôt les grands mouvements des événements commandés par Dieu. Ou par Satan — Mot-pour-mot n'était pas regardant, tous deux avaient une idée précise de ce qu'ils entendaient faire dans le monde ; l'un comme l'autre étaient donc susceptibles de connaître quelques bribes du futur. Évidemment, ce serait plus plaisant d'apprendre ces bribes de Dieu. Tous les contacts qu'il avait pu avoir au cours de sa vie avec les manifestations diaboliques s'étaient avérés douloureux, chacun à leur manière.

La porte de l'église était grande ouverte, chaude la journée d'automne, et Mot-pour-mot entra en même temps que des mouches bourdonnantes. L'église lui apparut aussi jolie au-dedans qu'au-dehors — manifestement de rite écossais, donc toute simple, mais pour cette raison d'autant plus agréable, un lieu de culte clair et aéré avec ses murs blanchis et ses fenêtres vitrées. Même les bancs et la chaire étaient de bois blanc. Une seule tache sombre dans tout cet ensemble : l'autel. Alors, naturellement, Mot-pour-mot eut l'œil attiré. Et, parce qu'il avait un talent pour ce genre de choses, il vit des traces liquides en effleurer la surface.

Il s'avança lentement vers l'autel. Il s'avança, parce qu'il voulait une certitude ; lentement, parce qu'un tel phénomène n'avait pas sa place dans une église chrétienne. Mais de près, le doute n'était pas permis. Il s'agissait de la même trace qu'il avait vue sur le visage de l'homme, à DeKane, qui avait torturé ses enfants à mort avant d'en accuser les Rouges. La même trace qu'il avait vue persister sur l'épée qui avait décapité

George Washington. C'était comme une fine pellicule d'eau sale, invisible à moins qu'on la regarde sous un certain angle, sous un certain éclairage. Mais elle n'échappait plus au regard de Mot-pour-mot désormais, il avait l'œil exercé.

Il tendit la main et posa prudemment l'index sur la trace la plus nette. Il lui fallut faire appel à toutes ses forces pour y maintenir son doigt quelques instants, tellement ça le brûlait ; tout son bras fut pris de tremblements et de douleurs, jusqu'à l'épaule.

« Soyez le bienvenu dans la maison de Dieu », dit une voix.

Mot-pour-mot, suçant son doigt brûlé, se retourna pour faire face à celui qui venait de parler. L'homme portait la robe de pasteur du rite écossais — un presbytérien, comme on les appelait ici, en Amérique.

« Vous ne vous êtes pas enfoncé une écharde, au moins ? » demanda le pasteur.

Il aurait été plus simple de répondre : « Oui, je me suis enfoncé une écharde. » Mais Mot-pour-mot ne racontait que les histoires qu'il croyait. « Pasteur, dit-il, le démon a posé la main sur cet autel. »

Aussitôt, le sourire lugubre de l'homme d'église disparut. « Comment savez-vous reconnaître l'empreinte de la main du démon ?

— C'est un don de Dieu, dit Mot-pour-mot. Le don de voir. »

Le pasteur le regarda attentivement, hésitant à le croire ou non. « Alors vous pouvez aussi reconnaître ce que les anges ont touché ?

— Je pourrais en voir les traces, je pense, si des esprits célestes étaient intervenus. J'ai déjà vu ce genre de marques. »

Le pasteur marqua un temps, comme s'il voulait poser une question très importante mais avait peur de la réponse. Puis il frissonna ; l'envie de savoir l'avait visiblement quitté, et c'est d'une voix méprisante qu'il reprit la parole : « Absurde. Vous pouvez abuser les gens du commun, mais moi, j'ai suivi des études en Angleterre et les histoires de pouvoirs occultes ne m'en font pas accroire.

— Oh, dit Mot-pour-mot, vous avez suivi des études...

— Et vous aussi, à votre façon de parler. Le sud de l'Angleterre, je dirais.

— L'Académie des Beaux-Arts du Lord Protecteur. J'ai étudié la gravure. Vous êtes de rite écossais, alors je peux prétendre que vous avez vu mon œuvre dans votre livre de catéchisme.

— Je ne m'attarde jamais à ces choses, dit le pasteur. Les gravures gâchent du papier qu'on pourrait consacrer à des paroles de vérité À moins d'illustrer ce que les yeux de l'artiste ont réellement vu, comme des anatomies. Mais ce que l'artiste conçoit dans son imagination ne vaut pas mieux, à mon point de vue, que ce que j'imagine tout seul. »

Mot-pour-mot voulut approfondir l'idée. « Et si l'artiste était aussi prophète ? »

Le pasteur ferma à demi les yeux. « Le temps des prophètes est révolu. Comme ce païen apostat de Rouge borgne de l'autre côté de la rivière, tous ceux qui se prétendent aujourd'hui prophètes sont des charlatans. Et je ne doute pas que si Dieu accorde le don de prophétie ne serait-ce qu'à un seul artiste, nous aurons bientôt une pléthore de dessinateurs et de barbouilleurs désireux d'être pris pour des prophètes, surtout s'ils en tirent un bon profit. »

Mot-pour-mot répondit avec douceur mais il ne laissa pas passer l'accusation implicite. « Celui qui touche un salaire pour prêcher la parole de Dieu ne devrait pas critiquer les autres, ceux qui cherchent à gagner leur vie en révélant la vérité.

— J'ai reçu l'ordination, dit l'autre. Personne n'ordonne les artistes. Ils s'ordonnent eux-mêmes. »

Exactement ce qu'avait escompté Mot-pour-mot. Le pasteur se retranchait derrière l'autorité dès lors qu'il craignait que ses idées ne puissent prévaloir par leur seul mérite. Toute discussion raisonnable devenait impossible sous l'arbitrage de l'autorité ; Mot-pour-mot revint au sujet initial : « Le démon a posé la main sur cet autel, dit-il. Je m'y suis brûlé le doigt.

— Moi, je ne m'y suis jamais brûlé, fit le pasteur.

— J'espère bien. *Vous*, vous avez été ordonné. »

Il ne faisait aucun effort pour dissimuler le dédain dans sa voix ; et le pasteur, visiblement irrité, répliquait vertement. Mot-pour-mot ne se formalisait pas qu'on se mette en colère contre lui. Ça voulait dire qu'on l'écoutait et qu'on le croyait, au moins à moitié.

« Dites-moi alors, puisque vous avez de si bons yeux, fit le pasteur. Dites-moi si un envoyé de Dieu a déjà touché cet autel. »

Manifestement, cette question avait pour lui valeur d'épreuve. Mot-pour-mot n'avait aucune idée de la réponse que le pasteur jugeait correcte. Ce n'était guère important ; il répondrait sans mentir, tant pis. « Non », lâcha-t-il.

C'était la mauvaise réponse. L'autre eut un sourire

suffisant. « Comme ça ? Vous pouvez dire qu'il ne l'a pas touché ? »

Mot-pour-mot pensa un instant que le pasteur croyait peut-être avoir lui-même, de ses mains nouvellement ordonnées, laissé des traces de la volonté divine. Il allait étouffer cette idée dans l'œuf sans retard. « La plupart des pasteurs ne laissent pas de traces lumineuses sur ce qu'ils touchent. Seuls de rares élus atteignent à suffisamment de sainteté. »

Mais ce n'était pas à lui-même que songeait le pasteur. « Maintenant vous en avez assez dit, fit-il. Je sais que vous êtes un imposteur. Sortez de mon église.

— Je ne suis pas un imposteur. Je peux me tromper, mais je ne mens jamais.

— Et moi, je ne crois jamais qui prétend ne jamais mentir.

— On suppose toujours les autres aussi vertueux que soi-même », dit Mot-pour-mot.

Le visage du pasteur s'empourpra de colère. « Sortez d'ici, ou je vous jette dehors !

— Je pars avec plaisir. » Il se dirigea sans attendre vers la porte. « J'espère ne jamais remettre les pieds dans une église dont le pasteur n'est pas étonné d'apprendre que Satan a touché son autel.

— Je n'ai pas été étonné parce que je ne vous crois pas.

— Vous m'avez cru, fit Mot-pour-mot. Vous croyez aussi qu'un ange l'a touché. D'après vous, c'est la vérité. Mais je vous affirme qu'aucun ange ne pourrait la toucher sans laisser une trace visible pour moi. Et je ne vois ici qu'une seule trace.

— Menteur ! C'est vous que le Diable a envoyé, vous essayez de pratiquer votre nécromancie dans la maison de Dieu ! Hors d'ici ! Fichez le camp ! Je vous ordonne de partir !

— Je croyais que les artistes dans mon genre s'ordonnaient tout seuls ?

— Dehors ! » Le pasteur hurla ce dernier mot, les veines lui saillant du cou.

Mot-pour-mot remit son chapeau et sortit à grands pas. Il entendit la porte se refermer à la volée derrière lui. Il traversa une prairie vallonnée dont l'herbe d'automne était toute sèche, pour parvenir à un sentier montant vers la maison dont avait parlé la femme. Où elle était certaine qu'on l'accepterait.

Mot-pour-mot, lui, en était moins sûr. Il n'effectuait jamais plus de trois visites dans une même localité : quand on n'avait pas trouvé de maison d'accueil au bout du troisième essai, mieux valait reprendre la route. Cette fois-ci, le premier avait été anormalement mauvais, le second plus désastreux encore.

Pourtant, son malaise ne résultait pas de la tournure fâcheuse que prenaient ses visites. À la prochaine, la dernière, quand bien même on s'aplatirait pour lui baiser les pieds, il continuerait d'éprouver une impression étrange à l'idée de séjourner dans le pays. On avait là une ville si chrétienne que le principal citoyen interdisait sa porte aux pouvoirs occultes... et l'autel de l'église n'en portait pas moins la marque du Diable. Côté duperie, c'était encore pire. Les pouvoirs occultes étaient utilisés sous le nez d'Armure et par la personne qu'il chérissait le plus, à qui il faisait le plus confiance ; pendant qu'à l'église, le pasteur était convaincu que Dieu, et non le Diable, avait revendiqué son autel. À quoi Mot-pour-mot pouvait-il s'attendre, dans cette maison sur la colline, sinon à davantage de folie, davantage de duperie? Les esprits tordus s'attiraient les uns les autres, il en savait quelque chose pour l'avoir vérifié par le passé.

La femme avait raison, des ponts enjambaient les ruisseaux. Mais même ces ouvrages singuliers ne présageaient rien de bon. Ponter un fleuve était une nécessité; ponter une rivière une attention à l'égard des voyageurs. Mais pourquoi bâtir des ponts à ce point fignolés sur des ruisseaux tellement étroits que même un homme de l'âge de Mot-pour-mot pouvait les franchir d'un bond sans se mouiller le pied? Les ouvrages étaient solides, ancrés dans le sol à bonne distance de chacun des bords du cours d'eau, tous deux pourvus d'un épais toit de chaume. Des gens déboursent de l'argent pour s'abriter dans des auberges moins hermétiques et moins au sec que ces ponts, s'étonnait Mot-pour-mot.

Ce qui voulait sûrement dire que ces gens, au bout du sentier, étaient aussi bizarres que ceux qu'il avait rencontrés jusque-là. Il ferait bien mieux de rebrousser chemin. La prudence voulait qu'il rebrousse chemin.

Mais la prudence, ce n'était pas son fort, à Mot-pour-mot. Le vieux Ben le lui avait signalé, des années plus tôt : « Un de ces jours, vous irez vous fourrer dans la gueule de l'enfer, Bill, rien que pour voir pourquoi le Diable a de si mauvaises dents. » Il y avait une raison à la présence des ponts, et Mot-pour-mot sentait là matière pour une histoire digne de figurer dans son livre.

Il ne marcha pas plus d'un mille, en fin de compte. Le sentier, qui semblait vouloir musarder dans un bois impénétrable, s'incurva brusquement vers le nord pour déboucher sur une belle propriété, aussi belle même que celles qu'il avait connues dans les paisibles territoires colonisés de Nouvelle-Orange ou de Pennsylvanie. La maison était grande et jolie, bâtie en rondins équarris, donc destinée à durer, et s'entourait de dépendances, remises, enclos et poulaillers, formant un véritable village à elle seule. De minces volutes de fumée qui montaient à un demi-mille plus loin sur le sentier lui apprirent qu'il n'avait pas tout à fait tort. Il y avait une autre maison à proximité, partageant le même chemin, ce qui voulait dire qu'y vivaient probablement des membres de la même famille. Des enfants mariés, sans aucun doute, et travaillant la terre en commun, pour la plus grande prospérité de tous. C'était une bonne chose, Mot-pour-mot le savait, quand des frères grandissaient en s'estimant assez pour se labourer mutuellement leurs champs.

Mot-pour-mot commençait toujours par se diriger vers l'habitation : mieux valait s'annoncer tout de suite plutôt que de rôder furtivement et de passer pour un voleur. Cette fois-ci, pourtant, quand il voulut marcher vers la maison, il se sentit d'un coup devenir tout bête, incapable de se rappeler ce qu'il comptait faire. On le détournait de son chemin par un sortilège repousseur si puissant qu'il ne s'en aperçut qu'une fois à mi-distance du bas de la colline, non loin d'un bâtiment de pierre près d'un ruisseau. Il s'arrêta net, effrayé, car personne n'avait assez de pouvoir, à son sens, pour l'éloigner sans qu'il ait eu conscience de ce qui lui arrivait. Cette habitation était aussi bizarre que les deux autres, et il ne voulait rien avoir à y faire.

Mais quand il tenta de rebrousser chemin, le même phénomène se reproduisit. Il se retrouva à descendre la colline vers le bâtiment de pierre.

À nouveau il s'arrêta, et cette fois murmura : « Qui que tu sois et quoi que tu veuilles, j'irai de ma propre volonté ou je n'irai pas. »

Aussitôt, il sentit comme une brise derrière lui, qui le poussait vers le bâtiment. Mais il savait qu'il pouvait faire demi-tour s'il le désirait. Contre la brise, il est vrai, mais c'était possible. Son esprit en fut considérablement tranquillisé. Quelles que soient les contraintes qu'on lui imposait, elles n'avaient pas pour but de l'asservir. Et ça, il le savait, c'était l'une des marques d'un charme bienveillant — rien à voir avec les chaînes invisibles d'un persécuteur.

Le sentier obliquait légèrement vers la gauche, le long du ruisseau, et Mot-pour-mot reconnaissait à présent que le bâtiment était un moulin, car il possédait un bief ainsi que le bâti pour une grande roue, installé où l'eau s'écoulerait. Mais aujourd'hui aucune eau ne se déversait dans le bief, et quand il s'approcha assez près pour voir par le large portail digne d'une grange, il découvrit pourquoi. Le bâtiment n'avait pas été condamné pour l'hiver. Il n'avait jamais été utilisé en tant que moulin. Les rouages étaient en place, mais il y manquait la grande meule circulaire. Il n'y avait qu'un soubassement de pavés ronds damés, de niveau, prêt à l'emploi, en attente.

En attente depuis longtemps. La construction datait au moins de cinq ans, à en juger par les plantes grimpantes et les mousses sur les murs. Bâtir ce moulin avait exigé beaucoup de travail, et pourtant on ne s'en servait que comme d'une grange.

Juste de l'autre côté de la porte, un chariot était agité de secousses : deux garçons se bagarraient sur une demi-charretée de foin. C'était une lutte amicale ; les enfants étaient manifestement frères, l'un dans les douze ans, l'autre de peut-être neuf, et la seule raison qui évitait au plus jeune de se faire éjecter du chariot et de passer la porte en vol plané, c'était que l'aîné ne pouvait se retenir de rire. Ils ne remarquèrent pas Mot-pour-mot, bien entendu.

Ils ne remarquèrent pas non plus au-dessus d'eux l'homme debout, à l'extrême bord du fenil, fourche en main, qui les observait. Mot-pour-mot pensa tout d'abord que l'homme les regardait avec fierté, à la façon d'un père. Puis il s'approcha suffisamment pour distinguer de quelle manière il tenait sa fourche. Comme un javelot, prêt à la lancer. L'espace d'un instant, Mot-pour-mot vit en esprit ce qui allait se produire : l'envol de la fourche qui s'enfonce dans la chair de l'un des garçons pour le tuer, sinon sur le coup, du moins à brève échéance par gangrène ou hémorragie stomacale. C'était à un meurtre qu'il assistait.

« Non ! » hurla-t-il. Il passa la porte en trombe pour arriver le long du chariot, les yeux levés vers l'homme dans le fenil.

Lequel plongea la fourche dans le foin près de lui, souleva la charge par-dessus le bord et la balança dans la carriole, ensevelissant à moitié les deux garçons. « J'vous ai amenés pour travailler, les deux oursons, pas pour vous faire des nœuds. » L'homme, souriant, les taquinait. Il adressa un clin d'œil à Mot-pour-mot. Comme si la mort n'avait pas habité ses yeux un instant plus tôt.

« Bien l'bonjour, la jeunesse, fit-il.

— Une jeunesse qui date un peu », dit Mot-pour-mot. Il ôta son chapeau, laissant son crâne chauve révéler son âge.

Les garçons se dégagèrent du foin. « Pourquoi qu'vous avez crié, m'sieur ? demanda le plus jeune.

— J'avais peur qu'il vous arrive quelque chose, répondit Mot-pour-mot.

— Oh, on s'bat tout l'temps comme ça, dit l'aîné. Vot' main, l'ami. J'm'appelle Alvin, pareil que p'pa. » Le sourire du garçon était contagieux. Malgré la frayeur qu'il venait d'éprouver et tous ses déboires de la journée avec la magie, Mot-pour-mot n'avait d'autre choix que de lui rendre son sourire et d'accepter la main tendue. Alvin avait la poigne d'un adulte, tellement il était vigoureux. Mot-pour-mot en fit la remarque.

« Oh, il a fait sa main d'limace. Quand il la serre pour de vrai et qu'il écrabouille, il peut vous faire éclater la paume comme une framboise... » Le cadet lui serra la main à son tour. « J'ai sept ans et Al junior, il en a dix. » Plus jeunes qu'ils en avaient l'air. Ils dégageaient l'un et l'autre cette aigre et désagréable odeur corporelle des jeunes garçons qui ont joué sans se ménager. Mais Mot-pour-mot ne s'en souciait pas. C'était le père qui l'intriguait. Quel vertigo lui avait fait croire qu'il voulait tuer les enfants ? Quel homme aurait pu porter une main meurtrière sur des garçons aussi beaux et adorables ?

L'homme avait abandonné sa fourche à foin dans le fenil, descendu l'échelle et se dirigeait maintenant à grandes enjambées vers l'inconnu, les bras tendus comme pour l'étreindre. « Bienvenue chez nous, l'étranger, dit-il. J'suis Alvin Miller, et ceux-là, c'est mes deux plus jeunes fils, Alvin junior et Calvin.

— Cally, rectifia le cadet.

— Il aime pas ça qu'nos noms s'ressemblent, dit Alvin junior. Alvin et Calvin. Vous comprenez, on l'a appelé d'cette façon-là parce qu'on espérait qu'en grandissant il deviendrait aussi bien que moi. Dommage que ça marche pas. »

Calvin, feignant la colère, le bouscula. « M'est avis qu'lui, c'était l'premier essai, et quand moi j'suis arrivé, ils ont vu qu'cette fois y avait rien à redire !

— La plupart du temps on les appelle Al et Cally, intervint le père.

— La plupart du temps tu nous appelles "taisez-vous" et "amenez-vous" », fit Cally.

Al junior lui asséna une claque sur l'épaule qui l'envoya s'étaler dans la boue. Après quoi le père appliqua une botte sur l'arrière-train d'Al pour l'envoyer à son tour valdinguer cul par-dessus tête par la porte. Le tout dans la bonne humeur. Personne n'avait le moindre mal. Comment ai-je pu penser qu'un meurtre allait se commettre ici ?

« Vous v'nez avec un message ? Une lettre ? » demanda Alvin Miller. Maintenant que les gamins étaient dehors, à se crier dessus d'un bout à l'autre du pré, les grandes personnes pouvaient en placer une.

« Je regrette, fit Mot-pour-mot. Je ne suis qu'un voyageur. Une jeune dame dans le village m'a dit de monter ici, que j'y trouverais un endroit où dormir. En échange de n'importe quel ouvrage, même bien dur, que mes bras pourraient abattre. »

Alvin Miller sourit de toutes ses dents. « Voyons

voir combien d'ouvrage ils peuvent abattre, ces bras-là. » Il tendit une main, mais ce n'était pas pour serrer celle de Mot-pour-mot. Il l'empoigna par l'avant-bras et plaqua son pied droit contre le sien. « Vous croyez pouvoir m'faire tomber ? demanda-t-il.

— Dites-moi seulement avant qu'on commence, fit Mot-pour-mot, si pour obtenir un meilleur dîner je dois vous faire tomber ou non. »

Alvin Miller rejeta la tête en arrière et lança un cri, comme un Rouge. « Comment c'est, vot' nom, l'étranger ?

— Mot-pour-mot.

— Eh ben, monsieur Mot-pour-mot, j'espère qu'vous aimez le goût d'la boue, parce que c'est ça qu'vous allez manger avant d'passer à table ! »

Mot-pour-mot sentit se resserrer la prise sur son avant-bras. Ses bras à lui étaient solides, mais pas autant que la poigne de cet homme-là. Or ce jeu ne faisait pas uniquement appel à la force. Il demandait aussi de l'astuce, et Mot-pour-mot n'en était pas dépourvu. Il se laissa lentement fléchir sous la pression d'Alvin Miller, bien avant d'avoir contraint l'homme à utiliser sa pleine puissance. Puis, soudain, il tira de toutes ses forces dans la direction où poussait Miller. D'ordinaire, c'était suffisant pour déséquilibrer l'adversaire le plus lourd, en retournant contre lui son propre poids ; mais son adversaire s'y attendait : il tira dans l'autre sens et Mot-pour-mot vola à une telle distance qu'il atterrit directement sur les pierres formant le soubassement de la meule absente.

Mais il n'y avait eu aucune malveillance dans le geste, en dehors du seul plaisir de la lutte. À peine

Mot-pour-mot était-il à terre que Miller l'aidait à se relever en lui demandant s'il n'avait rien de cassé.

« Je suis bien content que vous n'ayez pas encore installé votre meule, dit Mot-pour-mot, sinon vous seriez en train de me replacer la cervelle dans le crâne.

— Quoi ? Vous êtes dans l'pays d'la Wobbish, l'ami ! Y a pas b'soin d'cervelle par icitte.

— Bon, eh bien, vous m'avez battu. Est-ce que ça veut dire que vous n'allez pas me donner l'occasion de mériter mon lit et mon repas ?

— L'mériter ? Non, monsieur. Pas d'ça chez moi. » Mais le large sourire sur son visage démentait la rudesse de ses paroles. « Non, non, vous pouvez travailler si ça vous chante, on aime tous savoir qu'on paye sa part dans la vie. Mais j'vais vous dire, j'vous garderais même avec les deux jambes cassées, qu'vous seriez incapable de lever le p'tit doigt pour nous aider. On a un lit qui vous attend, juste à côté d'la cuisine, et j'suis prêt à parier un cochon contre une airelle qu'mes garçons ont déjà prévenu Fidelity d'ajouter un bol pour le dîner.

— C'est aimable à vous, monsieur.

— Pas d'quoi, fit Alvin Miller. Z'êtes sûr d'avoir rien d'cassé ? Vous avez cogné les pierres rudement fort.

— Alors il me semble que vous devriez aller vérifier si je ne les ai pas abîmées, monsieur. »

Alvin éclata à nouveau de rire, lui donna une claque dans le dos et l'entraîna vers la maison.

Quelle maison c'était ! On ne pouvait imaginer plus de cris ni de hurlements en enfer. Miller entreprit de lui situer tous les enfants. Les quatre grandes filles étaient les siennes, vaquant à une demi-douzaine de tâches, menant toutes des discussions différentes avec chacune de leurs sœurs, à tue-tête, sautant d'une dispute à l'autre à mesure que leurs occupations les conduisaient de pièce en pièce. Le bébé qui braillait était un petit-enfant, de même que les cinq bambins qui jouaient, aussi bien dessus que dessous la table, aux Têtes Rondes et aux Cavaliers. La mère, Fidelity, semblait ne s'apercevoir de rien tandis qu'elle s'affairait sans relâche dans la cuisine. De temps en temps, sa main se détendait pour calotter un gamin à sa portée, mais par ailleurs elle ne se laissait jamais interrompre dans son travail — ni dans le flot continu des ordres, des réprimandes, des menaces ou des récriminations qu'elle distribuait.

« Comment faites-vous pour ne pas perdre la tête, avec tout ça ? lui demanda Mot-pour-mot.

— La tête ? jeta-t-elle. Vous croyez qu'une personne de tête supporterait ça ? »

— Miller lui montra sa chambre. C'est ainsi qu'il la présenta : « Vot' chambre, tant qu'il vous plaira d'rester. » Elle avait un grand lit avec un oreiller de plumes et des couvertures ; la moitié d'un mur était formé de la paroi arrière de la cheminée, alors il y faisait chaud. Jamais Mot-pour-mot ne s'était vu offrir pareil lit au cours de tous ses vagabondages.

« Promettez-moi que vous ne vous appelez pas en réalité Procuste », dit-il.

Miller ne comprit pas l'allusion, mais aucune importance : le visage de Mot-pour-mot était éloquent. À l'évidence, Miller avait déjà connu pareilles expressions étonnées. « Nous autres, on loge pas les invités dans la plus mauvaise chambre, Mot-pour-mot, on les loge dans la meilleure. Et on arrête de parler d'ça.

— Va falloir que demain vous me laissiez travailler pour vous, alors.

— Oh, c'est pas les tâches qui manquent, si vous savez vous servir de vos mains. Et si l'travail de dame vous fait pas honte, ma femme pourrait avoir b'soin d'un coup d'main ou deux. On verra c'qui s'présentera. » Sur ce, Miller sortit de la chambre et ferma la porte derrière lui.

La porte close n'étouffait qu'en partie le brouhaha de la maisonnée, mais c'était une musique que Mot-pour-mot se moquait d'entendre. On n'était qu'en après-midi, mais il ne pouvait pas se retenir. Il se débarrassa de son sac, retira ses bottes et s'étendit doucement. Le lit produisit un bruit de paillasse, mais il y avait un matelas de plumes par-dessus, aussi était-il profond et moelleux. La paille était fraîche, et des herbes sèches qui pendaient aux pierres de la cheminée lui donnaient un parfum de thym et de romarin. Est-ce que je me suis jamais couché sur un lit aussi douillet à Philadelphie ? Ou avant ça, en Angleterre ? Pas depuis que j'ai quitté le sein maternel, décida-t-il.

On n'éprouvait aucune gêne à utiliser les pouvoirs, dans cette maison ; le charme s'étalait au vu et au su de tout le monde, peint au-dessus de la porte. Mais il en reconnut le motif. Il ne s'agissait pas d'un charme apaisant, destiné à réprimer toute violence dans l'âme de celui qui dormait ici. Il ne s'agissait pas d'un charme avertisseur, ni d'un charme repousseur. Aucun de ses éléments n'avait pour but de protéger la maison de l'hôte, ou l'hôte de la maison. Il procurait le bien-être, purement et simplement. Et il était impeccablement, finement dessiné, aux proportions idéales. Ce n'était pas facile de dessiner correctement un charme constitué de séries de chiffres trois. Mot-pour-mot ne se souvenait pas en avoir déjà vu d'aussi parfait.

Il ne fut donc pas surpris, allongé sur sa couche, de sentir les muscles de son corps se dénouer, comme si ce lit et cette chambre effaçaient la fatigue de vingt-cinq ans d'errances. Il en vint à penser qu'à sa mort il aimerait une tombe aussi confortable.

Quand Alvin junior le secoua pour le réveiller, toute la maison embaumait la sauge, le poivron et la viande mitonnée. « Z'avez juste le temps d'aller aux cabinets et d'vous laver avant d'venir à table, dit le jeune garçon.

— J'ai dû m'endormir, fit Mot-pour-mot.

— C'est pour ça qu'j'ai dessiné ce charme, dit l'enfant. Il marche bien, hein ? » Puis il déguerpit en coup de vent de la chambre.

Presque aussitôt, Mot-pour-mot entendit l'une des filles brailler un chapelet de menaces épouvantables à l'adresse du gamin. La dispute se poursuivait à plein volume quand il sortit pour se rendre aux cabinets ; et quand il en revint, les hurlements n'avaient pas cessé — quoique Mot-pour-mot se demanda si une autre sœur n'avait pas pris le relais de la première.

« J'te jure qu'ce soir, quand tu dormiras, Al junior, j'm'en vais t'coudre une mouffette à la plante des pieds ! »

La réponse d'Al lui resta indistincte à cause de la distance, mais elle déclencha une nouvelle série de glapissements. Mot-pour-mot avait déjà entendu crier par le passé. Parfois il sentait l'amour derrière les cris, parfois la haine. Quand il sentait la haine, il décampait aussi vite que possible. Dans cette maison-ci, il pouvait rester.

Les mains et la figure lavées, il était assez propre pour que Dame Fidelity lui permette d'apporter les miches de pain à la table — « à condition qu'vous les colliez pas contre cette chemise faisandée qu'vous avez sus l'dos ». Puis Mot-pour-mot prit place, bol en main, dans la procession familiale qui défila dans la cuisine et en ressortit après répartition entre chacun des membres de près d'un cochon entier.

Ce fut Fidelity, et non pas Miller, qui invita l'une des filles à dire la prière, et Mot-pour-mot remarqua que le père ne ferma même pas les yeux, bien que tous ses enfants aient courbé la tête et joint les mains. Comme si la prière, il la tolérait mais ne l'encourageait pas. Sans avoir à le demander, Mot-pour-mot sut qu'Alvin Miller et le pasteur, là-bas dans sa belle église blanche, ne s'entendaient pas du tout. Il se dit que le meunier pourrait même apprécier l'un des proverbes de son livre : « La chenille choisit les plus belles feuilles pour déposer ses œufs, et sur les plus belles joies le pasteur appose son désaveu. »

À sa grande surprise, le repas échappa au chaos. Chaque enfant, à tour de rôle, fit le compte-rendu de sa journée, et tout le monde écouta, en accordant parfois des conseils ou des félicitations. Finalement, quand il ne resta plus de ragoût et que Mot-pour-mot en sauçait les dernières traces avec un morceau de pain, Miller se tourna vers lui, comme il l'avait fait pour chacun des membres de la famille.

« Et vot' journée, Mot-pour-mot. Elle a été bien employée ?

— J'ai marché quelques milles avant midi, et j'ai grimpé à un arbre, dit-il. De là-haut, j'ai vu un clocher, ce qui m'a conduit à une ville. Là, un habitant chrétien a eu peur de mes pouvoirs occultes sans même en avoir éprouvé un seul, tout comme un pasteur qui prétendait pourtant ne pas croire que j'en avais. Moi, tout ce que je cherchais, c'était un lit et un bon repas, et aussi l'occasion de travailler pour les gagner. Alors une femme m'a dit que les gens au bout de ce chemin de terre m'accepteraient chez eux.

— Ça devait être not' fille Aliénor, dit Fidelity.

— Oui, fit Mot-pour-mot. Je vois à présent qu'elle a le regard de sa mère, toujours calme, en toutes circonstances.

— Non, l'ami, dit Fidelity. C'est seulement qu'ce regard en a tellement vu de dures que depuis, c'est pas facile de m'inquiéter.

— J'espère, avant mon départ, pouvoir entendre l'histoire de ces moments difficiles», dit Mot-pour-mot.

Fidelity détourna les yeux pour déposer un nouveau morceau de fromage sur le pain d'un de ses petits-enfants.

Le voyageur préféra revenir au récit de sa journée et ne pas montrer qu'elle risquait de l'avoir embarrassé en ne lui répondant pas.

« Ce chemin était vraiment curieux, dit-il. Il y avait des ponts couverts sur des ruisseaux où un enfant aurait pu barboter et qu'un homme aurait pu enjamber. J'espère entendre l'histoire de ces ponts avant que je m'en aille. »

Encore une fois, tous les regards se détournèrent.

« Et quand je suis sorti du bois, j'ai trouvé un

moulin sans meule, deux jeunes garçons qui luttaient sur un chariot, un meunier qui m'a infligé la plus belle mise à terre de ma vie et une famille qui m'a accepté et m'a donné la meilleure chambre de la maison, bien que je sois un étranger et sans savoir si j'étais un bon ou un mauvais gars.

— Vous en êtes un bon, tiens, fit Al junior.

— Ça vous ennuie si je vous pose des questions ? J'en ai vu, des gens accueillants dans ma vie, et j'ai logé dans plus d'un foyer heureux, mais aucun ne l'était autant que le vôtre et aucun n'avait autant de plaisir à me voir. »

Ils faisaient tous silence autour de la table. Finalement, Fidelity releva la tête et lui sourit. « J'suis bien contente qu'pour vous on soye heureux, dit-elle. Mais on se souvient tous du passé aussi, et p't-être que l'bonheur d'aujourd'hui nous paraît plus doux parce qu'on a gardé la mémoire du malheur.

— Mais pourquoi recevoir quelqu'un comme moi chez vous ? »

Miller répondit lui-même : « Parce qu'un jour on a été des étrangers et qu'des bonnes gens nous ont reçus chez eux.

— J'ai vécu quelque temps à Philadelphie, et j'ai tout d'un coup envie de vous demander : vous êtes de la Société des Amis ? »

Fidelity secoua la tête. « J'suis presbytérienne. Comme beaucoup d'nos enfants. »

Mot-pour-mot regarda Miller.

« J'suis rien du tout, fit-il.

— Un chrétien n'est pas rien du tout, dit Mot-pour-mot.

— J'suis pas chrétien non plus.

— Ah, fit Mot-pour-mot. Un déiste, alors, comme Tom Jefferson. » Un murmure parcourut les enfants à l'énoncé du nom du grand homme.

« Mot-pour-mot, j'suis un père qu'aime ses enfants, un mari qu'aime sa femme, un fermier qui paye ses dettes et un meunier sans meule. » Puis l'homme se leva de table et s'en alla. On entendit une porte se refermer. Il était sorti.

Mot-pour-mot se tourna vers Fidelity. « Oh, madame, j'en ai peur, vous devez regretter que je sois venu chez vous.

— Vous posez des tas d'questions, fit-elle.

— Je vous ai dit mon nom, et mon nom est en rapport avec ce que je fais. À chaque fois que je pressens une histoire, une qui compte, une véridique, j'ai hâte de la connaître. Et si on me la raconte et que je la crois, alors je m'en souviens pour toujours et je la répète partout où je vais.

— C'est grâce à ça qu'vous voyagez ? demanda l'une des filles.

— Je voyage en donnant la main à réparer des chariots, à creuser des fossés, à filer des textiles... tout ce qu'on trouve à faire. Mais ma principale tâche, ce sont les histoires, et je les échange, une contre une, mot pour mot. Vous n'avez peut-être pas envie pour l'instant de me raconter une histoire, et ça me convient parfaitement parce que je n'ai jamais pris une histoire qui ne m'ait été donnée de plein gré. Je ne suis pas un voleur. Mais vous voyez, j'en ai déjà une, d'histoire : tout ce qui m'est arrivé aujourd'hui. Les gens les plus charmants et le lit le plus moelleux entre le Mizzipy et l'Alphée.

— Où c'est-y l'Alphée ? C'est une rivière ? demanda Cally.

— Quoi, tu veux une histoire ? fit Mot-pour-mot.

— Oui ! vociférèrent les enfants.

— Mais pas l'fleuve Alphée, dit Al junior. Il existe pas. »

Mot-pour-mot le fixa, sincèrement surpris. « Comment tu le sais ? Tu as lu le recueil de Lord Byron des poèmes de Coleridge ? »

Al junior regarda autour de lui, déconcerté.

« On a pas beaucoup d'livres chez nous autres, expliqua Fidelity. Le pasteur leur donne des leçons de catéchisme, comme ça ils apprennent à lire.

— Alors, comment tu sais que le fleuve Alphée n'existe pas ? »

Al junior plissa le visage, l'air de dire : ne me pose pas de questions quand je ne connais pas les réponses moi-même. « J'veux une histoire avec Jefferson. Vous avez dit son nom comme si que vous l'avez vu.

— Oh, oui, je l'ai vu. Et Tom Paine, et Patrick Henry avant qu'on le pende, et j'ai vu l'épée qui a coupé la tête à George Washington. J'ai même vu le roi Henri Deux avant que les Français ne coulent son bateau en 1801 et ne l'expédient au fond de l'eau.

— Là où c'était sa place, murmura Fidelity.

— Si c'est pas pus bas, ajouta l'une des grandes filles.

— Je dis amen à ça. On raconte en Appalachie qu'il avait tellement de sang sur les mains que même ses os en sont tachés, tout brunis, et que même les poissons les moins difficiles refusent de mordre dedans. »

Les enfants éclatèrent de rire.

« Avant Tom Jefferson, dit Al junior, j'veux une histoire du pus grand sorcier américain. J'parie qu'vous avez connu Ben Franklin. »

Une fois encore, l'enfant le surprenait. Comment avait-il deviné que de toutes les histoires, c'étaient celles sur Ben Franklin qu'il préférait raconter ?

« Si je l'ai connu ? Oh, un peu, fit-il, sachant que le ton de sa réponse leur promettait toutes les histoires qu'ils pouvaient espérer. Je n'ai vécu avec lui qu'une demi-douzaine d'années, et il y avait huit heures par nuit où je ne le voyais pas. Alors je ne peux pas dire que je le connaissais *bien*. »

Al junior se pencha par-dessus la table, les yeux brillants, sans ciller. « Il était un faiseur pour de vrai ?

— Toutes ces histoires, vous les connaîtrez, mais chacune en son temps, dit Mot-pour-mot. Tant que votre père et votre mère voudront bien me garder et tant que j'aurai l'impression d'être utile, je resterai et je vous raconterai des histoires jour et nuit.

— D'abord avec Ben Franklin, insista Alvin junior. C'est vrai qu'il a fait tomber la foudre du ciel ? »

X

Les visions

Alvin junior se réveilla en sueur du cauchemar. Ça lui avait paru si réel... et il était essoufflé comme s'il avait cherché à s'enfuir en courant. Mais il n'avait pas couru, il le savait. Il restait allongé, les yeux fermés ; il craignait encore de les ouvrir : ça serait toujours là. Il y avait longtemps, quand il était encore tout petit, il se mettait à crier chaque fois qu'il faisait ce cauchemar. Mais dès qu'il essayait de l'expliquer à papa et maman, ils lui répétaient toujours la même chose : « Bah, c'est rien, fiston. Tu vas pas me dire qu'un rien te fait peur ? » Il apprit donc à se retenir et ne jamais crier quand le rêve se produisait.

Il ouvrit enfin les yeux, et ça reflua vers les coins de la chambre, où rien ne le forçait à regarder directement. Très bien. Reste là et laisse-moi tranquille, dit-il silencieusement.

Puis il se rendit compte qu'il faisait grand jour et que maman avait préparé ses pantalon et veste de drap noir avec une chemise propre. Ses habits du dimanche pour aller au culte. Il aurait presque mieux aimé retourner à son cauchemar plutôt que se réveiller pour ça.

Alvin junior détestait le dimanche matin. Il détestait bien s'habiller, parce qu'il ne pouvait pas se mettre par terre ni s'agenouiller dans l'herbe, ni même se pencher sans se salir quelque part et sans que maman lui rappelle de respecter le jour du Seigneur. Il détestait l'obligation de marcher à pas feutrés dans la maison durant toute la matinée sous prétexte que ce jour-là, il ne fallait pas jouer ni faire de bruit. Et par-dessus tout, il détestait l'idée de s'asseoir sur un banc inconfortable du premier rang, face au révérend Thrower dont les yeux ne lâchaient pas les siens pendant qu'il prêchait sur les feux de l'enfer promis aux impies qui méprisaient la vraie religion et plaçaient leur foi dans les faibles capacités de l'intelligence humaine. Tous les dimanches pareil.

Et Alvin ne méprisait pas vraiment la religion, oh non. Il méprisait le révérend Thrower, voilà tout. Toutes ces heures d'école, maintenant que la moisson était terminée ! Alvin junior lisait couramment, et en calcul il avait la plupart du temps les bonnes réponses. Mais ça ne suffisait pas au vieux Thrower. Il fallait aussi qu'il enseigne la religion. Les autres enfants — les Suédois et les Knickerbockers venant de l'amont, les Écossais et les Anglais de l'aval — ne recevaient la raclée que s'ils répondaient avec insolence ou donnaient trois mauvaises réponses de suite. Mais Thrower attrapait sa badine pour corriger Alvin junior à la moindre occasion, aurait-on dit, et ce n'était pas à propos de connaissances apprises dans les livres, c'était toujours à propos de religion.

Évidemment, ça n'arrangeait rien que la Bible donne sans arrêt envie de rire à Alvin, tout le temps au mauvais moment. C'est ce que Mesure lui avait dit, la fois où il s'était enfui de l'école pour se cacher chez David jusqu'à ce que son frère le retrouve juste avant le dîner. « Si t'évitais d'rigoler quand il lit la Bible, tu t'ferais moins taper d'ssus. »

Mais ça donnait *vraiment* envie de rire. Quand Jonathan tirait toutes ses flèches en l'air et qu'elles manquaient leur cible. Quand Jéroboam ne tirait pas assez de flèches par sa fenêtre. Quand Pharaon n'arrêtait pas d'imaginer des ruses pour empêcher les Hébreux de partir. Quand Samson, le benêt, disait son secret à Dalila qui l'avait déjà trahi par deux fois. « Comment j'dois faire pour pas rire ?

— T'as qu'à penser à ton derrière plein d'cloques, disait Mesure. Ça devrait t'effacer le sourire d'la figure.

— Mais quand j'y pense, c'est toujours après que j'ai déjà ri.

— Alors, probab' que t'auras jamais l'usage d'une chaise avant tes quinze ans. Parce que maman t'laissera jamais quitter cette école, que Thrower t'lâchera jamais la bride et qu'tu peux pas te cacher chez David indéfiniment.

— Pourquoi donc ?

— Parce que s'cacher d'son ennemi c'est pareil que le laisser gagner. »

Ainsi Mesure n'avait pas voulu le protéger et Alvin avait dû s'en revenir — et recevoir en plus une trempe par papa pour avoir fait peur à tout le monde en s'enfuyant et en restant caché si longtemps. Pourtant, Mesure l'avait aidé pour de bon. C'était réconfortant de savoir que quelqu'un voulait bien reconnaître que le pasteur était son ennemi Tous les autres s'extasiaient tellement sur Thrower — qu'il était merveilleux, pieux, instruit ! et comme c'était aimable à lui de faire profiter les enfants de son puits de science ! — qu'Alvin en avait presque envie de dégobiller.

Même s'il parvenait le plus souvent à garder un visage impassible pendant la classe, et donc à recevoir moins de raclées, le dimanche restait l'épreuve la plus terrible de toutes parce que, cloué à son banc inconfortable, il devait écouter Thrower alors que la moitié du temps il se retenait d'éclater de rire à se rouler par terre, et que l'autre moitié ça le démangeait de se lever pour crier : « Jamais j'ai entendu une grande personne dire une chose aussi bête ! » Il avait même l'impression que papa ne le corrigerait pas trop s'il disait ça à Thrower, car papa n'avait pas une haute opinion du bonhomme. Mais maman... elle ne lui pardonnerait jamais de blasphémer dans la maison du Seigneur.

Le dimanche matin, conclut-il, a été inventé pour donner aux pécheurs un avant-goût du premier jour d'éternité en enfer.

Probable que maman ne permettrait même pas que Mot-pour-mot raconte la moindre histoire aujourd'hui, à moins qu'elle ne soit tirée de la Bible. Et comme Mot-pour-mot ne racontait apparemment jamais d'histoires de la Bible, Alvin junior sentit que la journée ne serait pas bonne.

La voix de maman explosa en bas de l'escalier : « Alvin junior, j'en ai plein l'dos que tu mettes trois heures à t'habiller l'dimanche matin ! J'vais finir par t'emmener à l'église tout nu !

— J'suis pas tout nu ! » se récria Alvin. Mais comme, en fait de vêtement, il portait sa chemise de nuit, c'était sans doute pire que d'être tout nu. Il se dépouilla en hâte de la chemise de flanelle, l'accrocha à une patère et entreprit de s'habiller aussi vite qu'il le pouvait.

Marrant, ça. Les autres jours, il lui suffisait de tendre la main pour que ses habits soient là, pour trouver tout de suite celui qu'il cherchait. Chemise, pantalon, chaussettes, chaussures. Ils lui tombaient toujours sous la main dès qu'il en avait besoin. Mais le dimanche matin, on aurait dit que les vêtements le fuyaient. Il cherchait sa chemise et ramenait son pantalon. Il voulait attraper une chaussette et accrochait une chaussure, à chaque fois. Comme si ses vêtements n'avaient pas plus envie de l'habiller que lui de les porter.

Aussi, quand maman ouvrit la porte à la volée, ce n'était pas entièrement la faute d'Alvin s'il n'avait même pas encore enfilé son pantalon.

« T'as raté le p'tit déjeuner ! T'es encore à moitié nu ! Si tu t'imagines que j'vais faire entrer l'cortège familial en retard dans l'église, tu te...

— ... fais des idées », termina Alvin.

Ce n'était pas non plus sa faute à lui si elle serinait toujours la même rengaine. Mais elle se mit en colère comme s'il aurait dû faire semblant d'être surpris en l'entendant répéter ça pour la quatre-vingt-dixième fois depuis l'été. Oh, elle était bien décidée à lui flanquer une volée, pas de doute, ou à appeler papa pour lui en flanquer une plus carabinée, quand apparut Mot-pour-mot, venu à la rescousse.

« Dame Fidelity, dit le conteur, je me ferais un plaisir de veiller à ce qu'il aille à l'église, si vous voulez partir devant avec les autres. »

À la seconde où Mot-pour-mot parla, maman se retourna d'un bloc et s'efforça de cacher à quel point elle s'était énervée. Alvin en profita aussitôt pour essayer d'exercer un charme calmant sur elle — de la main droite, qu'elle ne pouvait pas apercevoir, parce que si jamais elle le surprenait en train de lui jeter un sort, elle lui casserait le bras, une menace à laquelle Alvin junior croyait dur comme fer. Sans toucher, un charme calmant marchait moins bien, mais comme maman désirait à toutes forces *avoir l'air* calme devant Mot-pour-mot, il opéra quand même.

« Faudrait pas qu'ça vous dérange, dit-elle.

— Pas du tout, Dame Fidelity. Je fais si peu en retour de votre gentillesse.

— Si peu ! » L'agressivité avait presque disparu de la voix de maman à présent. « Eh ben, mon mari dit qu'vous abattez le travail de deux hommes. Et quand vous racontez des histoires aux p'tits, y a plusse de paix et de tranquillité dans c'te maison que j'en ai jamais connu depuis... depuis *toujours.* » Elle se retourna vers Alvin, mais désormais sa colère était plus jouée que réelle. « Tu feras c'que te dit Mot-pour-mot, et tu viendras bien vite à l'église ?

— Oui, maman. Aussi vite que j'peux.

— Alors, c'est d'accord. Merci beaucoup, Mot-pour-mot. Si vous arrivez à faire obéir ce drôle, vous aurez mieux réussi qu'tous ceux qu'ont essayé depuis qu'il sait parler.

— C'est un p'tit morveux, dit Mary dans le couloir.

— Tais-toi donc, Mary, lui jeta maman, si tu veux pas que j'te ferme la bouche en t'remontant la lèvre du bas pour t'la coudre sus l'nez. »

Alvin poussa un soupir de soulagement. Quand maman faisait des menaces impossibles, ça voulait dire que la colère l'avait quittée. Mary redressa le menton et fila du couloir d'un air indigné, mais Alvin ne s'en inquiéta même pas. Il fit un grand sourire à Mot-pour-mot, qui le lui rendit.

« On a du mal à s'habiller pour aller à l'église, mon gars ? lui demanda-t-il.

— J'aimerais mieux m'habiller dans du lard et traverser un troupeau d'ours affamés.

— Plus de gens survivent à l'église qu'à une rencontre avec des ours.

— Pas beaucoup plusse. »

Bientôt, il fut habillé. Mais il réussit à convaincre Mot-pour-mot de prendre le raccourci, c'est-à-dire de couper à travers bois par la colline derrière la maison, au lieu de faire le tour par la route. Comme il faisait très froid dehors, qu'il n'avait pas plu depuis un moment et qu'il n'était pas encore près de neiger, il n'y aurait pas de boue et maman ne se douterait de rien. Et ce que maman ignorait ne risquait pas de nuire à Alvin.

« J'ai remarqué, dit Mot-pour-mot tandis qu'ils gravissaient la pente couverte de feuilles, que ton père n'a pas accompagné ta mère, Cally et les filles.

— Il va pas à cette église-là, dit Alvin. Il tient l'révérend Thrower pour un crétin. 'videmment, il dit pas ça quand maman est là.

— J'imagine que non. »

Ils s'arrêtèrent en haut de la colline pour porter leurs regards vers la maison de Dieu, de l'autre côté des prairies ouvertes en contrebas. La colline de l'église, elle, dissimulait la ville de Vigor Church à la vue. La gelée sur l'herbe brune de l'automne commençait juste à fondre, si bien que l'église faisait comme une tache plus blanche dans un monde de blancheur ; sous les rayons solaires qui l'illuminaient, on aurait dit un second soleil. Alvin voyait des chariots qui arrivaient encore pour se ranger, et des chevaux qu'on attachait à des piquets dans le pré. S'ils se dépêchaient, ils arriveraient sans doute à leurs places avant que le révérend Thrower n'ait entonné l'hymne.

Mais Mot-pour-mot n'avait pas l'air de vouloir redescendre la colline. Il s'assit simplement sur une souche et se mit à réciter un poème. Alvin écouta de toutes ses oreilles, parce que les poèmes de Mot-pour-mot étaient souvent très prenants.

« *Comme au Jardin d'Amour je m'en étais allé,*
À mes yeux s'est offerte une chose nouvelle :
On avait construit au milieu une chapelle,
Sur la pelouse où d'habitude je jouais.

Et les grilles de cette chapelle étaient closes,
Et sur la porte était inscrit "Tu ne dois pas",
Lors je me suis tourné vers le Jardin d'Amour,
Où poussaient tant de suaves fleurs.

Et j'ai vu qu'il était envahi par des tombes,
Et que des dalles funéraires avaient pris la place des fleurs :
Et des prêtres en robe noire menaient leurs rondes,
Liant avec des ronces mes joies et mes désirs[1]. »

1. Extrait de *Chants d'expérience* de William Blake. Traduction de Pierre Leyris. Aubier-Flammarion, 1974.

Oh, Mot-pour-mot avait un talent, pour ça oui, car à mesure qu'il récitait, le monde se transformait sous les yeux d'Alvin. Les prés et les arbres prenaient les allures les plus exubérantes du printemps, riches de verts-jaunes éclatants et de dix mille floraisons, et le blanc de la chapelle au beau milieu n'étincelait plus mais rappelait la teinte crayeuse, douteuse, des vieux ossements. « *Liant avec des ronces mes joies et mes désirs*, répéta Alvin. T'en as rien à faire, d'la religion.

— Je respire la religion par tous mes pores, affirma Mot-pour-mot. J'attends désespérément des visions, je cherche les traces de la main de Dieu. Mais en ce monde je rencontre plus souvent les traces de l'autre. Une traînée visqueuse et luisante qui me brûle quand je la touche. Dieu se fait plutôt distant, ces temps-ci, Al junior, mais Satan, lui, ne craint pas de descendre visiter l'homme dans sa fange.

— Thrower, il dit qu'son église, c'est la maison de Dieu. »

Mot-pour-mot, assis sur sa souche, garda longuement le silence.

Alvin finit par lui poser franchement la question : « T'as vu des traces du Diable dans l'église ? »

Au fil des jours, depuis que Mot-pour-mot logeait chez eux, Alvin avait pu se rendre compte qu'il ne mentait jamais vraiment. Mais quand il ne voulait pas se faire piéger par la vérité, il disait un poème. Il se mit à en réciter un :

> « *Ô Rose, tu languis.*
> *L'invisible ver*
> *Qui vole dans la nuit*
> *Et le vent hurleur*

A trouvé ta couche
De joie cramoisie,
Sombre amour caché
Qui ronge ta vie[1]. »

Ce genre de réponse détournée avait le don d'exaspérer Alvin. « Si c'est pour entendre quelque chose que j'comprends pas, j'peux tout aussi bien lire Isaïe.

— Ça me flatte l'oreille, mon garçon, que tu me compares au plus grand des prophètes.

— Il est pas si bon prophète que ça, si personne arrive à comprendre c'qu'il a écrit.

— Il voulait peut-être qu'on devienne tous prophètes.

— J'suis contre les prophètes, annonça Alvin. À ce qui m'semble, ils finissent eux aussi par mourir comme tout l'monde. » C'était quelque chose qu'il avait entendu son père dire.

« Tout le monde finit par mourir, fit Mot-pour-mot. Mais certains morts continuent de vivre dans les mots qu'ils ont écrits.

— On peut jamais faire confiance aux mots. Tu vois, quand je *fais* un objet, et ben, c'est rien d'autre que l'objet que j'ai fait. Par exemple quand j'fabrique un panier. C'est un panier. Quand il s'casse, eh ben, c'est un panier cassé. Mais quand j'dis des mots, ils peuvent complètement se déformer. Thrower peut reprendre mes mots et les retourner pour leur donner un autre sens qu'est exactement l'contraire de c'que j'ai dit.

1. Voir note précédente.

— Considère ça d'une autre façon, Alvin. Quand tu fabriques un panier, ce n'est jamais rien de plus qu'un seul et unique panier. Mais quand tu dis des mots, ils peuvent être répétés à l'infini et réchauffer les cœurs de gens vivant à mille milles du lieu où tu les as prononcés pour la première fois. Les mots peuvent grandir, alors que les choses ne sont jamais plus que ce qu'elles sont. »

Alvin essaya de se représenter l'idée et, maintenant que Mot-pour-mot venait de l'énoncer, l'image se forma facilement dans son esprit. Des mots aussi invisibles que l'air, sortant de la bouche de son compagnon et se propageant d'une personne à l'autre. Gagnant à chaque fois de l'ampleur, mais toujours invisibles.

Puis, d'un coup, la vision se modifia. Il vit les mots qui sortaient de la bouche du pasteur, comme un frémissement dans l'air, qui se propageaient et s'infiltraient partout... et soudain ce fut son cauchemar, le rêve terrible qui le poursuivait, éveillé comme endormi, et qui lui transperçait le cœur jusqu'à l'épine dorsale au point qu'il en croyait mourir. Le monde envahi par un *néant* invisible et frissonnant qui s'infiltrait partout pour détruire. Alvin le voyait, qui roulait vers lui comme une monstrueuse boule de plus en plus énorme. Il savait, par tous ses cauchemars antérieurs, que même s'il serrait les poings ça s'amenuiserait pour s'insinuer entre ses doigts, et que même s'il fermait la bouche et les yeux ça se plaquerait sur sa figure pour s'introduire dans son nez, ses oreilles et...

Mot-pour-mot le secoua. Brutalement. Alvin ouvrit les paupières. Le frémissement dans l'air battit en retraite aux limites de sa vision. C'était comme ça qu'Alvin le voyait la plupart du temps, en attente, presque hors de vue, prudent comme une belette, prêt à s'esquiver dès qu'il tournerait la tête.

« Qu'est-ce qui t'arrive, petit ? » demanda Mot-pour-mot. Son visage avait une expression effrayée.

« Rien.

— Ne me dis pas ça. D'un seul coup, j'ai vu la peur te gagner, comme si tu avais une vision terrible.

— C'était pas une vision, dit Alvin. Une fois j'ai eu une vision, alors je sais.

— Oh ? fit Mot-pour-mot. C'était quoi, ta vision ?

— Un homme-lumière. J'l'ai jamais dit à personne, et c'est pas asteure que j'vais commencer. »

Mot-pour-mot n'insista pas. « Ce que tu viens de voir, là, si ce n'était pas une vision, c'était quoi, alors ?

— Rien. » C'était la vérité ; pourtant il savait aussi que ce n'était pas une réponse. Mais il ne *voulait* pas répondre. À chaque fois qu'il en parlait, on se fichait de lui, on prétendait qu'il faisait l'enfant pour des riens.

Mais Mot-pour-mot n'allait pas le laisser ignorer sa question. « J'ai attendu une véritable vision toute ma vie, Al junior, et toi, tu viens d'en avoir une, ici, en plein jour, les yeux grands ouverts, tu as vu quelque chose de si terrible que tu t'es arrêté de respirer. Alors dis-moi ce que c'était.

— J'te l'ai déjà dit ! C'était rien ! » Puis, plus doucement : « C'est rien, mais j'le vois. Comme si l'air tremblotait partout où ça s'promène.

— C'est rien, mais ce n'est pas invisible ?

— Ça rentre partout. Ça rentre dans les plus p'tites fentes et ça démolit tout. Ça tremble et ça tremble jusqu'à ce qu'il reste pus rien que d'la poussière ; j'veux l'empêcher d'approcher, mais ça devient de pus en pus gros, ça roule par-dessus tout, on dirait qu'ça va recouvrir le ciel et la terre. » Alvin ne pouvait plus se retenir. Il frissonnait de froid, bien qu'aussi emmitouflé qu'un ours.

« Combien de fois tu as déjà vu ça ?

— Depuis toujours, j'crois bien. Ça m'arrive par moments. La plupart du temps, il suffit que j'pense à aut' chose, et ça reste à l'écart.

— Où donc ?

— À l'écart. Où je l'vois pas. » Alvin s'agenouilla, puis s'assit, épuisé. S'assit à même l'herbe humide, dans son pantalon du dimanche, mais il s'en rendit à peine compte. « Quand t'as parlé des mots qui s'répétaient et s'en allaient au loin, ça m'a fait le revoir.

— Un rêve qui revient avec insistance cherche à te dire la vérité, » lui affirma Mot-pour-mot.

Le vieil homme manifestait une telle passion pour toute cette affaire qu'Alvin se demanda s'il comprenait vraiment combien ça faisait peur. « C'est pas une de tes histoires, Mot-pour-mot.

— C'en sera une, fit-il, dès que j'aurai compris. »

Puis il s'assit auprès de lui et réfléchit longuement en silence. Alvin attendait en triturant de l'herbe avec les doigts. Au bout d'un moment, il s'impatienta. « P't-être que tu peux pas tout comprendre, dit-il. C'est p't-être que j'suis malade dans ma tête. P't-être que j'ai des crises de folie.

— Attends, fit Mot-pour-mot, sans même s'être aperçu qu'Alvin venait de parler. Je pense que j'ai trouvé un sens à tout ça. Je vais t'expliquer, on va voir si c'est plausible. »

Alvin n'aimait pas qu'on l'ignore. « Ou p't-être que c'est *toi* qu'as des crises de folie, t'as pensé à ça, Mot-pour-mot ? »

Mot-pour-mot balaya d'un geste l'hypothèse d'Alvin. « Tout l'univers n'est qu'un rêve dans l'esprit de Dieu ; tant qu'il est endormi, il y croit et les choses demeurent réelles. Ce que tu vois, toi, c'est le réveil du Seigneur qui sort petit à petit de son sommeil, un réveil qui chasse le rêve et défait l'univers ; un jour, Dieu finira par s'asseoir et se frotter les yeux en disant : "Hou, quel rêve ! j'aimerais bien me rappeler ce que c'était." Au même instant on aura tous disparu. » Il regarda Alvin d'un œil anxieux. « Qu'est-ce que tu en penses ?

— Si c'est c'que tu crois, Mot-pour-mot, alors t'es un vrai crétin, comme le dit Armure-de-Dieu.

— Oh, il dit ça, hein ? » Sa main jaillit soudain et saisit le poignet de l'enfant. Surpris, Alvin lâcha ce qu'il tenait. « Non ! Ramasse-le ! Regarde ce que tu faisais !

— J'faisais rien que m'amuser, bon d'là ! »

Mot-pour-mot tendit la main et ramassa ce qu'Alvin avait laissé tomber. C'était un minuscule panier, de moins d'un pouce de large, fait de brins d'herbe d'automne. « Tu viens de faire ça, à l'instant.

— On dirait bien.

— Pourquoi tu l'as fait ?

— Comme ça.

— Sans même y penser ?

— C'est pas fameux, comme panier, t'sais. J'en faisais pour Cally. Il appelait ça des paniers à insectes quand il était p'tit. Ils s'défont tout d'suite.

— Tu as eu une vision de *rien*, et après il a fallu que tu fasses *quelque chose.* »

Alvin regarda le panier. « Ça s'pourrait.

— Tu fais toujours ça ? »

Alvin repensa aux autres visions qu'il avait eues du frémissement dans l'air. « J'fais toujours des choses, dit-il. C'est pas très important.

— Mais tu ne te sens pas bien tant que tu ne fais rien. Après ta vision, tu ne retrouves la paix que si tu assembles quelque chose.

— P't-être que j'ai b'soin de travailler pour aller mieux.

— Oui, mais ce n'est pas simplement le fait de travailler, pas vrai, petit ? Couper du bois, ça ne suffit pas. Ramasser les œufs, porter l'eau, couper de l'herbe, ça ne te soulage pas. »

Alvin commençait à saisir l'idée de Mot-pour-mot. Il avait vu juste, aussi loin qu'il se rappelait. Quand il se réveillait la nuit après ce genre de rêve, il n'arrêtait pas de se tortiller jusqu'à ce qu'il ait tressé quelque chose, ou empilé une meule de foin, ou réalisé une poupée avec des spathes de maïs pour une des nièces. Même chose lorsque la vision survenait en cours de journée — il n'arrivait à rien, quelle que soit la tâche qu'on lui avait assignée, jusqu'à ce qu'il ait fabriqué quelque chose qui n'existait pas avant, quand bien même ce n'était qu'un tas de cailloux ou un bout de mur en pierres.

« C'est vrai, n'est-ce pas ? Tu fais ça à chaque fois, hein ?

— La plupart du temps.

— Alors je vais te dire le nom de ce rien. C'est le Défaiseur.

— Jamais entendu causer, dit Alvin.

— Moi non plus, jusqu'à aujourd'hui. C'est parce qu'il aime garder sa présence secrète. Il est l'ennemi de tout ce qui existe. Ce qu'il veut, c'est tout mettre en morceaux, et casser ces morceaux en morceaux, jusqu'à ce qu'il ne reste plus rien de rien.

— Si on casse quelque chose en morceaux et qu'on casse encore les morceaux en morceaux, on n'arrive pas à *rien*, dit Alvin. On ajuste plein de p'tits morceaux.

— Tais-toi et écoute cette histoire », dit Mot-pour-mot.

Alvin avait l'habitude de l'entendre prononcer cette phrase. Il la lui disait plus souvent qu'à n'importe qui d'autre, y compris les neveux.

« Je ne parle pas du bien et du mal, dit Mot-pour-mot. Le Diable lui-même ne peut pas se permettre de tout détruire, hein ? sinon il cesserait d'exister comme le reste. Les créatures les plus mauvaises ne souhaitent pas que tout soit détruit ; ce qu'elles désirent, c'est exploiter les choses à leur profit. »

Alvin n'avait encore jamais entendu le mot exploiter, mais il le trouvait désagréable à l'oreille.

« Dans la grande guerre opposant le Défaiseur à tout le reste, Dieu et le Diable devraient donc se trouver du même bord. Mais le Diable n'est au courant de rien, alors la plupart du temps il sert le Défaiseur.

— Tu veux dire que l'Diable, y s'bat contre lui-même ?

— Mon histoire ne concerne pas le Diable », dit Mot-pour-mot. Il était obstiné comme la pluie quand une histoire lui venait. « Dans la grande guerre contre le Défaiseur de ta vision, tous les hommes et toutes les femmes du monde devraient s'allier. Mais cet ennemi formidable reste invisible et personne ne se doute qu'on le sert sans le savoir. On ne se rend pas compte que la guerre est la servante du Défaiseur parce qu'elle détruit tout ce qu'elle touche. On ne comprend pas que l'incendie, le meurtre, le crime, la cupidité et la concupiscence brisent les liens fragiles qui font des êtres humains des nations, des villes, des familles, des amis et des personnes.

— Tu dois sûr'ment être prophète, fit Alvin junior, parce que j'ai rien compris à c'que t'as dit.

— Un prophète... murmura Mot-pour-mot ; mais ce sont tes yeux qui ont vu. Maintenant je connais le supplice d'Aaron : dire la vérité sans en avoir jamais la vision soi-même.

— T'en fais toute une affaire, de mes cauchemars. »

Mot-pour-mot garda le silence, assis par terre, morose, les coudes sur les genoux, le menton appuyé sur les paumes des mains. Alvin essaya de comprendre de quoi l'homme parlait. Une chose était certaine, ce qu'il voyait dans ses mauvais rêves ne ressemblait à rien, alors parler du Défaiseur comme d'une personne, c'était sans doute pour faire poétique. Mais peut-être que c'était vrai, peut-être que le Défaiseur n'était pas le simple fruit de son imagination, peut-être qu'il existait réellement et qu'il n'y avait qu'Al junior à pouvoir le distinguer. Peut-être qu'il menaçait le monde d'un terrible danger et qu'Alvin avait pour tâche de le combattre, de le repousser, de le tenir en échec. Ce qui était sûr, c'est que lorsque le rêve venait le tourmenter, Alvin ne le supportait pas, il voulait le chasser. Mais il n'avait aucune idée de la manière de s'y prendre.

« Mettons que j'te croye, dit-il. Mettons qu'il existe une chose comme le Défaiseur. J'peux rien y faire du tout, moi. »

Un sourire s'étendit lentement sur le visage de Mot-pour-mot. Il se pencha d'un côté et se libéra une main qui descendit doucement vers le sol pour ramasser le petit panier à insectes gisant dans l'herbe. « Et ça, ça ressemble à rien du tout ?

— C'est que des brins d'herbe.

— *C'étaient* des brins d'herbe, rectifia Mot-pour-mot. Et si tu le cassais, ce seraient à nouveau des brins d'herbe. Mais maintenant, à l'instant présent, c'est plus que ça.

— Rien qu'un p'tit panier à insectes.

— Quelque chose que tu as fait.

— Ben, c'est sûr que l'herbe, elle pousse pas comme ça.

— Et quand tu l'as fait, tu as refoulé le Défaiseur.

— Pas beaucoup, dit Alvin.

— Non, fit Mot-pour-mot. Mais en fabriquant un seul petit panier à insectes. Rien qu'avec ça, tu l'as refoulé. »

Tout s'assembla dans la tête d'Alvin. Toute l'histoire que Mot-pour-mot essayait de lui dire. Alvin connaissait des tas de contraires dans le monde : bon et mauvais, clair et sombre, libre et esclave, amour et haine. Mais, plus sournois, il y avait aussi le faire et le défaire. Si sournois que presque personne ne remarquait que c'était le contraire le plus important de tous. Lui, Alvin, il l'avait remarqué, en conséquence le Défaiseur devenait son ennemi. Voilà pourquoi le Défaiseur le poursuivait dans son sommeil. Après tout, Alvin avait un talent. Le talent d'ordonner les choses, de leur donner leurs formes légitimes.

« J'crois que c'est c'que voulait dire ma *vraie* vision, dit Alvin.

— Tu n'es pas obligé de me parler de l'homme-lumière, dit Mot-pour-mot. Je ne cherche jamais à m'occuper de ce qui ne me regarde pas.

— Tu veux dire que tu l'fais seulement par hasard ? » glissa Alvin.

C'était le genre de réflexion qui lui valait une calotte à la maison, mais Mot-pour-mot se contenta de rire.

« J'avais fait quelque chose de mal et je l'savais même pas, reprit Alvin. L'homme-lumière est venu au pied d'mon lit, et il a commencé par m'envoyer une vision de c'que j'avais fait, comme ça j'savais que c'était mal. Autant te dire que j'ai pleuré, d'savoir que j'étais si méchant. Mais après, il m'a montré à quoi servait mon talent, et je m'rends bien compte asteure que c'est d'ça que tu m'parles, toi aussi. J'ai vu une pierre que j'sortais d'une montagne, elle était ronde comme une boule, et quand je l'ai regardée tout près, j'ai reconnu un monde avec des forêts, des animaux, des océans, des poissons et tout. C'est à ça qu'sert mon talent, à essayer d'mettre les choses en ordre. »

Les yeux de Mot-pour-mot brillaient. « L'homme-lumière t'a envoyé une vision de ce genre, dit-il. Je donnerais ma vie pour en recevoir une pareille.

— C'est parce que je m'suis servi d'mon talent pour faire du mal aux autres, pour mon seul plaisir, dit Alvin. Alors j'ai fait une promesse, le vœu le pus solennel de toute ma vie, que j'employerais jamais mon talent pour mon compte. Seulement pour les autres.

— Une bonne promesse, dit Mot-pour-mot. J'aimerais que tous les hommes et les femmes de cette terre fassent le même serment et le tiennent.

— Toujours est-y, c'est comme ça que j'sais que le... le Défaiseur, c'est pas une vision. L'homme-lumière, c'était pas une vision non plus. Ce qu'il m'a *montré*, alors ça, oui, c'était une vision ; mais lui, au pied d'mon lit, il était réel.

— Et le Défaiseur ?

— Réel de même. C'est pas que dans ma tête que j'le vois, il est là. »

Mot-pour-mot acquiesça sans quitter des yeux le visage de l'enfant.

« Faut que j'fabrique des choses, dit Alvin. Pus vite qu'il peut les détruire.

— Personne ne peut les fabriquer assez vite pour ça. Si tous les hommes du monde transformaient la Terre en millions de millions de millions de briques pour édifier un mur à chacun des jours de leur vie, le mur s'écroulerait plus vite qu'ils ne le bâtiraient. Des pans du mur s'effondreraient avant même d'être construits.

— Alors ça, c'est idiot, fit Alvin. Un mur peut pas s'effondrer avant qu'on l'a construit.

— S'ils travaillent assez longtemps, leurs briques s'effriteront en cendre quand ils les saisiront, leurs mains pourriront, la chair se détachera de leurs os comme du limon gluant, jusqu'à ce que brique, chair et os pulvérisés ne forment plus qu'une seule et même poussière indistincte. Puis le Défaiseur éternuera et la poussière se dispersera à l'infini, si bien qu'il sera impossible de la rassembler à nouveau. L'univers sera froid, figé, silencieux, sombre, et le Défaiseur enfin tranquille. »

Alvin s'efforçait de trouver un sens à ce que lui disait Mot-pour-mot. Il procédait de même à chaque fois que Thrower parlait de religion à l'école, aussi la démarche lui paraissait-elle plus ou moins dangereuse. Mais il ne pouvait pas s'en empêcher, pas plus que de poser des questions au risque de s'attirer la colère des gens.

« Si tout s'casse pus vite qu'on l'fabrique, alors comment ça s'fait que c'est encore là ? Pourquoi il a pas encore gagné, le Défaiseur ? Qu'esse qu'on fait icitte ? »

Mot-pour-mot n'était pas le révérend Thrower. Les questions d'Alvin ne le mirent pas en colère. Il ne fit que froncer les sourcils et secouer la tête. « Je ne sais pas. Tu as raison. On ne *peut pas* être ici. Notre existence est impossible.

— Dis donc, *on y est*, icitte, au cas où tu l'aurais pas remarqué. C'est quoi, cette espèce d'histoire idiote, alors qu'il suffit de s'regarder tous les deux pour savoir que c'est pas vrai ?

— Elle pose des problèmes, je le reconnais.

— J'pensais qu'tu racontais que des histoires que tu croyais.

— J'y ai cru en la racontant. »

Mot-pour-mot avait l'air si triste qu'Alvin tendit la main et la posa sur son épaule, sans être certain, vu l'épaisseur du manteau et la petitesse de sa main, que son compagnon s'en aperçoive. « J'y ai cru, moi aussi. En partie. Pendant un moment.

— Alors c'est qu'elle contient *une part* de vérité. Peut-être pas beaucoup, mais un peu. » Mot-pour-mot semblait soulagé.

Mais Alvin ne pouvait en rester là. « Suffit pas qu'tu croyes pour qu'ce soye vrai, alors. »

Les yeux de Mot-pour-mot s'agrandirent. Cette fois, ça y est, se dit Alvin. Cette fois, j'l'ai mis en colère, comme pour Thrower. Je fais pareil avec tout le monde. Il ne fut donc pas surpris quand Mot-pour-mot tendit les bras, lui prit le visage entre les mains et lui parla avec force comme pour lui enfoncer ses paroles profondément dans le crâne : « Tout ce qu'il est possible de croire est une image de la vérité. »

Et les mots le pénétrèrent, véritablement, et il les comprit, bien qu'incapable d'exprimer ce qu'il comprenait. *Tout ce qu'il est possible de croire est une image de la vérité.* Si ça me paraît vrai, alors c'est que ça l'est en partie ; sans doute pas complètement, mais en partie. Et si j'y réfléchis dans ma tête, alors je saurai peut-être quelles parties sont vraies, lesquelles sont fausses, et...

Et Alvin comprit autre chose. Toutes ses discussions avec Mot-pour-mot aboutissaient à ceci : lorsque quelque chose n'avait manifestement aucun sens pour lui, il n'y croyait pas, et toutes les citations de la Bible ne pouvaient le convaincre. Voici maintenant que Mot-pour-mot lui apprenait qu'il *avait raison* de refuser de croire ce qui n'avait aucun sens. « Mot-pour-mot, ça veut-y dire que c'que je crois *pas* peut *pas* être vrai ? »

Le conteur haussa les sourcils et répondit par un

autre proverbe : « On ne peut faire comprendre la vérité à qui n'y croit pas. »

Alvin en avait soupé, des proverbes. « Pour une fois, parle clairement !

— Dire un proverbe, c'est énoncer clairement la vérité, mon garçon. Je refuse d'adapter un proverbe, de le déformer pour un esprit embrouillé.

— Dis donc, si j'ai l'esprit embrouillé, c'est bien d'ta faute. Avec tes histoires de briques qui s'effritent quand l'mur, il est pas encore debout...

— Tu n'y as pas cru ?

— Si, p't-être. M'est avis que si j'me mets à tresser toute l'herbe du pré pour faire des paniers à insectes, avant que j'arrive à l'aut' bout elle aura déjà toute séché et pourri, et il en restera pus rien. J'pense que si j'veux prendre tous les arbres d'icitte à la Noisy River pour en faire des granges, ils seront tous morts et tombés avant que j'arrive au dernier. On construit pas une maison avec des rondins pourris.

— J'allais dire : "L'homme ne construit rien de durable avec de l'éphémère." Telle est la loi. Mais à ta manière, tu as énoncé le proverbe s'appliquant à la loi : "On ne construit pas une maison avec des rondins pourris."

— J'ai dit un proverbe, moi ?

— Et quand on rentrera, je l'écrirai dans mon livre.

— Dans les pages qui sont fermées ? » demanda Alvin. Il se souvint alors qu'il ne connaissait le livre que parce qu'un soir, très tard, il avait jeté un coup d'œil par une fente du plancher et vu l'hôte de la chambre en-dessous qui écrivait à la lueur d'une bougie.

Mot-pour-mot posa sur lui un regard pénétrant. « J'espère que tu n'as jamais essayé de conjurer la fermeture pour l'ouvrir. »

Alvin était vexé. Il regardait peut-être par les fentes du plancher, mais jamais il n'entrerait en douce dans une chambre. « T'as pas envie que j'lise ces pages, ça m'suffit, ça vaut toutes les fermetures, et si tu sais pas ça, alors t'es pas mon ami. Je fourre pas mon nez dans tes secrets.

— Mes secrets ? » Mot-pour-mot éclata de rire. « Je ferme cette dernière partie parce que je la réserve à mes écrits personnels, et je ne veux pas que quelqu'un d'autre y écrive aussi.

— C'est dans la première partie qu'ils écrivent, les autres ?

— Oui.

— Et ils écrivent quoi ? J'peux y écrire, moi ?

— Ils écrivent une phrase sur la chose la plus importante qu'ils ont faite ou vue de leurs propres yeux. Cette seule phrase me suffit ensuite pour me rappeler leur histoire. Alors, quand je me trouve dans une autre ville, une autre maison, j'ouvre le livre, je lis la phrase et je raconte l'histoire. »

Une perspective extraordinaire vint à l'esprit d'Alvin. Mot-pour-mot avait vécu avec Ben Franklin, non ? « Est-ce que Ben Franklin a écrit dans ton livre ?

— La toute première phrase.

— La chose la plus importante qu'il a jamais faite ?

— Tout juste.

— Alors, *c'était quoi* ? »

Mot-pour-mot se releva. « Rentre à la maison avec moi, mon garçon, et je te montrerai. En cours de route, je te raconterai l'histoire pour expliquer ce qu'il a écrit. »

Alvin bondit promptement sur ses pieds, agrippa le vieil homme par sa lourde manche et le traîna littéralement en direction du sentier qui redescendait vers la maison. « Ben viens-t'en, alors ! » Il ignorait si Mot-pour-mot avait décidé de ne pas aller à l'église ou s'il avait complètement oublié qu'ils étaient censés s'y rendre. Quelle qu'en soit la raison, Alvin était drôlement content du résultat. Un dimanche sans église du tout, c'était un dimanche qui valait d'être vécu. Ajoutez à ça les histoires de Mot-pour-mot et l'écriture véritable du Faiseur Ben dans un livre : la journée s'annonçait proche de la perfection.

« Inutile de se presser, mon gars. Je ne vais pas mourir avant midi, pas plus que toi, et ça prend le temps nécessaire, de raconter une histoire.

— C'est quelque chose qu'il a fait ? demanda Alvin. La chose la plus importante ?

— Pour tout dire, oui.

— Je l'savais ! Les lunettes à deux verres ? Le fourneau ?

— Les gens lui répétaient tout le temps : Ben, vous êtes un vrai Faiseur. Mais lui, il le niait toujours. Tout comme il niait être un sorcier. Je n'ai aucun talent pour les pouvoirs occultes, disait-il. Je prends des éléments ici et là, et je les assemble d'une meilleure façon. Les fourneaux existaient avant que je fasse le mien. Les lunettes aussi, avant que je fabrique les miennes. Je n'ai jamais vraiment rien fait de toute ma vie, rien qui porte l'empreinte du véritable Faiseur. Je vous apporte des lunettes à deux verres, mais un Faiseur, lui, vous procurerait de nouveaux yeux.

— Il s'figurait qu'il avait jamais rien fait ?

— Je lui ai posé la question une fois. Le jour même où j'ai commencé mon livre. Je lui ai demandé : "Ben, quelle est la chose la plus importante que vous ayez faite ?" Et il m'a répondu ce que je viens de te dire, qu'il n'avait jamais vraiment fait quoi que ce soit. Alors j'ai insisté : "Ben, vous ne croyez pas ce que vous dites, et moi non plus." Et il m'a avoué : "Bill, vous m'avez percé à jour. Il y a une chose que j'ai faite, la plus importante de ma vie, et la plus importante que j'aie jamais vue." »

Mot-pour-mot se tut pour descendre la colline en traînant les pieds dans les feuilles qui bruissaient très fort sous ses semelles.

« Alors, c'est quoi ?

— Tu ne veux pas attendre d'être rentré et de le lire toi-même ? »

Alvin se mit vraiment en colère, plus qu'il n'en avait l'intention. « J'ai horreur de ça, quand on sait quelque chose et qu'on l'dit pas !

— Pas besoin de monter sur tes grands chevaux, garçon. Je vais te le dire. Ce qu'il a écrit, c'est : "*La seule chose que j'aie véritablement faite, ce sont les Américains.*"

— Ç'a pas de sens. Les Américains, ils *naissent*.

— Tu ne vois pas, Alvin ? Les *bébés* naissent. En Angleterre de la même manière qu'en Amérique. Ce n'est donc pas le fait de naître qui les rend Américains. »

Alvin y réfléchit une seconde. « C'est d'naître *en Amérique*.

— Bon, c'est assez juste. Mais il y a une cinquantaine d'années, un bébé né à Philadelphie n'était jamais tenu pour un Américain. C'était un bébé de Pennsylvanie. Et les bébés nés à la Nouvelle-Amsterdam étaient des Knickerbockers, les bébés nés à Boston des Yankees et ceux nés à Charleston des Jacobiens, des Cavaliers ou je ne sais quoi.

— C'est toujours comme ça, fit remarquer Alvin.

— C'est vrai, mon garçon, mais ils sont aujourd'hui quelque chose de plus. Le vieux Ben pensait que tous ces noms nous divisaient en Virginiens, Orangistes et Rhode-lslandais, en Blancs, Rouges et Noirs, en quakers, papistes, puritains et presbytériens, en Hollandais, Suédois, Français et Anglais. Le vieux Ben se rendait compte qu'un Virginien ne pouvait jamais faire entièrement confiance à un habitant du Netticut, ni un Blanc se fier à un Rouge, parce qu'ils étaient *différents*. Il s'est dit : si tous ces noms nous séparent, pourquoi pas un autre qui nous rassemblerait ? Il fit défiler des tas de noms dont on se servait déjà. Coloniaux, par exemple. Mais ça ne lui plaisait pas de nous appeler collectivement de ce nom-là parce qu'il nous rattachait toujours à l'Europe ; d'ailleurs, les Rouges ne sont pas des Coloniaux, que je sache ! Ni les Noirs : ils sont arrivés comme esclaves. Tu vois la difficulté ?

— Il voulait un même nom qu'on pourrait tous partager, dit Alvin.

— Tout juste. On avait tous une chose en commun. On vivait tous sur le même continent. L'Amérique du Nord. Alors il a songé à nous nommer les Nord-Américains. Mais c'était trop long. Donc...

— Américains.

— C'est un nom qui s'applique au pêcheur qui vit sur la côte découpée de West Anglia autant qu'au baron qui règne sur ses esclaves dans le sud-ouest de Dryden. Il s'applique au chef mohawk d'Irrakwa comme au commerçant knickerbocker de la Nouvelle-Amsterdam. Le vieux Ben savait que si on décidait tous de se considérer comme des Américains, on deviendrait une nation. Pas simplement un territoire d'un quelconque pays usé de la vieille Europe, mais une seule et unique nation dans un monde neuf. Il s'est donc mis à employer ce mot dans tous ses écrits. L'Almanach du bonhomme Richard regorgeait d'Américains par-ci et d'Américains par-là. Et le vieux Ben entretenait une correspondance considérable, dans laquelle il disait par exemple : "Les conflits engendrés par les revendications territoriales constituent un problème qu'il appartient aux Américains de résoudre ensemble" ; "Les Européens ne peuvent absolument pas comprendre de quoi les Américains ont besoin pour survivre" ; "Pourquoi les Américains devraient-ils mourir pour des guerres européennes ?" "Pourquoi les Américains devraient-ils se sentir liés par des précédents européens dans nos cours de justice ?" En l'espace de cinq ans, il ne restait quasiment plus personne, de Nouvelle-Angleterre en Jacobie, qui ne se regardait pas, au moins en partie, comme américain.

— C'était rien d'autre qu'un nom.

— Mais c'est le nom par lequel nous nous désignons. Et il englobe tous ceux de ce continent qui veulent bien l'accepter. Le vieux Ben n'a pas ménagé sa peine pour s'assurer que ce nom regroupait autant de gens que possible. Sans jamais remplir de fonction officielle en dehors de receveur des postes, il a, tout seul, fait d'un nom une nation. Le roi régnait sur les

Cavaliers dans le Sud et les hommes du Lord Protecteur gouvernaient la Nouvelle-Angleterre dans le Nord : l'avenir lui apparaissait promis à la guerre et au chaos, avec la Pennsylvanie au beau milieu. Il voulait prévenir cette guerre et il se servait du terme d'"Américain" pour l'écarter. Il a amené les Cavaliers à faire des pieds et des mains pour s'attirer les bonnes grâces de la Pennsylvanie, que de son côté la Nouvelle-Angleterre craignait de froisser. C'est lui qui a fait campagne en faveur d'un Congrès américain qui instaurerait des règles commerciales et uniformiserait les lois agraires.

« Et finalement, poursuivit Mot-pour-mot, juste avant qu'il ne m'invite à venir d'Angleterre, il a rédigé le Contrat Américain qu'il a fait signer aux sept premières colonies. Ça n'a pas été facile, tu sais... Même le nombre d'états signataires a donné lieu à de nombreuses luttes. Les Hollandais se rendaient compte que la plupart des immigrants débarquant en Amérique étaient anglais, irlandais et écossais, et ils ne voulaient pas se faire absorber ; alors le vieux Ben leur a permis de diviser les Nouveaux Pays-Bas en trois colonies pour qu'ils aient davantage de voix au Congrès. Et en créant le Suskwahenny à partir du territoire que revendiquaient la Nouvelle-Suède et la Pennsylvanie, il a mis fin à un autre litige.

— Ça fait qu'six états, dit Alvin.

— Le vieux Ben a refusé que le Contrat soit signé tant que l'Irrakwa ne les aurait pas rejoints comme septième état, défini par des frontières fixes, où les Rouges se gouverneraient eux-mêmes. Beaucoup de gens tenaient à une nation de Blancs, mais le vieux Ben refusait d'en entendre parler. La seule façon de garantir la paix, disait-il, c'est que tous les Américains se rassemblent sur un pied d'égalité. Voilà pourquoi son Contrat ne tolère pas l'esclavage, ni même le servage. Voilà pourquoi son Contrat ne permet à aucune religion d'avoir autorité sur une autre. Voilà pourquoi son Contrat n'autorise pas le gouvernement à fermer une imprimerie ou interdire qu'on prononce un discours. Blancs, Noirs et Rouges ; papistes, puritains et presbytériens ; riches, pauvres, mendiants, voleurs... on vit tous avec les mêmes lois. Une seule nation, créée à partir d'un unique mot.

— Américain.

— À présent, tu vois pourquoi il considère cette initiative comme sa plus belle action ?

— Comment ça s'fait qu'y trouvait pas l'Contrat plus important ?

— Le Contrat, ce n'était que les mots. Le terme "américain", c'était l'idée à l'origine des mots.

— Mais il englobe pas les Yankees ni les Cavaliers, et il a pas empêché la guerre non plus ; en Appalachie, ils s'battent toujours contre le roi.

— Mais si, il les englobe, Alvin. Tu te souviens de l'histoire de George Washington à Shenandoah ? Il était Lord Potomac à l'époque, il conduisait la plus grande armée du roi Robert contre cette pauvre bande de pouilleux qui représentait toutes les réserves de Ben Arnold. Il était évident qu'au matin, les Cavaliers de Lord Potomac se rendraient maîtres du fortin et régleraient le sort de l'insurrection montagnarde de libération de Tom Jefferson. Mais Lord Potomac avait combattu aux côtés de ces montagnards durant les guerres contre les Français. Et Tom Jefferson avait jadis été son ami. Au fond de son cœur, il ne supportait pas l'idée de livrer bataille le lendemain. Qu'était donc le roi Robert, pour qu'on doive verser autant de sang en son nom ? Tout ce que voulaient ces rebelles, c'était posséder leurs terres sans que le roi vienne leur imposer des barons pour les accabler d'impôts et les réduire en esclavage comme les Noirs des Colonies de la Couronne. Cette nuit-là, il n'a pas du tout dormi.

— Il priait, fit Alvin.

— C'est comme ça que le raconte Thrower, dit sèchement Mot-pour-mot. Mais personne ne le sait. Et quand il s'est adressé à ses troupes le lendemain matin, il n'a pas du tout parlé de *prière*. Mais il a parlé du nom qu'avait répandu Ben Franklin. Il avait écrit une lettre au roi pour se démettre de son commandement et abandonner son domaine et ses titres. Il ne l'avait pas signée "Lord Potomac", il l'avait signée "George Washington". Il s'est donc levé au matin et s'est présenté devant les soldats royaux en habits bleus pour les informer de ce qu'il avait fait et leur annoncer qu'ils étaient libres de choisir, tous sans exception, entre obéir à leurs officiers et livrer bataille, ou au contraire combattre pour défendre la grande Déclaration de Liberté de Tom Jefferson. Il leur a dit : "Le choix vous appartient, mais pour ma part..." »

Alvin connaissait la phrase, comme tous les hommes, femmes et enfants de ce continent. Elle prenait à présent tout son sens et il s'écria : « ... mon épée américaine ne versera jamais une goutte de sang américain !

— Ensuite, une fois le plus gros de son armée parti rejoindre les rebelles d'Appalachie avec armes, poudre, chariots et vivres, il a ordonné à l'officier le plus gradé des hommes restés loyaux au roi de l'arrêter. "J'ai rompu le serment que j'avais prêté au roi, il a dit. C'était pour servir une plus grande cause, mais je l'ai néanmoins rompu, et je paierai le prix de ma trahison." Et il l'a payé, parfaitement, payé par une lame d'épée en travers du cou. Mais combien de personnes en dehors de la cour royale estimaient qu'il s'agissait vraiment d'une trahison ?

— Pas une, fit Alvin.

— Et est-ce que le roi a pu engager une seule bataille contre l'Appalachie depuis ce jour-là ?

— Pas une.

— Aucun soldat sur le champ de bataille de Shenandoah n'était citoyen des États-Unis. Aucun d'eux ne vivait sous le Contrat Américain. Et pourtant, quand George Washington a parlé d'épées américaines et de sang américain, ils ont compris que c'était d'eux qu'il s'agissait. Maintenant dis-moi, Alvin junior, s'il avait tort, le vieux Ben, de tenir ce simple mot pour sa plus grande création ? »

Alvin aurait bien répondu, mais au même instant ils parvenaient aux marches de la galerie de la maison ; ils n'avaient pas atteint la porte qu'elle s'ouvrit à la volée devant maman qui s'y encadra pour baisser les yeux sur lui. À l'expression de son visage, Alvin comprit que cette fois il avait des ennuis ; et il en connaissait la raison.

« J'voulais y aller, à l'église, m'man !

— Y a des tas de morts qui voulaient aller au paradis, répondit-elle, et qu'y sont pas allés, eux non plus.

— C'est ma faute, Dame Fidelity, s'interposa Mot-pour-mot.

— J'suis sûre que non, Mot-pour-mot.

— On s'est mis à bavarder, Dame Fidelity, et j'ai bien peur d'avoir distrait votre garçon.

— Cet enfant est né distrait, dit maman sans quitter le visage d'Alvin du regard. Il tient d'son père. Faudrait l'brider, l'seller et monter d'ssus jusqu'à l'église pour être certain qu'il s'y rend bien, et une fois là-bas lui clouer les pieds au plancher, sinon la minute d'après il aurait déjà repassé la porte. Un drôle de dix ans qui déteste le Seigneur, y a de quoi faire regretter à sa mère de l'avoir un jour mis au monde. »

Ces mots frappèrent Alvin junior droit au cœur.

« C'est une chose terrible à dire », fit Mot-pour-mot. Sa voix était très calme, et maman leva finalement les yeux sur le visage du vieil homme.

« Non, je l'regrette pas, dit-elle enfin.

— J'm'excuse, m'man, fit Alvin junior.

— Entre. J'suis partie de l'église pour venir te quérir et on n'a plus l'temps asteure d'y retourner avant la fin du sermon.

— On a parlé de beaucoup d'choses, maman, dit Alvin. D'mes rêves, de Ben Franklin et...

— J'veux rien entendre de tes histoires, le coupa-t-elle, tout c'que j'veux entendre de toi, c'est des hymnes. Puisque t'es pas allé à l'église, tu vas t'asseoir dans la cuisine avec moi et m'chanter des hymnes pendant que j'prépare le déjeuner. »

Alvin ne réussit donc pas à lire la phrase du vieux Ben dans le livre de Mot-pour-mot, il lui fallut attendre des heures. Maman le força à chanter et à travailler jusqu'au moment du repas. Après quoi papa, ses grands frères et Mot-pour-mot se réunirent pour organiser l'expédition du lendemain qui visait à ramener une meule de la montagne de granit.

« Je l'fais pour vous, dit p'pa à Mot-pour-mot, alors vaudrait mieux nous accompagner.

— Je ne vous ai jamais demandé de ramener une meule.

— Y a pas un jour depuis qu'vous êtes icitte où vous m'avez pas répété que c'est une honte de voir un aussi joli moulin servir de vulgaire grange, alors qu'les genses du coin manquent de bonne farine.

— Je ne l'ai dit qu'une seule fois, autant que je me rappelle.

— Bon, possible, admit p'pa, mais à chaque fois que j'vous vois, j'repense à c'te meule.

— C'est parce que vous regrettez encore qu'elle n'ait pas été là quand vous m'avez jeté à terre, l'autre jour.

— Il le regrette pas ! s'écria Cally. Parce qu'autrement tu s'rais mort ! »

Mot-pour-mot se contenta de sourire, imité par papa. Et ils continuèrent de causer de choses et d'autres. Ensuite les épouses amenèrent neveux et nièces pour le dîner dominical, et ils poussèrent Mot-pour-mot à chanter tant de fois la Chanson du Rire qu'Alvin se crut prêt à hurler s'il entendait encore un seul refrain de *Ha, ha, hi* ! Ce ne fut qu'après le dîner, quand les neveux et nièces furent tous partis, que Mot-pour-mot sortit son livre.

« Je m'demandais si ce livre, vous alliez l'ouvrir un jour, dit p'pa.

— J'attendais le bon moment. » Puis Mot-pour-mot expliqua que des gens y notaient leur action la plus remarquable.

« J'espère que vous comptez pas sur *moi* pour écrire là-d'dans, dit p'pa.

— Oh, je ne vais pas vous demander d'y écrire, pas encore. Vous ne m'avez même pas raconté l'histoire de votre action la plus importante. » La voix de Mot-pour-mot s'adoucit encore davantage. « Peut-être que vous n'avez pas vraiment fait l'action en question. »

P'pa eut alors l'air un peu en colère, ou peut-être un peu effrayé. En tout cas, il se leva et s'approcha. « Montrez-moi donc ce qu'y a dans ce livre, ces choses que d'autres genses ont crues si bigrement importantes.

— Oh, fit Mot-pour-mot. Vous savez donc lire ?

— Sachez que j'ai reçu une éducation yankee dans l'Massachusetts avant que j'me marie et que j'm'installe comme meunier dans le West Hampshire, et longtemps avant que j'arrive par icitte. Ça vaut p't-être pas grand-chose à côté d'une éducation londonienne comme la vôtre, Mot-pour-mot, mais c'que j'sais pas lire, vous savez pas l'écrire, sauf si c'est du latin. »

Mot-pour-mot ne répondit pas. Il ouvrit simplement le livre. P'pa lut la première phrase : « *La seule chose que j'aie véritablement faite, ce sont les Américains.* » Il releva les yeux. « Qui c'est-y qu'a écrit ça ?

— Le vieux Ben Franklin.

— D'après c'que moi, j'ai entendu dire, le seul Américain qu'il a fait était illégitime.

— Peut-être qu'Al junior vous expliquera plus tard. » Alvin avait profité de leur conversation pour se glisser devant eux et regarder l'écriture du vieux Ben. Elle ressemblait à l'écriture de n'importe qui. Alvin se sentit un peu déçu, bien qu'incapable de dire à quoi il s'attendait. Les lettres auraient-elles dû être d'or ? Bien sûr que non. Il n'y avait aucune raison pour que les mots d'un grand homme apparaissent différents sur le papier de ceux d'un imbécile.

Pourtant, il ne pouvait se défendre d'une impression de frustration face à des mots si ordinaires. Il tendit la main et tourna la page, puis beaucoup d'autres en les feuilletant rapidement avec les doigts. Les mots étaient tous pareils. De l'encre grise sur du papier jauni.

Un éclair de lumière jaillit du livre, qui l'aveugla un instant.

« T'amuse pas comme ça avec les pages, dit papa. Tu vas finir par en déchirer une. »

Alvin se retourna vers Mot-pour-mot. « C'est quoi, la page avec la lumière ? demanda-t-il. Qu'esse qu'y a d'marqué sus celle-là ?

— De la lumière ? » s'étonna le vieil homme.

Alvin sut alors qu'il était le seul à l'avoir vue.

« Trouve la page toi-même, dit Mot-pour-mot.

— Il va la déchirer, dit papa.

— Il va faire attention. »

Mais papa avait l'air en colère. « J'te dis d'laisser c'livre, Alvin junior. »

Alvin allait obéir, mais il sentit la main de Mot-pour-mot sur son épaule. Le vieil homme parla calmement, et Alvin devina ses doigts qui remuaient pour former un signe de conjuration. « Le petit a vu quelque chose dans le livre, dit-il, et je veux qu'il le retrouve pour moi. »

À la surprise d'Alvin, papa n'insista pas. « Si ça vous est égal que ce sans-soin d'propre à rien vous mette vot' livre en charpie... » murmura-t-il ; puis il se tut.

Alvin revint au livre et, doucement, le feuilleta page à page. Il finit par en tourner une d'où se dégagea une lumière qui d'abord l'éblouit, mais progressivement décrut jusqu'à se concentrer sur une seule phrase, dont les lettres étaient de feu.

« Tu les vois qui brûlent ? demanda Alvin.

— Non, répondit Mot-pour-mot. Mais je sens la fumée. Touche les mots que toi, tu vois brûler. »

Alvin avança la main et, avec précaution, toucha le début de la phrase. Le feu, à son grand étonnement, n'était pas chaud, et pourtant il le réchauffait. Il le réchauffait jusqu'aux os. Il frissonna quand la dernière trace du froid de l'automne s'échappa de son corps. Il sourit, il avait tant de lumière en lui. Mais à peine l'avait-il touchée que la flamme vacilla, se refroidit, s'éteignit.

« Qu'esse que ça dit ? » demanda maman. Elle se tenait debout, en face d'eux, de l'autre côté de la table. Elle n'était pas très bonne, question lecture, et elle voyait la phrase à l'envers.

Mot-pour-mot lut : « *Un Faiseur est né.*

— Y a pas eu d'Faiseur, dit maman, depuis c'ti-là qu'a changé l'eau en vin.

— Peut-être, mais c'est ce qu'elle a écrit, dit Mot-pour-mot.

— Qui donc l'a écrit ? voulut savoir maman.

— Un petit bout de gamine. Il y a environ cinq ans.

— C'était quoi, l'histoire qu'allait avec la phrase ? » demanda Alvin junior.

Mot-pour-mot secoua la tête.

« Tu disais qu'tu laissais jamais les gens écrire quand tu connaissais pas leur histoire.

— Elle l'a écrite pendant que je ne regardais pas. Je n'ai remarqué la phrase qu'à mon étape suivante.

— Alors comment tu sais qu'c'est elle ? demanda Alvin.

— C'était bien elle. Là où je me trouvais, il n'y avait qu'elle à pouvoir annuler le charme de fermeture que j'utilisais à l'époque pour mon livre.

— Alors tu sais pas c'que ça veut dire ? Tu peux même pas m'expliquer pourquoi qu'j'ai vu les lettres brûler ? »

Mot-pour-mot secoua encore la tête. « C'était la fille d'un aubergiste, si je me souviens bien. Elle ne parlait pas beaucoup, et quand ça lui arrivait, c'était toujours pour dire la stricte vérité. Jamais un mensonge, même pour être agréable. On la considérait comme une espèce de chipie. Mais comme le veut le proverbe : dire toujours le fond de sa pensée écarte de soi les malveillants. Ou quelque chose de ce genre.

— Son nom ? » demanda maman. Alvin leva les yeux, surpris. Maman n'avait pas vu les lettres flamboyer, alors pourquoi se montrait-elle tellement impatiente de savoir qui les avait écrites ?

« Désolé, s'excusa Mot-pour-mot. Son nom ne me revient pas pour l'instant. Et si je m'en souvenais, je ne le dirais pas, pas plus que je ne dirais où elle vit. Je ne veux pas qu'on aille la trouver et qu'on l'embête pour obtenir des réponses qu'elle n'a peut-être pas envie de donner. Mais je dirai ceci : elle était une torche, et ses yeux voyaient la vérité. Alors, si elle a écrit qu'un Faiseur était né, je veux bien la croire, et c'est pour ça que j'ai laissé sa phrase dans le livre.

— Un jour, j'veux connaître son histoire, dit Alvin. J'veux savoir pourquoi les lettres, elles étaient si brillantes. »

Il releva la tête et vit maman et Mot-pour-mot qui se regardaient longuement dans les yeux.

Alors, à la limite de son champ de vision, là où il le distinguait presque mais pas tout à fait, il sentit la présence du Défaiseur, frémissant, invisible, attendant de détruire le monde. Sans même y penser, Alvin sortit le devant de sa chemise de son pantalon et en noua les pans ensemble. Le Défaiseur hésita, puis battit en retraite hors de vue.

XI
La meule

Mot-pour-mot se réveilla quand on vint le secouer. Il faisait encore nuit noire dehors, mais c'était l'heure de se mettre en route. Il s'assit, fit quelques flexions et constata avec plaisir qu'il avait les muscles moins noués et moins douloureux ces temps-ci, depuis qu'il dormait sur un lit moelleux. Je m'y habituerais bien, pensa-t-il. J'apprécierais de vivre ici.

Le lard était si gras qu'il l'entendait distinctement grésiller dans la cuisine. Il allait chausser ses bottes quand Mary frappa à la porte. « Je suis à peu près décent », dit-il.

Elle entra et lui tendit deux paires de longues et grosses chaussettes. « J'les ai tricotées moi-même, dit-elle.

— Je n'en trouverais pas d'aussi chaudes à Philadelphie.

— L'hiver est très froid par icitte, dans l'pays d'la Wobbish, et... » Elle ne termina pas. Toute intimidée, elle baissa subitement la tête et détala de la chambre.

Mot-pour-mot enfila les chaussettes et les bottes par-dessus, puis il sourit. Il n'éprouvait aucun scrupule à accepter quelques cadeaux de ce genre. Il travaillait aussi dur que les autres et avait beaucoup aidé à remettre la ferme en état en prévision de l'hiver. Il faisait un bon couvreur — il adorait grimper et ignorait le vertige. C'étaient ses mains à lui qui avaient vérifié que les toits de la maison, des dépendances, des resserres et des poulaillers n'avaient aucune fuite.

Et, comme personne ne se décidait, il avait préparé le moulin à recevoir une meule. Il avait lui-même chargé tout le foin qui recouvrait le sol, cinq pleines charrettes. Les jumeaux, qui n'exploitaient pas encore véritablement leurs fermes, n'étant mariés que depuis l'été, l'avaient déchargé dans la grange. L'opération s'était effectuée sans qu'une seule fois Miller ne mette la main à la fourche. Mot-pour-mot y avait veillé, sans donner d'explications, et Miller n'avait pas insisté.

Dans d'autres domaines, cependant, tout n'allait pas aussi bien. Ta-Kumsaw et ses Shaw-Nees rouges chassaient tant de gens de la région de Carthage, au sud, que tout le monde avait la frousse. Le Prophète pouvait se réjouir de regrouper dans sa grande ville, de l'autre côté de la rivière, des milliers de Rouges qui tous assuraient qu'ils ne lèveraient plus jamais les armes dans aucun conflit, pour quelque raison que ce soit. Mais il s'en trouvait beaucoup d'autres pour partager le sentiment de Ta-Kumsaw, qu'on devrait refouler l'homme blanc jusqu'aux côtes de l'Atlantique et le renvoyer vers l'Europe, avec ou sans bateaux. On parlait de guerre, et le bruit courait que Bill Harrison, à Carthage, n'était que trop heureux d'attiser le feu, sans parler des Français de Détroit qui poussaient en permanence les Rouges à attaquer les colons américains établis sur les terres appartenant soi-disant au Canada.

Les habitants de Vigor Church en discutaient sans arrêt, mais Mot-pour-mot savait que Miller ne prenait pas les événements aussi sérieusement qu'il aurait dû. Il tenait les Rouges pour des pitres et des rustres uniquement préoccupés de s'imbiber de tout le whisky qui leur tombait sous la main. Mot-pour-mot avait déjà rencontré ce genre d'attitude, mais uniquement en Nouvelle-Angleterre. Les Yankees ne semblaient pas comprendre que les Rouges de Nouvelle-Angleterre dotés d'un brin de jugeotte avaient depuis longtemps gagné l'état d'Irrakwa. Ça leur ouvrirait certainement les yeux, aux Yankees, de savoir qu'en Irrakwa les Rouges travaillaient d'arrache-pied avec des machines à vapeur en provenance directe d'Angleterre, et que du côté des Finger Lakes un Blanc du nom d'Éli Whitney les aidait à construire une usine qui produirait des fusils à une cadence vingt fois supérieure aux meilleures manufactures actuelles. Un de ces jours, les Yankees allaient se réveiller et découvrir que les Rouges ne pensaient pas tous qu'à l'alcool; certains Blancs allaient alors devoir en mettre un sacré coup pour rattraper le retard.

Mais en attendant, Miller ne prenait pas les rumeurs de guerre très au sérieux. « Tout l'monde sait qu'y a des Rouges dans les bois. On peut pas les empêcher d'rôdailler, mais j'ai pas un seul poulet qui m'manque, alors le problème s'pose pas encore. Encore un peu ? » demanda-t-il en poussant la planchette de lard à travers la table en direction de Mot-pour-mot.

— Je n'ai pas l'habitude de tant manger le matin. Depuis que je suis chez vous, j'ai davantage à chaque repas que je ne mangeais en une journée entière.

— Faut vous remplumer», dit Fidelity. Elle déposa d'autorité devant lui deux petits pains chauds tartinés de miel.

«Je suis incapable d'avaler une bouchée de plus», protesta Mot-pour-mot.

Les pains furent escamotés de son assiette. «J'les ai, fit Alvin junior.

— Passe pas tes mains sus la table comme ça, dit Miller. Et tu vas pas les manger, ces deux pains.»

Alvin junior prouva le contraire à son père à une vitesse alarmante. Puis ils lavèrent le miel de leurs mains, enfilèrent leurs gants et sortirent pour se diriger vers le chariot. Les premières lueurs de l'aube pointaient à l'est quand David et Placide, qui habitaient plus près de la ville, montèrent la colline à cheval pour les rejoindre. Al junior grimpa à l'arrière du chariot, parmi tous les outils, cordes, tentes et vivres : ils ne reviendraient pas avant quelques jours.

«Alors... on attend Mesure et les jumeaux?» demanda Mot-pour-mot.

Miller sauta sur le siège du chariot. «Mesure est parti d'vant abattre des arbres pour l'traîneau. Économe et Fortuné restent icitte, ils vont faire des rondes, passer d'maison en maison.» Il eut un grand sourire. «On peut pas laisser les femmes sans protection, avec tout c'qui s'raconte sur ces sauvages de Rouges qui rôdent dans les parages, pas vrai ?»

Mot-pour-mot lui rendit son sourire. Ça faisait plaisir de constater que Miller n'était pas aussi indifférent qu'il en donnait l'air.

Il y avait un bon bout de chemin pour parvenir à la carrière. En cours de route, ils passèrent auprès des débris d'un chariot avec une meule cassée au beau milieu. « Not' premier essai, dit Miller. Mais y a un essieu qui s'est desséché et qui s'est bloqué quand on a descendu c'te colline où la pente est raide, et tout l'chariot s'est effondré sous l'poids d'la pierre. »

Ils arrivèrent près d'un cours d'eau assez large et Miller raconta comment ils avaient tenté de ramener deux meules sur un radeau : les deux fois, le radeau avait coulé en un rien de temps. « On a pas eu d'chance », ajouta-t-il, mais à l'expression de son visage, il semblait attribuer ces revers à la malveillance, comme si l'on avait délibérément cherché à faire échouer ses entreprises.

« C'est pour ça qu'on va se servir d'un traîneau et d'rouleaux c'te fois, dit Al junior en se penchant pardessus le dossier du siège. Rien pourra tomber, rien pourra s'casser, et pis même, c'est qu'des rondins et c'est pas ça qui manque s'il faut les remplacer.

— Tant qu'il pleut pas, dit Miller. Ou qu'il s'met pas à neiger.

— Le ciel paraît dégagé, fit observer Mot-pourmot.

— Le ciel est un menteux. Dès que j'veux faire quelque chose, l'eau s'en vient toujours m'en empêcher. »

Le soleil était haut dans le ciel mais encore loin du midi quand ils atteignirent la carrière. Évidemment, le retour serait beaucoup plus long. Mesure avait déjà abattu six jeunes arbres solides et une vingtaine de petits. David et Placide se mirent sans attendre à l'ouvrage, élaguant les branches, éliminant les aspérités pour leur donner une forme aussi cylindrique que possible. À la surprise de Mot-pour-mot, ce fut Al junior qui prit le sac d'outils pour la taille des pierres et monta parmi les rochers.

« Où tu vas ? demanda Mot-pour-mot.

— Oh, faut que j'trouve un bon coin pour tailler.

— Il a l'coup d'œil pour la pierre », ajouta Miller. Mais il ne disait pas tout ce qu'il savait.

« Et quand tu auras trouvé la pierre, qu'est-ce que tu feras ? demanda Mot-pour-mot.

— Ben, j'la taillerai, tiens. » Alvin grimpait nonchalamment le sentier, avec toute l'arrogance du jeune garçon qui sait qu'il va faire un travail d'homme.

« Il a aussi le coup d'main pour la pierre, dit Miller.

— Il n'a que dix ans, remarqua Mot-pour-mot.

— C'est lui qu'a taillé la première meule quand il en avait six.

— Vous voulez dire qu'il a un talent ?

— Moi, j'dis rien du tout.

— Dites-moi quand même une chose, Al Miller : est-ce que par hasard vous ne seriez pas un septième fils ?

— Pourquoi qu'vous demandez ça ?

— Ceux qui sont au fait de ces questions racontent que le septième fils d'un septième fils naît avec la connaissance de l'aspect qu'ont les choses sous leur surface. C'est pour cette raison qu'ils font de si bons sourciers.

— On raconte ça ? »

Mesure s'avança et se planta devant son père, les mains sur les hanches, l'air visiblement exaspéré.

« P'pa, quel mal ça fait d'lui dire ? Tout l'monde est au courant dans l'pays.

— P't-être qu'à mon avis Mot-pour-mot en sait déjà plus que je l'voudrais.

— C'est pas très aimable, p'pa, de dire ça à un homme qu'a prouvé qu'il était un ami.

— Il n'est pas obligé de me dire ce qu'il n'a pas envie que je sache, fit Mot-pour-mot.

— Alors moi, j'vais vous l'dire, reprit Mesure. P'pa est un septième fils, voilà.

— Et Al junior aussi, ajouta Mot-pour-mot. J'ai raison ? Vous n'en avez jamais parlé mais, à mon avis, quand un garçon reçoit le prénom de son père sans être l'aîné, il ne peut s'agir que d'un septième fils.

— Not' frère aîné, Vigor, il est mort dans la Hatrack quelques minutes seulement après la naissance d'Al junior, dit Mesure.

— La Hatrack...

— Vous êtes déjà allé dans ce coin-là ?

— Je suis allé *partout*. Mais pour je ne sais quelle raison, le nom de cette rivière me fait penser que j'aurais dû m'en souvenir plus tôt, et je ne vois pas pourquoi. Septième fils d'un septième fils. Est-ce qu'il extrait la meule du rocher grâce à un charme ?

— On l'dirait pas de cette façon-là, fit Mesure.

— Il taille, dit Miller. Comme n'importe quel tailleux d'pierre.

— C'est un grand garçon, mais encore un enfant quand même, dit Mot-pour-mot.

— Alors disons, fit Mesure, que quand c'est *lui* qui taille la pierre, l'travail est mieux fini que quand c'est *moi*.

— J'aimerais bien, dit Miller, qu'vous restiez icitte,

en bas, pour donner la main à faire les rondins et les encoches. On a b'soin d'un bon traîneau parfaitement joint et de vrais rouleaux bien ronds. » Ce qu'il ne dit pas, mais que Mot-pour-mot comprit aussi clair que deux et deux font quatre, c'était : restez ici et ne posez pas trop de questions sur Al junior.

Il travailla donc en compagnie de David, Mesure et Placide pendant toute la matinée et une bonne partie de l'après-midi, sans cesser d'entendre le tintement régulier du métal sur la pierre. C'était Alvin junior, en taillant la meule, qui donnait le rythme à leur ouvrage, mais personne n'y fit la moindre allusion.

Mot-pour-mot n'était cependant pas du genre à travailler en silence. Comme les autres n'avaient pas une nature bavarde, il passa son temps à raconter des histoires. Et comme il n'avait pas affaire à des enfants mais à des adultes, il ne leur parla pas uniquement d'aventures, d'actions héroïques et de morts tragiques.

Durant presque tout l'après-midi, en vérité, il se consacra à la saga de John Adams. Comment à Boston la populace avait réduit en cendres sa maison après l'acquittement de dix femmes accusées de sorcellerie. Comment Alex Hamilton l'avait invité à Manhattan Island pour ouvrir ensemble un cabinet d'avocats. Comment, en dix ans, ils étaient parvenus à manœuvrer le gouvernement des Pays-Bas pour qu'il autorise l'immigration libre d'une population de langue non néerlandaise, jusqu'à ce que les Anglais, Écossais, Gallois et Irlandais deviennent une majorité en Nouvelle-Amsterdam comme en Nouvelle-Orange, et une grosse minorité en Nouvelle-Hollande. Comment ils avaient réussi à faire déclarer l'anglais seconde langue officielle en 1780, juste à temps pour que les colonies néerlandaises constituent trois des sept états originels adhérant au Contrat Américain.

« M'est avis qu'les Hollandais ont dû les détester, ces gars-là, après tout ça, dit David.

— Ils étaient trop bons politiques pour se faire détester comme ça, rectifia Mot-pour-mot. Voyez-vous, tous deux avaient appris à parler le néerlandais, mieux que la plupart des Hollandais, et ils avaient fait donner à leurs enfants une éducation en néerlandais dans des écoles hollandaises. Ils étaient hollandais jusqu'au bout des ongles, mes enfants, au point que lorsque Alex Hamilton s'est présenté comme candidat au poste de gouverneur de la Nouvelle-Amsterdam et John Adams à celui de président des États-Unis, ils ont l'un comme l'autre fait de meilleurs résultats chez les Hollandais des Nouveaux Pays-Bas que chez les Écossais et les Irlandais.

— Vous croyez qu'si je m'présentais comme maire, les Suédois et les Hollandais en aval, j'pourrais les faire voter pour moi ? demanda David.

— *Même moi*, j'voterais pas pour toi, lui lança Placide.

— Moi si, fit Mesure. Et j'espère qu'un d'ces jours, tu t'présenteras vraiment comme maire.

— Il peut pas s'présenter, dit Placide. C'est même pas une vraie ville.

— C'en sera une, dit Mot-pour-mot. J'ai déjà vu ça. Une fois que le moulin tournera, on n'attendra pas longtemps avant que trois cents personnes s'installent entre chez vous et Vigor Church.

— Vous croyez ?

— En ce moment déjà, les gens viennent au magasin d'Armure peut-être trois ou quatre fois l'an. Mais quand ils pourront se fournir en farine, ils viendront beaucoup plus souvent. Ils préféreront aussi votre moulin à tous les autres de la région, parce que vous avez une route bien nivelée et d'excellents ponts.

— Si l'moulin rapporte de l'argent, dit Mesure, sûrement que p'pa fera venir une meule Buhr de France. On en avait une dans l'West Hampshire, avant qu'la crue casse tout. Et une meule Buhr, ça veut dire d'la bonne farine blanche.

— Et d'la farine blanche, ça veut dire de bonnes affaires, fit David. Nous, les aînés, on s'en souvient. » Il eut un sourire nostalgique. « On était presque riches là-bas, en c'temps-là.

— Bref, dit Mot-pour-mot. Avec tout ce commerce, le pays ne se limitera pas à un magasin, une église et un moulin. On trouve du bon kaolin sur les bords de la Wobbish. Un potier finira par s'établir par ici et produira ses pots de grès et d'argile rouge pour tout le territoire.

— Ça m'ferait bien plaisir qu'il s'dépêche, lança Placide. Ma femme, ça la rend malade à mourir, qu'elle dit, d'être forcée d'servir à manger dans des assiettes en fer-blanc.

— C'est comme ça que se forment les villes, conclut Mot-pour-mot. Un bon magasin, une église, puis un moulin, ensuite un potier. Un briquetier, j'y pense. Et quand il y aura une ville...

— David pourra être maire, termina Mesure.

— Pas moi, dit David. Toutes ces histoires de politique, ça m'dépasse. C'est Armure qui veut ça, pas moi.

— Armure voudrait être roi, fit Placide.

— Ça, c'est pas gentil, dit David.

— Mais c'est vrai. Il essayerait d'être Dieu, s'il croyait qu'la place est libre. »

Mesure expliqua à Mot-pour-mot : « Placide et Armure s'entendent pas bien.

— C'est pas digne d'un mari de traiter sa femme de sorcière, dit Placide avec aigreur.

— Pourquoi la traite-t-il de sorcière ?

— C'est vrai qu'asteure, il a cessé, dit Mesure. Elle lui a promis d'arrêter. De plus se servir d'ses talents dans la cuisine. C'est une honte d'obliger une femme à s'occuper de toute une maisonnée avec ses deux seules mains.

— Ça suffit », le coupa David. Du coin de l'œil, Mot-pour-mot surprit son regard de mise en garde.

Visiblement, on n'avait pas assez confiance en lui pour le mettre dans le secret. Alors il leur fit comprendre que le secret, il le connaissait déjà : « Il me semble qu'elle s'en sert plus qu'Armure ne l'imagine, dit-il. J'ai vu un charme formé par une savante disposition de paniers devant la maison, sur la galerie. Et elle en a utilisé un autre pour calmer son mari, sous mes yeux, le jour où je suis arrivé en ville. »

Le travail s'interrompit brusquement, un bref instant. Personne ne le regarda, mais l'espace d'une seconde les frères demeurèrent immobiles. Ils comprirent que Mot-pour-mot connaissait le secret d'Aliénor et s'était abstenu d'en informer des étrangers. Ou Armure-de-Dieu Weaver. Mais c'était une chose de le connaître, et une autre d'en obtenir confirmation de leur part. Aussi tinrent-ils leur langue et se remirent-ils à encocher et ligaturer le traîneau.

Mot-pour-mot rompit le silence pour revenir au sujet initial. « Ce n'est qu'une question de temps avant que les territoires de l'Ouest n'atteignent une population suffisante pour se prétendre des états et revendiquer leur adhésion au Contrat Américain. Quand ça se produira, on aura besoin d'hommes honnêtes au pouvoir.

— C'est pas par chez nous, où l'pays est rude, qu'vous trouverez un Hamilton, un Adams ou un Jefferson, fit David.

— Peut-être. Mais si vous, les gars du pays, vous ne formez pas votre propre gouvernement, soyez certains de voir débarquer tout un tas d'individus de la ville qui voudront le faire à votre place. C'est comme ça qu'Aaron Burr est devenu gouverneur du Suskwahenny, avant que Daniel Boone l'abatte en 99.

— À vous entendre, on dirait qu'il s'agissait d'un meurtre, releva Mesure. C'était un duel loyal.

— De mon point de vue, fit Mot-pour-mot, un duel se résume à l'accord de deux meurtriers pour tenter de se tuer l'un l'autre à tour de rôle.

— Pas quand l'un des deux est un vrai gars d'la campagne en peau de daim et l'autre un escroc d'menteux d'la ville, dit Mesure.

— J'tiens pas à ce qu'un Aaron Burr essaye de devenir gouverneur dans la région d'la Wobbish, dit David. Et c'est la même engeance, ce Bill Harrison, là-bas à Carthage City. J'voterais pour Armure avant d'voter pour lui.

— Et moi, je voterais pour toi avant de voter pour Armure », dit Mot-pour-mot.

David grogna. Il continua d'entrelacer une corde autour des encoches pratiquées dans les rondins du traîneau, pour les arrimer solidement les uns aux autres. Mot-pour-mot procédait de même du côté opposé. Au moment de faire le nœud, Mot-pour-mot voulut lier ensemble les deux extrémités de la corde.

« Attendez pour faire ça, l'arrêta Mesure. J'm'en vais quérir Al junior. »

Il s'élança au petit trot à l'assaut de la pente pour gagner la carrière.

Mot-pour-mot lâcha les bouts de la corde. « C'est Alvin junior qui fait les nœuds ? J'aurais cru que des adultes comme vous les feraient plus serrés. »

David eut un grand sourire. « L'a un talent.

— Et vous, vous n'avez pas de talents ?

— Si, quelques-uns.

— David a un talent avec les dames, dit Placide.

— Placide a les pieds qui dansent tout seuls au bal. Et y en a pas deux comme lui pour racler l'violon, non plus, reprit David. C'est pas toujours juste, mais il chôme pas avec son archet.

— Mesure est fin tireur, dit Placide. C'qu'est trop loin pour la plupart des gens, lui l'voit.

— On a tous nos talents à nous. Les bessons ont l'coup pour sentir quand va y avoir du grabuge et pour arriver juste à temps.

— Et p'pa, il ajuste les objets ensemble. On le laisse faire tous les assemblages quand on fabrique des meubles.

— Les femmes ont des talents d'femmes.

— Mais, dit Placide, Al Junior est unique en son genre. »

David hocha gravement la tête. « Ce qu'y a, Mot-pour-mot, c'est qu'il a pas l'air de s'en rendre compte. J'veux dire : il a toujours l'air surpris quand les choses s'passent bien. L'est tout fier quand on lui donne un travail à faire. J'l'ai jamais vu essayer d'en r'montrer aux autres parce qu'il avait plus de talents qu'eux.

— C'est un bon p'tit gars, dit Placide.

— Un peu maladroit, dit David.

— Pas *maladroit*, reprit Placide. La plupart du temps, c'est *pas d'sa faute.*

— Disons qu'les accidents s'produisent plus souvent dans son voisinage.

— J'veux pas parler d'porte-guigne, ou d'un machin comme ça.

— Non, moi non plus, j'veux pas parler d'porte-guigne. »

Mot-pour-mot nota à part lui que c'était précisément ce qu'ils venaient l'un et l'autre de faire. Il s'abstint de tout commentaire sur leur imprudence. Maintenant, il suffisait qu'une troisième personne l'évoque pour donner réalité à la malchance. Son silence était le meilleur remède à leur légèreté. Et les deux autres comprirent bien vite. Eux aussi gardèrent le silence.

Au bout d'un moment, Mesure redescendit de la colline en compagnie d'Alvin junior. Mot-pour-mot, qui venait de participer à la conversation, n'osait pas être la troisième personne à parler. Et ce serait encore pire si Alvin prenait la parole le premier, puisque c'était lui qu'on avait associé à la malchance.

Mot-pour-mot fixa donc Mesure du regard, les sourcils levés, pour lui signifier qu'on attendait qu'il parle.

Mesure répondit à la question qu'il croyait deviner chez le vieil homme :

« Oh, p'pa est resté près d'la roche. Pour surveiller. »

Mot-pour-mot entendit David et Placide pousser un soupir de soulagement. La troisième personne à parler n'avait pas la malchance en tête : Alvin junior était sauf.

Mot-pour-mot était maintenant libre de demander *pourquoi* Miller se sentait obligé de surveiller la carrière. « Qu'est-ce qui pourrait arriver à un rocher ? Je n'ai jamais entendu dire que les Rouges volaient les cailloux. »

Mesure lui adressa un clin d'œil. « Il s'passe des choses manière de bizarre, des fois, surtout avec les meules. »

Alvin blaguait avec David et Placide, tout en faisant ses nœuds. Il travaillait avec ardeur pour les serrer au plus juste, mais Mot-pour-mot s'aperçut que ce n'était pas dans le nœud proprement dit que se révélait son talent. Les cordes que tendait Al junior paraissaient se tortiller et mordre dans le bois de toutes les encoches, comprimant l'ensemble du traîneau. Le phénomène était subtil et s'il ne l'avait pas guetté, il n'en aurait rien remarqué. Mais le résultat était là. Ce qu'attachait Al junior ne risquait pas de bouger.

« C'est tellement serré qu'ça pourrait faire un radeau, dit le jeune garçon en se reculant pour admirer.

— Ben, ce coup-ci, il va flotter sur la terre ferme,

fit Mesure. P'pa jure qu'il veut même plus pisser dans l'eau. »

Comme le soleil avait baissé à l'ouest, ils se mirent en devoir d'allumer un feu. Le travail leur avait tenu chaud en cours de journée, mais ils auraient besoin d'une flambée durant la nuit pour tenir les animaux à distance et combattre le froid de l'automne.

Miller ne redescendit pas, même pour le dîner, et quand Placide se leva pour monter à manger à son père, Mot-pour-mot s'offrit à l'accompagner.

« J'sais pas, fit Placide. Vous êtes pas obligé.

— J'ai envie d'y aller.

— P'pa... il aime pas quand y a plein d'monde d'vant la roche, en un moment pareil. » Placide avait l'air penaud. « Il est meunier, et c'est sa meule qu'on taille là-haut.

— Je ne suis pas plein de monde. »

Placide se tut. Mot-pour-mot monta derrière lui parmi les rochers.

En chemin, ils passèrent près des sites de deux précédentes extractions. Les débris de pierre taillée avaient servi au nivellement d'une rampe entre la muraille et le pied de la carrière. Les tracés de meules dans le roc étaient presque parfaitement circulaires. Mot-pour-mot en avait déjà souvent vu, mais jamais de ce genre : des ronds parfaits, à même la falaise. La plupart du temps, on extrayait un bloc entier, puis on lui donnait sa forme définitive une fois au sol. Il ne manquait pas de bonnes raisons pour procéder selon cette méthode, mais la principale, c'était qu'il n'existait aucun autre moyen de tailler l'arrière de la meule. Placide ne ralentissait pas l'allure pour son compagnon, aussi Mot-pour-mot n'eut-il pas le loisir d'y regarder de plus près ; mais autant qu'il put en juger, il était absolument impensable que le tailleur de pierre, dans cette carrière-ci, soit parvenu à tailler l'arrière de la meule.

Le nouveau site offrait un aspect en tous points semblable. Miller ratissait des éclats de roche pour égaliser une rampe devant la meule. Mot-pour-mot prit du recul et, dans les dernières lueurs du couchant, étudia la falaise. En l'espace d'une journée, à lui seul, Al junior avait régularisé le devant de la meule et dégagé tout le pourtour. Elle était quasiment polie, toujours solidaire de la paroi de la falaise. En outre, le trou central avait été ménagé pour accueillir l'axe principal de la machinerie du moulin. Il était entièrement évidé. Et personne au monde n'aurait pu mettre un burin en position pour détacher l'arrière.

« C'est un vrai talent qu'il a, le petit », dit Mot-pour-mot.

Miller approuva d'un grognement.

« J'ai cru comprendre que vous comptiez passer la nuit ici.

— Z'avez bien compris.

— Un peu de compagnie ne vous dérange pas ? »

Placide roula des yeux. Mais au bout d'un court instant, Miller haussa les épaules. « Comme vous voudrez. »

Placide regarda Mot-pour-mot, les yeux ronds, les sourcils levés, comme pour dire : il arrive encore des miracles.

Une fois déposé le dîner de son père, il repartit. Miller s'assit près du râteau. « Z'avez déjà mangé ?

— Je vais chercher du bois et faire du feu pour la

nuit, dit Mot-pour-mot. Pendant qu'il reste un peu de lumière. Mangez, vous.

— 'tention aux serpents. La plupart, ils sont déjà calfeutrés pour l'hiver, mais on n'sait jamais. »

Mot-pour-mot fit attention aux serpents, mais il n'en vit pas la queue d'un. Et bientôt, ils disposaient d'un bon feu, flambant autour d'une grosse bûche qui brûlerait toute la nuit.

Ils s'étendirent sur place, à la lueur des flammes, enveloppés dans leurs couvertures. Mot-pour-mot se dit que Miller aurait pu trouver un terrain plus confortable à quelques pas de la carrière. Mais apparemment, il jugeait plus important de garder la meule bien en vue.

Mot-pour-mot se mit à parler. D'une voix douce, mais sans s'attendrir, il reconnut que ce devait être dur pour des pères de voir grandir leurs fils, dans lesquels ils ont placé tous leurs espoirs sans jamais savoir à quel moment la mort viendrait les leur ravir. Le sujet était bien choisi, car ce fut bientôt Alvin Miller qui prit la conversation à son compte. Il raconta la mort de son aîné, Vigor, dans la rivière Hatrack, quelques minutes à peine après la naissance d'Alvin junior. À partir de là, il passa aux multiples occasions où son fils avait manqué mourir.

« Toujours l'eau, finit-il par trancher. Personne veut m'croire, mais c'est comme ça. Toujours l'eau.

— La question qui se pose, fit Mot-pour-mot, c'est : est-ce que l'eau est maléfique et qu'elle essaye de tuer un garçon bienfaisant ? Ou bien est-elle bienfaisante en essayant de tuer un pouvoir maléfique ? »

C'était le genre de question capable d'en mettre plus d'un en colère, mais Mot-pour-mot avait renoncé à tenter de prévoir les sautes d'humeur de Miller. Cette fois-ci, il ne se passa rien. « J'me l'suis demandé moi aussi, fit-il. J'l'ai observé d'près, Mot-pour-mot. 'videmment, il a un talent pour s'faire aimer des genses. Même de ses sœurs. Il leur mène la vie dure depuis qu'il a l'âge de cracher dans leur assiette. Pourtant y en a pas une qui trouve pas moyen d'lui faire plaisir, et pas seulement à Noël. Elles vont y coudre ses chaussettes pour qu'il arrive plus à les enfiler, lui barbouiller d'la suie sus l'siège des cabinets ou mettre des aiguilles plein sa chemise de nuit, mais elles s'raient prêtes aussi à mourir pour lui.

— Je me suis rendu compte, dit Mot-pour-mot, que certaines personnes ont un talent pour se faire aimer sans l'avoir mérité.

— J'craignais ça, aussi, dit Miller. Mais le p'tit sait pas qu'il a c'talent-là. Il s'en sert pas pour amener les genses à faire ce qu'il veut. Il m'laisse le punir quand il a fait une bêtise. Et il pourrait m'en empêcher, s'il voulait.

— Comment ça ?

— Parce qu'il sait qu'des fois, quand je l'regarde, je r'vois mon garçon Vigor, mon aîné, et alors j'peux pas lui faire du mal, même du mal qu'est pour son bien. »

Peut-être cette raison était-elle en partie exacte, pensa Mot-pour-mot. Mais ce n'était certainement pas toute la vérité.

Un peu plus tard, après que Mot-pour-mot eut tisonné le feu pour s'assurer que la bûche prenait bien, Miller raconta l'histoire pour laquelle le vieil homme était venu.

« J'ai une histoire, dit-il, qu'aurait sa place dans vot' livre.

— Dites toujours, fit Mot-pour-mot.

— Mais elle m'est pas arrivée à moi.

— Il faut que ce soit quelque chose que vous avez vu de vos yeux. Les histoires les plus folles que j'entends sont celles qui arrivent à l'ami d'un ami.

— Oh, pour ça, j'l'ai vu arriver. Ça remonte à des années, asteure, et j'en ai des fois causé avec le bonhomme. C'est un d'ces Suédois, en aval ; parle bien l'anglais, pareil tout comme moi. On lui a donné la main à construire sa cabane et sa grange quand il a débarqué dans l'pays, l'année après nous. Et j'suivais un peu c'qu'il faisait, déjà à l'époque. Comprenez, il a un garçon, un p'tit Suédois blondinet, vous voyez d'icitte.

— Les cheveux presque blancs ?

— Comme la gelée au p'tit matin au soleil, de ce blanc-là, et qui brillent.

— Je vois parfaitement, dit Mot-pour-mot.

— Et ce p'tit gars, son papa l'aimait. Plusse que sa vie. Vous connaissez cette histoire dans la Bible... un papa qu'a donné à son fils une tunique de toutes les couleurs ?

— J'en ai entendu parler.

— Il aimait son gars comme ça. Mais un jour, j'les vois tous les deux marcher au bord d'la rivière, et l'père, tout d'un coup, il fait un faux pas, on aurait dit, il cogne dans son fils et envoie le gamin bouler dans la Wobbish. Heureusement, il s'est trouvé que le p'tit s'est raccroché à une souche, alors son père et moi, on l'a aidé à sortir de d'la, mais ça faisait peur de voir que l'père aurait pu tuer son propre enfant chéri. Il l'aurait pas fait exprès, remarquez, mais l'gamin, il en s'rait pas moins mort ou le père moins fautif.

— J'imagine que pour le père, il y aurait de quoi ne jamais s'en remettre.

— Eh ben, oui, évidemment. Mais pas longtemps après ça, j'l'ai revu plusieurs fois. Un coup, il fendait du bois... il a balancé sa hache n'importe comment, et si son fils, il avait pas glissé et tombé par terre dans la même seconde, la hache y aurait fendu le crâne, et j'ai jamais vu personne survivre à une blessure pareille.

— Moi non plus.

— Et j'ai essayé d'imaginer c'qui arrivait. C'qui devait s'passer dans la tête du père. Alors j'suis allé l'trouver un jour et j'y ai dit : "Nels, faudrait qu'tu soyes plus prudent avec ce drôle. Tu vas finir par lui faire sauter la tête un d'ces quatre matins, si tu continues d'gigoter ta hache à boulevue".

« Et Nels, il m'répond : "M'sieur Miller, c'était pas un accident." Eh ben ça ! un rot de nourrisson aurait suffit à m'faire tomber à la renverse. Ça veut dire quoi : pas un accident ? Et il m'dit : "Vous savez pas comme c'est terrible. J'crois bien qu'une sorcière m'a envoûté, ou que j'suis possédé du démon, mais j'suis là, à travailler, à m'répéter combien j'aime le p'tit, et d'un coup il m'prend l'envie d'le tuer. Ç'a commencé la première fois quand il était tout bébé, j'étais d'bout en haut de l'escalier, je l'tenais dans mes bras, et y avait comme une voix dans ma tête qui m'disait : 'Jette-le', et j'voulais l'faire. Pourtant j'savais aussi qu'ça serait la pire abomination au monde. J'étais avide de m'en débarrasser, comme un gamin quand il veut écraser une bestiole avec un caillou. J'voulais vraiment voir sa tête s'écrabouiller par terre.

« "Alors, j'ai lutté contre cette envie, je l'ai ravalée et j'ai serré le p'tit si fort que j'ai failli l'étouffer. Finalement, je l'ai ramené dans son berceau et j'ai su qu'à partir d'maintenant j'monterais plus l'escalier avec lui.

« "Mais j'pouvais pas, comme ça, arrêter de m'occuper de lui, pas vrai ? C'était mon fils et il grandissait si bien, il devenait si intelligent et si beau qu'il fallait qu'je l'aime. Quand j'restais pas auprès, il pleurait parce que son papa jouait pas avec lui. Mais si j'restais, alors les envies m'reprenaient, à tout bout de champ. Pas tous les jours, mais souvent, des fois si vite que j'avais même pas l'temps d'savoir c'que j'faisais. Comme le jour où j'l'ai poussé dans la rivière, j'ai juste fait un faux pas qui m'a déséquilibré, mais je savais, à l'instant même où j'ai avancé le pied, que j'allais trébucher, que j'allais perdre l'équilibre et l'pousser ; *je l'savais*, mais j'avais pas l'temps de m'en empêcher. Et un jour, ça je sais, j'pourrai pas m'en empêcher, j'aurai pas l'intention de l'faire, mais un jour que le p'tit m'passera à portée de main, je l'tuerai..." »

Mot-pour-mot vit Miller bouger le bras, comme pour essuyer des larmes sur sa joue.

« C'est-y pas curieux, c't'affaire ? Un père qu'a ce genre de sentiment pour son propre fils.

— Est-ce que cet homme a d'autres fils ?

— Quelques-uns. Pourquoi ça ?

— Je me demandais s'il avait déjà eu envie de les tuer aussi.

— Jamais, pas l'ombre d'une envie. J'y ai demandé,

par le fait. J'y ai demandé et il a répondu : pas l'ombre d'une envie.

— Et alors, monsieur Miller, qu'est-ce que vous lui avez dit ? »

Miller inspira et expira à plusieurs reprises. « J'savais pas quoi y dire. Y a des choses qui dépassent un homme comme moi, que j'peux pas comprendre. Par exemple le coup d'cette eau qui cherche à tuer mon gars Alvin. Et puis ce Suédois avec son fils. P't-être qu'y a des enfants qui sont pas censés grandir. Vous croyez qu'c'est ça, Mot-pour-mot ?

— Je crois qu'il y a des enfants qui sont très importants, et quelqu'un — une force quelconque dans le monde — peut désirer leur mort. Mais il y a toujours d'autres forces, peut-être plus puissantes, qui désirent qu'ils vivent.

— Alors pourquoi qu'ces forces-là, elles se montrent pas, Mot-pour-mot ? Pourquoi qu'une puissance céleste vient pas dire... dire à ce pauvre Suédois : "T'as plus à t'inquiéter, ton garçon, il a rien à craindre, même de toi !"

— Ces forces ne parlent peut-être pas avec des mots, pas à haute voix. Elles se contentent peut-être de montrer ce qu'elles font.

— La seule force qui s'montre sur c'te terre, c'est celle qui tue.

— Pour ce petit Suédois, je ne sais pas, fit Mot-pour-mot, mais je parierais qu'une protection puissante s'exerce sur votre fils. D'après ce que vous m'avez dit, c'est un miracle qu'il ne soit pas mort plus de dix fois.

— C'est la vérité vraie.

— Je crois qu'on veille sur lui.

— Pas d'assez près.

— L'eau ne l'a jamais attrapé, n'est-ce pas ?

— C'est pas passé loin, Mot-pour-mot.

— Et quant à ce jeune suédois, je *sais* qu'il a quelqu'un pour veiller sur lui.

— Qui ça donc ? demanda Miller.

— Son père, pardi.

— Son père, c'est lui, l'ennemi, dit Miller.

— Je ne le pense pas, dit Mot-pour-mot. Vous savez combien de pères tuent leur fils par accident ? Ils vont à la chasse, et un coup part dans la mauvaise direction. Ou un chariot écrase le gamin, ou c'est le gamin qui fait une chute. Ça arrive tout le temps. Ces pères-là n'ont sans doute pas vu ce qui arrivait. Mais ce Suédois a du coup d'œil, il voit ce qui arrive et il se surveille, il se retient à temps. »

Un peu d'espoir pointa dans la voix de Miller. « À vous entendre, on dirait que l'père, il est pas si mauvais.

— S'il était vraiment mauvais, monsieur Miller, il y a belle lurette que son fils serait mort et enterré.

— P't-être bien. P't-être bien. »

Miller s'absorba dans ses réflexions. Si longtemps, en fait, que Mot-pour-mot s'assoupit. Pour se réveiller brusquement alors que son compagnon s'était remis à parler :

« ... et ça s'arrange pas ; ça empire. Ça devient toujours plus dur d'résister à ces envies. Y a pas si longtemps, il s'tenait dans un fenil, dans le... dans sa grange ; il lançait des fourchées d'foin à l'étage en-dessous. Et là, en bas, y avait son fils, et il avait qu'à laisser partir la fourche, rien d'plus facile au monde, il aurait dit qu'elle lui avait échappé et personne en aurait jamais rien su. La laisser partir, et transpercer l'drôle. Et il allait l'faire. Vous m'comprenez ? C'était si dur d'résister à ces envies, encore plus dur qu'avant. Alors il a *capitulé*. Il a décidé d'en finir, d'lâcher pied. Et à ce moment-là, eh ben, y a un étranger qu'est apparu à l'entrée et qu'a crié : “Non !” Alors j'ai reposé la fourche... c'est c'qu'il a dit : “J'ai r'posé la fourche, mais j'tremblais tellement que j'pouvais à peine marcher, j'savais que l'étranger m'avait vu avec le meurtre au cœur, il devait m'prendre pour le dernier des hommes pour avoir idée de tuer mon propre fils, il pouvait même pas deviner que j'avais lutté de toutes mes forces pendant des années avant ça...”

— Peut-être que cet étranger savait quelque chose sur les pressions qui s'exercent dans le cœur d'un homme, dit Mot-pour-mot.

— Vous croyez ?

— Oh, je ne peux pas le garantir, mais peut-être cet étranger s'est-il aussi rendu compte à quel point ce père aimait son fils. Peut-être que l'étranger s'est longtemps posé des questions mais qu'il s'est aperçu petit à petit que l'enfant était extraordinaire et qu'il avait des ennemis puissants. Et puis, quel que soit le nombre des ennemis du fils, il a peut-être fini par comprendre que le père n'en faisait pas partie. N'était pas un ennemi. Et il voulait lui dire quelque chose, à ce père.

— Il voulait dire quoi ? » Miller se frotta à nouveau les yeux de sa manche. « Qu'esse qu'il aurait bien pu vouloir dire, d'après vous, cet étranger ?

— Peut-être qu'il voulait dire : “Vous avez fait tout votre possible, et maintenant c'est au-dessus de vos forces. Maintenant, vous devriez éloigner ce garçon. L'envoyer chez des parents restés dans l'Est, peut-être, ou comme apprenti dans une ville." Ce serait une décision difficile à prendre pour le père, parce qu'il adore son enfant, mais il la prendrait parce qu'il sait que la meilleure preuve d'amour, c'est de le mettre hors de danger.

— Oui, murmura Miller.

— À ce propos, dit Mot-pour-mot, vous devriez peut-être faire quelque chose du même genre avec votre propre garçon, Alvin.

— P't-être, fit Miller.

— L'eau, par ici, représente un danger pour lui, disiez-vous ? Quelqu'un le protège, ou quelque chose. Mais peut-être que si Alvin ne vivait plus dans la région...

— Alors, une partie des dangers disparaîtraient.

— Réfléchissez-y.

— C'est terrible, dit Miller, d'envoyer son fils vivre chez des étrangers.

— Mais c'est pire de le porter en terre.

— Si fait, dit Miller. C'est ce qu'y a de pire au monde. Porter son enfant en terre. »

Ils ne parlèrent plus, et quelques instants plus tard ils dormaient l'un et l'autre.

À l'aube, il faisait froid et il y avait une épaisse gelée ; Miller ne voulut même pas laisser Al junior monter jusqu'au rocher tant que le soleil ne l'aurait pas fondue. Ils passèrent donc tous la matinée à préparer le terrain entre la paroi de la falaise et le traîneau, pour pouvoir faire rouler la meule à bas de la pente.

Désormais, Mot-pour-mot avait la certitude qu'Al

junior se servait d'un pouvoir occulte pour détacher la meule de la falaise, même s'il n'en avait pas conscience. Mot-pour-mot était curieux. Il voulait découvrir la portée de ce pouvoir, afin d'en comprendre mieux la nature. Et comme Al junior ne se rendait pas compte de ce qu'il faisait, il fallait donc user de subtilité dans ses investigations.

« Comment habillez-vous votre meule ? » demanda-t-il.

Miller haussa les épaules. « Avant, j'travaillais sur une meule Buhr. Elles ont toutes un habillage en faucille.

— Vous pouvez me faire voir ? »

Utilisant un coin du râteau, Miller dessina un rond dans la gelée blanche. Puis il traça une série d'arcs, rayonnant du centre du cercle jusqu'au pourtour. Entre les arcs il en traça de plus petits, qui partaient du pourtour mais n'allaient pas jusqu'au centre, s'arrêtant tout au plus aux deux tiers de la distance. « Comme ça, fit-il.

— La plupart des meules en Pennsylvanie et en Suskwahenny ont un habillage en quartiers. Vous connaissez ce type de taille ?

— Montrez-moi. »

Mot-pour-mot traça donc un autre cercle. Il était moins net, car la gelée commençait maintenant à fondre, mais tant pis. Il tira des droites au lieu de courbes depuis le centre jusqu'au pourtour, puis d'autres plus courtes partant directement des grandes pour relier, elles aussi, le périmètre. « Certains meuniers préfèrent cet habillage parce qu'il s'émousse moins vite. Comme toutes les lignes sont droites, on obtient un trait bien régulier au moment de layer la meule.

— J'vois ça, fit Miller. Mais j'sais pas. J'suis habitué à ces lignes courbes.

— Ma foi, c'est comme vous voulez, dit Mot-pour-mot. Je n'ai jamais été meunier, alors je ne m'y connais pas. Je ne fais que raconter ce que j'ai vu.

— Oh, ça m'ennuie pas, vous avez eu raison, dit Miller. Ça m'ennuie pas du tout. »

Al junior se tenait près d'eux, examinant les deux cercles.

« J'crois qu'une fois qu'on aura ramené c'te meule à la maison, dit Miller, j'vais essayer cet habillage en quartiers. Apparence qu'il est plus commode pour garder un broyage efficace. »

Le sol finit par sécher et Al junior s'approcha de la falaise. Les autres garçons restaient tous plus bas, à lever le camp ou remonter les chevaux vers la carrière. Seuls Miller et Mot-pour-mot regardaient quand Al junior se planta enfin, armé de son marteau, devant la paroi rocheuse. Il lui restait encore un peu de taille pour dégager tout le pourtour sur la bonne profondeur.

À la surprise de Mot-pour-mot, quand le garçon positionna son burin et donna un coup de marteau retentissant, tout un fragment de roche, sur six pouces de long, se détacha de la muraille pour venir se briser par terre.

« Dites donc, cette pierre est tendre comme du charbon, fit Mot-pour-mot. Quel genre de meule ça peut donner, si elle n'est pas plus solide que ça ? »

Miller lui répondit par un large sourire et secoua la tête.

Al junior s'écarta de la roche. « Oh, Mot-pour-mot, elle est dure, la pierre, sauf si tu connais l'point précis où qu'y faut la casser. Essaye un coup, tu vas voir. »

Il tendit le burin et le marteau. Mot-pour-mot les prit et s'approcha de la paroi. Soigneusement, il posa le burin sur la pierre en lui donnant un angle léger par rapport à la perpendiculaire. Puis, après quelques tapotements d'essai, il asséna un vigoureux coup de marteau.

Le burin lui sauta quasiment de la main gauche, et la violence de l'impact fut telle qu'il lâcha le marteau.

« Excusez-moi, fit-il. J'ai déjà fait ça, mais j'ai dû perdre le coup de main...

— Oh, c'est la pierre, v'là tout, dit Al junior. Elle a ses lunes. Elle s'laisse pas casser dans n'importe quel sens. »

Mot-pour-mot examina l'endroit où il avait essayé d'entamer la roche. Il fut incapable de le retrouver. Son coup puissant n'avait pas laissé la moindre marque.

Al junior ramassa les outils et appuya le burin contre la pierre. Mot-pour-mot eut l'impression qu'il le posait exactement à la même place. Mais Al agissait comme s'il l'avait positionné d'une façon tout à fait différente. « Regarde, il a juste le bon angle. Comme ça. »

Il frappa du marteau, le métal tinta, il y eut un craquement dans le roc, et une fois encore des bris de pierre crépitèrent sur le sol.

« Je comprends pourquoi vous lui confiez toute la taille, dit Mot-pour-mot.

— La meilleure méthode, à c'qui semble», approuva Miller.

En l'espace de seulement quelques minutes, le pourtour de la meule était complètement dégagé. Mot-pour-mot ne disait rien, il attendait de voir ce qu'allait faire Al junior.

Al posa ses outils par terre, s'approcha de la meule et l'étreignit. Sa main droite en épousa le rebord. La gauche explora l'entaille de l'autre côté. Il pressa la joue contre la pierre. Il gardait les yeux fermés. On aurait vraiment dit qu'il écoutait la roche.

Il se mit à chantonner doucement. Un petit air sans queue ni tête. Il déplaça les mains. Changea de position. Écouta de l'autre oreille.

«Eh ben, fit-il enfin, j'ai du mal à l'croire.

— Croire quoi? demanda son père.

— Les derniers coups, ils ont dû saprément ébranler la roche. L'arrière est déjà détaché du reste.

— Tu veux dire que la meule est dégagée? demanda Mot-pour-mot.

— J'crois que par petits coups, on peut l'amener, asteure, dit Alvin. Y a b'soin des cordes, mais ça va pas être trop dur d'la sortir de d'là.»

Les frères arrivèrent avec les chevaux et les cordes. Alvin en passa une derrière la meule. Sans que la moindre taille ait été faite à l'arrière, elle tomba facilement en place. Puis il en passa une autre, encore une autre, et bientôt ils tiraient tous sur les cordes, d'abord à gauche, ensuite à droite, pour extraire à pas lents la lourde meule de son logement dans la paroi de la falaise.

«Faut le voir pour le croire, murmura Mot-pour-mot.

— Mais vous l'avez vu», fit Miller.

Elle n'était dégagée que de quelques pouces seulement quand ils changèrent la disposition des cordes : ils en passèrent quatre par le trou central pour les attacher à un attelage de chevaux en amont de la meule. «Elle va rouler toute seule jusqu'en bas, expliqua Miller à Mot-pour-mot. Les chevaux sont là pour faire frein, ils vont tirer dans l'aut' sens.

— Ç'a l'air lourd.

— Faut pas s'coucher devant», dit Miller.

Ils commencèrent à la faire rouler, tout doucement. Miller attrapa Alvin par l'épaule pour le tenir bien à l'écart de la meule — et en amont. Mot-pour-mot s'occupait des chevaux, aussi n'examina-t-il la surface arrière de la pierre qu'une fois celle-ci en bas de la carrière, près du traîneau.

Elle était aussi douce que le derrière d'un bébé. Aussi plate que de l'eau gelée dans une cuvette. En dehors des stries dont le motif était celui d'une taille en quartiers, lignes droites rayonnant du bord du trou central jusqu'au pourtour de la meule.

Al junior vint le rejoindre.

«J'ai fait comme y fallait ? demanda-t-il.

— Oui, dit Mot-pour-mot.

— Ç'a été un vrai coup d'chance. J'sentais la pierre prête à s'fendre le long d'ces lignes-là. Elle voulait s'fendre, facile comme tout.»

Mot-pour-mot avança la main et passa doucement le doigt le long du tranchant de l'un des sillons. Il ressentit une piqûre. Il porta le doigt à sa bouche, suça et goûta le sang.

«L'a des sillons rudement coupants, la meule, hein ?» fit Mesure. À l'entendre, ça n'avait rien d'extraordinaire. Mais Mot-pour-mot lisait le respect dans ses yeux.

« Bonne taille, fit Placide.

— La meilleure de toutes », ajouta David.

Tandis que les chevaux la retenaient, jarrets tendus, de retomber d'un coup, ils inclinèrent alors lentement la meule pour la coucher sur le traîneau, face habillée en l'air.

« Vous voulez bien m'rendre service, Mot-pour-mot ? demanda Miller.

— Si je peux.

— Ramenez donc Alvin à la maison, asteure. L'a fini son travail.

— Non, papa ! » s'écria Alvin. Il courut à son père. « Tu peux pas m'faire rentrer à la maison *maintenant* !

— On n'a pas b'soin d'un drôle de dix ans dans nos pattes pendant qu'on transporte une meule pareille.

— Mais faut que j'la surveille, la meule, pour être sûr qu'elle va pas s'casser ou s'ébrécher, p'pa ! »

Les grands frères regardèrent leur père, dans l'expectative. Mot-pour-mot se demanda de quel bord ils penchaient. Ils étaient sûrement trop âgés, à présent, pour se formaliser de l'amour privilégié de leur père pour son septième fils. Eux aussi devaient souhaiter mettre le jeune garçon à l'abri du danger. Mais il était important pour tout le monde que la meule arrive en état, sans dommage, pour commencer son service dans le moulin. Il n'y avait aucun doute que le jeune Alvin avait le pouvoir de la conserver intacte.

« Reste avec nous jusqu'au coucher du soleil, finit par accepter Miller. On n'sera plus guère loin d'la maison ; comme ça, Mot-pour-mot et toi vous partirez d'vant et vous passerez la nuit dans un lit.

— Ça me va », dit Mot-pour-mot.

Alvin junior n'était visiblement pas satisfait, mais il ne répliqua pas.

Ils mirent le traîneau en branle avant midi. Deux chevaux devant et deux autres derrière, pour le retenir, avaient été directement attelés à la meule. Elle-même gisait sur le radeau de bois qui constituait le traîneau et reposait sur sept ou huit petits rouleaux en même temps. Il progressait en passant sur d'autres rouleaux qui attendaient à l'avant. Dès qu'un rouleau se libérait à l'arrière, un des fils le dégageait d'un coup sec de sous les cordes attachées à l'attelage en remorque, filait à l'avant et le mettait en place juste derrière l'attelage de tête. Ce qui signifiait que pour chaque mille parcouru par la meule les garçons en couvraient à peu près cinq.

Mot-pour-mot voulut prendre son tour, mais David, Placide et Mesure refusèrent d'en entendre parler. Il se retrouva à surveiller l'attelage en remorque, en compagnie d'Alvin juché sur l'un des chevaux. Miller conduisait l'attelage de tête et marchait à reculons la moitié du temps pour s'assurer qu'il n'allait pas trop vite et que les garçons suivaient le train.

Ils avancèrent ainsi, des heures durant. Miller proposa de s'arrêter pour une pause, mais ils ne semblaient pas se fatiguer, et Mot-pour-mot s'étonna de voir que les rouleaux tenaient bon. Pas un seul ne s'était fendu sur les cailloux ou simplement sous le poids de la meule. Ils étaient usés et entaillés, mais sans plus.

Et alors que le soleil déclinant ne se trouvait plus qu'à deux doigts au-dessus de l'horizon, noyé dans les nuages rougeoyants du couchant, Mot-pour-mot reconnut la prairie qui s'ouvrait devant eux. Ils avaient fait tout le voyage en un après-midi.

« J'crois que j'ai les frères les plus forts du monde », murmura Alvin.

Je n'ai aucun doute là-dessus, dit silencieusement Mot-pour-mot. Si tu peux tailler une pierre dans la montagne quasiment sans les mains, parce que tu « trouves » les bonnes fractures dans la roche, il n'est pas surprenant que tes frères trouvent en eux la force exacte que tu leur attribues. Mot-pour-mot tenta une fois de plus, comme il l'avait déjà si souvent fait, de saisir le caractère des pouvoirs occultes. Il existait certainement une loi naturelle qui régissait leur usage — le vieux Ben l'avait toujours affirmé. Et voici pourtant un gamin qui, simplement parce qu'il y croyait et qu'il le désirait, se montrait capable de tailler dans la pierre comme dans du beurre et de donner des forces à ses frères. Une théorie prétendait que ces pouvoirs naissaient d'une affinité avec un élément particulier, mais quel était donc celui qui permettait à Alvin d'accomplir de tels prodiges ? La terre ? L'air ? Le feu ? Sûrement pas l'eau, car Mot-pour-mot savait que Miller avait raconté l'entière vérité. Pourquoi suffisait-il à Alvin junior de souhaiter quelque chose pour que la terre elle-même se plie à sa volonté, tandis que d'autres avaient beau désirer, ils n'arrivaient jamais à obtenir ne serait-ce qu'un souffle de vent ?

Il leur fallut des lanternes pour éclairer l'intérieur du moulin lorsqu'ils roulèrent la meule par la grande porte. « On f'rait aussi bien d'la mettre en place dès ce soir », décida Miller. Mot-pour-mot imaginait les craintes qui assaillaient l'esprit du meunier. S'il laissait la pierre debout, dans la matinée elle ne manquerait pas de rouler et d'écraser certain jeune garçon qui rapporterait innocemment de l'eau à la maison. Puisque la meule était miraculeusement descendue de la montagne en une seule journée, il serait bête de l'abandonner ailleurs qu'à son emplacement prévu, sur la fondation de terre damée et de pierre du moulin.

Ils firent entrer deux chevaux et les attelèrent à la meule, comme ils avaient auparavant procédé au moment de la charger sur le traîneau, à la carrière. Ils serviraient à retenir son poids tandis qu'à l'aide de leviers on la ferait descendre en place.

Mais pour l'instant, elle reposait sur une bosse de terre, juste en dehors du cercle de pierres du soubassement. Mesure et Placide s'efforçaient de passer leurs leviers sous le bord extérieur, prêts à la soulever et à la faire tomber en place. Elle bougeait un peu pendant qu'ils travaillaient. David tenait les chevaux, car ce serait une catastrophe s'ils tiraient trop tôt et basculaient la meule du mauvais côté, la face taillée dans la saleté.

Mot-pour-mot, à l'écart, observait Miller qui dirigeait ses fils en vociférant inutilement des « faites attention ! » et des « allez-y doucement ! » Alvin ne l'avait pas quitté depuis le moment où ils avaient rentré la meule. L'un des chevaux devint nerveux. Miller réagit aussitôt : « Placide, va aider ton frère avec les chevaux ! » Il fit lui-même un pas dans leur direction.

À cet instant, Mot-pour-mot se rendit compte qu'Alvin ne se trouvait pas auprès de lui, en définitive. Un balai à la main, il marchait d'un pas vif vers la meule. Peut-être avait-il vu des cailloux traîner sur la fondation; fallait qu'il les balaye, pas vrai? Les chevaux reculèrent; les cordes prirent du mou. Mot-pour-mot comprit, alors qu'Alvin arrivait derrière elle, qu'avec des cordes aussi détendues, rien n'empêcherait la pierre de basculer si l'envie lui en prenait à ce moment précis.

Elle ne tomberait certainement pas... pas dans un monde rationnel. Mais il savait désormais que ce monde n'avait *rien* de rationnel. Alvin junior avait un ennemi invisible, puissant, qui ne laisserait pas échapper une telle occasion.

Mot-pour-mot bondit en avant. Il parvenait à la hauteur de la meule quand il sentit un tremblement dans le sol sous ses pieds, un tassement de la terre ferme. Pas grand-chose, quelques pouces seulement, mais suffisants pour que le bord intérieur de la meule s'enfonce d'autant, faisant gîter la partie supérieure de la grande roue de plus de deux pieds, si brusquement qu'il était impossible d'inverser le mouvement. La meule allait tomber d'un bloc, exactement à sa place prévue sur la fondation, et Alvin junior se trouverait dessous, broyé comme grain sous le granit.

Poussant un cri, Mot-pour-mot saisit Alvin par le bras et le tira sèchement en arrière pour l'éloigner. Alors seulement, Alvin aperçut la grande pierre qui tombait sur lui. Mot-pour-mot avait mis assez de force dans son geste pour ramener le jeune garçon de quelques pieds, mais c'était encore trop court. Ses jambes restaient dans la trajectoire de la meule. Elle tombait vite à présent, trop vite pour qu'on ait le temps de réagir, de tenter quoi que ce soit; on allait la voir écraser les membres d'Alvin. Mot-pour-mot savait qu'une pareille blessure équivalait à la mort, sauf que l'agonie était plus longue. Il avait échoué.

Mais au moment même où il suivait la meule dans sa chute meurtrière, il vit apparaître à sa surface une lézarde ; en une fraction de seconde, elle se transforma en une cassure nette qui fendait la pierre par le milieu. La fente s'élargit dans une secousse, les deux moitiés s'écartèrent de façon à tomber de part et d'autre des jambes d'Alvin, sans les toucher. Mot-pour-mot n'avait pas plus tôt vu briller la lumière d'une lanterne entre les moitiés de meule qu'Alvin hurla :

« Non ! »

Tout autre aurait cru que le jeune garçon s'adressait à la masse qui s'abattait, qu'il refusait sa mort imminente. Mais pour l'homme couché sur le sol près d'Alvin, ébloui par la lumière de la lanterne qui passait par la brisure, le cri avait un sens complètement différent.

Insouciant du danger encouru, comme le sont d'ordinaire les enfants, Alvin criait contre la rupture de la meule. Après tout le travail qu'il avait accompli, les efforts qu'avait coûtés son transport jusqu'à la maison, il ne supportait pas de la voir détruite.

Et comme il ne le supportait pas, il n'y eut pas de destruction. Les deux moitiés de la roche sautèrent l'une vers l'autre pour se recoller, comme l'aiguille saute vers l'aimant, et la meule s'abattit tout d'une pièce.

L'ombre portée avait exagéré ses dimensions réelles au sol. Elle n'écrasa pas les deux jambes d'Alvin. La gauche se trouvait entièrement hors de la trajectoire, car il l'avait repliée sous lui. Mais la droite était allongée de telle sorte que le bord de la pierre mordit le tibia, jusqu'à deux pouces sur la plus grande largeur. Comme Alvin retirait sa jambe au moment de la chute, le coup la repoussa encore davantage dans le même sens. Elle arracha peau et muscle, jusqu'à l'os, mais ne l'écrasa pas directement sous son poids quand elle s'immobilisa. La jambe n'aurait pas même été brisée si le balai ne s'était pas trouvé dessous, posé en travers. La meule la précipita contre le manche, avec suffisamment de violence pour briser net, dans un bruit sec, les deux os en plein milieu. Les arêtes saillantes du tibia déchirèrent la peau pour venir enserrer le manche du balai comme les mâchoires d'un étau. Mais la jambe ne gisait pas sous la meule et les os présentaient une fracture propre et nette, ils n'étaient pas réduits en poussière sous la roche.

L'air résonnait du fracas de la pierre sur la pierre, des cris gutturaux d'hommes en proie au désespoir, et par-dessus tout des hurlements perçants de souffrance intolérable poussés par un enfant qui n'avait jamais été aussi jeune et frêle que maintenant.

Avant que quiconque ne fût près de lui, Mot-pour-mot avait vu que les deux jambes d'Alvin n'étaient pas prises sous la meule. L'enfant voulut s'asseoir et regarder sa blessure. La vue, ou bien la douleur, lui fut trop pénible et il perdit connaissance. Son père le rejoignit alors; sans être le plus proche, il s'était déplacé plus vite que ses garçons. Mot-pour-mot essaya de le rassurer, car à cause de l'os qui enserrait le manche du balai, la jambe n'avait pas l'air cassée. Miller souleva son fils, mais la jambe ne voulut pas venir et la douleur arracha un gémissement déchirant au gamin pourtant inconscient. Ce fut Mesure qui s'arma de courage pour tirer sur le membre et le dégager du manche du balai.

David tenait déjà une lanterne, et quand Miller emporta le jeune garçon, il courut à ses côtés pour lui éclairer le chemin. Mesure et Placide allaient les suivre, mais Mot-pour-mot les rappela. « Il y a les femmes, là-bas, plus David et votre père, dit-il. Faut que quelqu'un reste ici pour s'occuper de tout ça.

— Vous avez raison, dit Placide. L'père va pas avoir envie d'redescendre de sitôt. »

Les jeunes gens se servirent de leviers pour soulever suffisamment la meule afin que Mot-pour-mot puisse retirer le manche du balai et les cordes toujours attachées aux chevaux. À eux trois, ils débarrassèrent le moulin, puis menèrent les bêtes à l'écurie et rangèrent les outils et tout le matériel. Alors seulement, Mot-pour-mot regagna la maison où il découvrit qu'on avait fait dormir Alvin junior dans son lit.

« J'espère qu'ça vous ennuie pas, fit Anne d'une voix inquiète.

— Bien sûr que non », répondit-il.

Les autres filles et Cally desservaient la table du dîner. Dans la chambre qui avait été celle de Mot-pour-mot, Fidelity et Miller, tous deux le teint terreux et les lèvres pincées, se tenaient assis au chevet du lit où l'on avait couché Alvin, la jambe éclissée et bandée.

David se tenait près de la porte. « La cassure était nette, chuchota-t-il à Mot-pour-mot. Mais les plaies... On a peur d'une infection. Toute la peau sus l'devant d'la jambe est partie. J'sais pas si un os à découvert comme ça arrivera à guérir.

— Vous avez remis la peau en place ? demanda Mot-pour-mot.

— C'qu'il en restait, on l'a bien arrangé, et la mère l'a r'cousu.

— Vous avez bien fait. »

Fidelity leva la tête. « C'est-y donc qu'vous vous y connaissez un peu pour soigner les gens, Mot-pour-mot ?

— Je connais ce que tout un chacun finit par apprendre après des années passées à tenter l'impossible auprès d'autres ignorants comme moi.

— Comment ç'a pu arriver ? fit Miller. Pourquoi donc aujourd'hui, après tous ces malheurs auxquels il a échappé ? » Il leva les yeux sur Mot-pour-mot. « J'avais fini par croire qu'il avait un protecteur.

— Il en a un.

— L'protecteur l'a abandonné, alors.

— Il ne l'a pas abandonné, dit Mot-pour-mot. Un moment, pendant que la meule tombait, je l'ai vue se fendre en deux et s'écarter assez large pour ne pas le toucher.

— Comme la poutre, murmura Fidelity.

— J'ai bien cru voir ça, moi aussi, père, fit David. Mais quand elle est r'tombée en un seul bloc, j'me suis dit que j'avais dû avoir la berlue, par rapport que j'désirais tant qu'il en réchappe.

— Elle est pas fendue, asteure, dit Miller.

— Non, dit Mot-pour-mot. Parce qu'Alvin junior a refusé qu'elle se fende.

— Vous voulez dire qu'il l'a recollée ? Pour qu'elle lui tombe dessus et qu'elle lui esquinte la jambe ?

— Je veux dire qu'il ne pensait pas à sa jambe. Il ne pensait qu'à la meule.

— Oh, mon garçon, mon brave garçon », murmura sa mère en caressant tendrement le bras inerte tendu vers elle. Alors qu'elle lui remuait les doigts, ils se plièrent mollement sous la pression puis se redressèrent brusquement.

« C'est possible ? demanda David. Qu'la meule se fende et s'recolle aussi vite que ça ?

— C'est forcément possible, dit Mot-pour-mot, puisque ça s'est produit. »

Fidelity bougea encore les doigts de son fils, mais cette fois ils ne se redressèrent pas. Ils s'étendirent même davantage, puis se refermèrent pour former le poing avant de s'étendre à nouveau à plat.

« L'est réveillé, dit son père.

— J'vais lui chercher du rhum, dit David. Pour soulager la douleur. Armure en a bien dans son magasin.

— Non, murmura Alvin.

— Le petit a dit non, fit Mot-pour-mot.

— Qu'esse qu'il peut savoir, avec c'qu'il endure ?

— Il faut qu'il garde ses esprits, s'il le peut », dit Mot-pour-mot. Il s'agenouilla au bord du lit, immédiatement à droite de Fidelity, si bien qu'il se trouvait encore plus près du visage de l'enfant. « Alvin, tu m'entends ? »

Alvin gémit. Ce devait être un « oui ».

« Alors écoute-moi. Ta jambe est très touchée. Les os sont cassés, mais on les a remis en place... ils vont guérir facilement. Mais la peau a été arrachée, et même si ta mère l'a recousue, il y a un gros risque qu'elle meure, que la gangrène s'y installe, et ça te tuera. La plupart des chirurgiens t'amputeraient de la jambe pour te sauver la vie. »

Alvin ballotta la tête ; il essayait de crier. Il ne put émettre qu'une plainte :

« Non, non, non.

— Vous empirez les choses ! » dit Fidelity, en colère.

Mot-pour-mot regarda le père, en quête de sa permission pour continuer.

« Embêtez pas le p'tit, fit Miller.

— Je connais un proverbe, dit Mot-pour-mot. Le pommier ne demande jamais au hêtre comment s'y prendre pour porter des fruits, pas plus que le lion ne demande au cheval comment faire pour attraper sa proie.

— Qu'esse ça veut dire ? demanda Fidelity.

— Ça veut dire que ce n'est pas mon affaire d'essayer de lui apprendre, à lui, la manière d'utiliser des pouvoirs que moi, je ne commence même pas à saisir. Mais vu qu'il ne sait pas comment procéder, il faut bien que j'essaye, non ? »

Miller réfléchit un instant. « Allez-y, Mot-pour-mot. Capable ou non d'se guérir, c'est mieux pour lui d'savoir ce qu'il risque. »

Mot-pour-mot prit avec douceur la main de l'enfant entre les siennes. « Alvin, tu veux garder ta jambe, n'est-ce pas ? Alors, tu dois y penser de la même façon que tu as pensé à la meule. Tu dois penser à la chair qui repousse, qui s'attache comme il faut sur l'os. Tu dois tout apprendre sur elle, dans les détails. Tu as largement le temps pour ça, ici dans ton lit. Ne pense pas à la douleur, pense à ta jambe comme elle devrait être, à nouveau entière et forte. »

Alvin, allongé, fermait les yeux en plissant les paupières pour contenir la douleur.

« Tu feras ça, Alvin ? Tu vas essayer ?

— Non, dit Alvin.

— Il faut combattre la douleur, si tu veux te servir de ton talent pour te remettre en état.

— Je l'ferai jamais, dit Alvin.

— Pourquoi donc ? s'écria Fidelity.

— L'homme-lumière, dit Alvin. J'y ai promis. »

Mot-pour-mot se souvint du serment qu'avait fait le jeune garçon à l'homme-lumière, et son cœur se serra.

« C'est quoi, cet homme-lumière ? demanda Miller.

— Une... visite qu'il a reçue, quand il était petit.

— Comment ça s'fait qu'on n'en a jamais entendu causer avant aujourd'hui ?

— C'était la nuit qui a suivi la chute de la poutre, dit Mot-pour-mot. Alvin a promis à l'homme-lumière qu'il n'utiliserait jamais son pouvoir à son propre profit.

— Voyons, Alvin, dit Fidelity. C'est pas pour devenir riche ou quoi, c'est pour t'sauver la *vie.* »

Il se contenta de grimacer de douleur et de secouer la tête.

« Voulez-vous me laisser avec lui ? demanda Mot-pour-mot. Quelques minutes, que je puisse lui parler ? »

Il n'avait pas terminé sa phrase que Miller poussait déjà Fidelity hors de la chambre.

« Alvin, dit Mot-pour-mot. Il faut que tu m'écoutes, que tu m'écoutes attentivement. Tu sais que je ne te mentirai pas. Un serment est une chose grave et je ne conseillerai jamais à personne de manquer à sa parole, même pour sauver sa vie. Je ne te dirai donc pas de te servir de ton pouvoir pour ton bien. Tu m'entends ? »

Alvin hocha la tête.

« Mais réfléchis un peu. Pense au Défaiseur qui parcourt le monde. Personne ne le voit accomplir son œuvre de destruction. Personne sauf un seul et unique petit garçon. Qui est ce petit garçon, Alvin ? »

Les lèvres d'Alvin formèrent un mot, sans qu'aucun son n'en sorte. Moi.

« Et ce petit garçon a reçu un pouvoir qu'il ne peut même pas encore comprendre. Le pouvoir de construire, face à la destruction de l'ennemi. Mieux que ça, Alvin, le *désir* de construire, aussi. Un petit garçon qui, dès qu'il entrevoit le Défaiseur, réplique en fabriquant une bricole. À présent dis-moi, Alvin, ceux qui aident le Défaiseur, ce sont les amis ou les ennemis de l'humanité ? »

Ennemis, firent les lèvres d'Alvin.

« Donc, si tu aides le Défaiseur à détruire son adversaire le plus dangereux, tu es un ennemi de l'humanité, pas vrai ? »

L'angoisse redonna un peu de voix à l'enfant. « Tu déformes tout, dit-il.

— Je rectifie, dit Mot-pour-mot. Ton serment était de ne jamais utiliser ton pouvoir à ton profit. Mais si tu meurs, il n'y aura que le Défaiseur à en bénéficier, alors que si tu vis, si ta jambe guérit, ce sera pour le bien de toute l'humanité. Que dis-je, Alvin ? ce sera pour le bien du monde et de tout ce qui l'habite. »

Alvin geignit, davantage à cause de la douleur dans sa tête que dans son corps.

« Mais ton serment était clair, non ? Jamais à ton

propre profit. Alors pourquoi ne pas s'acquitter d'un serment par un autre, Alvin ? Fais le serment, là, maintenant, de consacrer *ta vie entière* à construire, à combattre le Défaiseur. Si tu respectes ce serment-là — et tu le respecteras, Alvin, car tu es un garçon de parole —, si tu respectes ce serment, alors sauver ta vie bénéficie réellement à autrui, pas à toi personnellement. »

Mot-pour-mot attendit, attendit, jusqu'à ce qu'Alvin finisse par accepter d'un léger hochement de tête.

« Fais-tu le serment, Alvin junior, de consacrer ta vie à faire échec au Défaiseur, à remettre les choses en état, comme elles doivent être ? »

Un chuchotement : « Oui.

— Alors je t'affirme, selon les termes de ta promesse, que tu dois te guérir. »

Alvin agrippa le bras de Mot-pour-mot. « Comment ?

— Ça, je ne sais pas, mon garçon. La façon de te servir de ton pouvoir, il faut que tu la trouves en toi-même. Je peux seulement te dire que tu dois essayer, sinon l'ennemi remporte la victoire et je serai obligé de finir ton histoire par la descente de ton corps dans la tombe. »

À la surprise de Mot-pour-mot, Alvin sourit. Il saisit alors ce qu'il y avait de drôle. L'histoire d'Alvin finirait par un enterrement, quoi qu'il fasse aujourd'hui.

« Très juste, mon garçon. Mais je préférerais connaître quelques pages de plus avant d'inscrire le mot "fin" dans le Livre d'Alvin.

— J'vais essayer », souffla Alvin.

S'il essayait, alors il réussirait sûrement. Son protecteur ne l'avait pas amené aussi loin pour le laisser mourir. Mot-pour-mot ne doutait pas qu'Alvin avait le pouvoir de se guérir lui-même, s'il découvrait seulement la façon de procéder. Son corps était beaucoup plus compliqué que la pierre. Mais s'il devait vivre, il lui fallait apprendre les mécanismes de sa propre chair, souder les fractures dans ses os.

*

On fit un lit pour Mot-pour-mot dans la pièce principale. Il proposa de dormir par terre près d'Alvin, mais Miller secoua la tête et répondit :

« Ça, c'est ma place. »

Il eut cependant du mal à trouver le sommeil. Au milieu de la nuit, il finit par renoncer, alluma une lanterne avec une allumette qu'il enflamma dans la cheminée, passa son manteau et sortit.

Le vent était frisquet. Une tempête se préparait et, à l'odeur qui flottait dans l'air, ce serait de la neige. Les bêtes s'agitaient dans la grande écurie. Mot-pour-mot se dit qu'il n'était peut-être pas tout seul dehors, cette nuit. Il y avait peut-être des Rouges tapis dans les coins d'ombre, ou même à rôder parmi les corps de ferme, et qui l'observaient. Un frisson le parcourut, puis il chassa ses craintes d'un haussement d'épaules. La nuit était trop froide. Même les pires ennemis des Blancs, les plus sanguinaires des Choc-Taws ou des Cree-Eks montés du Sud pour espionner, n'étaient pas assez stupides pour mettre le nez dehors alors que s'annonçait une pareille tempête.

Bientôt la neige allait tomber, la première de la saison, mais elle ne laisserait pas une couche éphémère.

Il neigerait durant toute la journée du lendemain, il le sentait, car la tempête apporterait un air encore plus froid, assez froid pour que les flocons, duveteux et secs, s'amoncèlent d'heure en heure plus épais. Si Alvin ne les avait pas pressés de ramener la meule en une seule journée, ils auraient été contraints de la traîner jusqu'au moulin en pleine chute de neige. Le terrain serait devenu glissant. Quelque chose d'encore pire aurait pu se produire.

Mot-pour-mot se retrouva dans le moulin à regarder la meule. Elle avait l'air tellement massif qu'il était difficile d'imaginer qu'on puisse jamais la déplacer. Il en toucha une fois encore la surface, en prenant garde de ne pas se couper. Ses doigts effleurèrent les rayons peu profonds où la farine s'amasserait quand la grande roue à aubes entraînerait l'axe qui ferait rouler la meule courante, tour après tour, sur la meule gisante, avec la même régularité que la Terre qui gravitait autour du soleil, d'une année l'autre, réduisant en poussière le temps aussi sûrement que le moulin réduisait en farine le blé.

Il abaissa les yeux, là où le sol s'était légèrement affaissé sous la meule pour la faire pencher et manquer tuer le jeune garçon. Le fond de la dépression luisait à la lumière de la lanterne. Mot-pour-mot s'agenouilla et trempa son doigt dans un demi-pouce d'eau. Elle avait dû s'y accumuler, miner le sol et emporter un peu de terre. Pas trop, pour qu'on ne remarque pas l'humidité. Juste assez pour que, sous l'énorme poids de la meule, il cède.

Ah, Défaiseur, songea Mot-pour-mot, montre-toi à moi et je te bâtirai une prison d'où tu ne sortiras jamais et qui te mettra hors d'état de nuire pour toujours. Mais il avait beau faire, ses yeux ne voyaient pas ce frémissement dans l'air qui était apparu au septième fils d'Alvin Miller. Finalement, Mot-pour-mot ramassa la lanterne et quitta le moulin. Les premiers flocons apparaissaient. Le vent s'était calmé. Les flocons se mirent à tomber plus denses, virevoltant dans la lumière de sa lanterne. Le temps pour lui d'arriver au corps de logis, le sol était déjà gris de neige, la forêt invisible au loin. Il entra dans la maison, se coucha par terre sans même retirer ses bottes et s'endormit.

XII

Le livre

Ils entretinrent un feu de trois bûches, jour et nuit, au point que dans sa chambre les pierres du mur semblaient incandescentes et qu'on y respirait à présent un air sec. Alvin gisait immobile sur son lit ; sa jambe droite lourde d'éclisses et de bandages pesait sur sa couche comme une ancre alors que son corps lui donnait l'impression de flotter à la dérive, de tanguer, de rouler, d'embarder. Il avait le tournis, il se sentait un peu malade.

Mais il ne remarquait guère le poids de sa jambe, ni son tournis. Son ennemie, c'était la douleur dont les palpitations et les élancements égaraient son esprit de la tâche que lui avait assignée Mot-pour-mot : se guérir lui-même.

Pourtant la douleur était aussi son amie ; elle édifiait un mur autour de lui. Ainsi avait-il à peine conscience de se trouver dans une maison, dans une chambre, sur un lit. Le monde extérieur pouvait s'embraser, se réduire en cendres sans qu'il s'en aperçoive jamais. C'était le monde intérieur qu'il explorait désormais.

Mot-pour-mot ne savait pas la moitié de ce qu'il

disait. La question n'était pas de se représenter son corps en esprit. Sa jambe ne s'en porterait pas mieux simplement parce qu'il l'imaginerait complètement guérie. Mais le vieil homme avait quand même suggéré la bonne idée. Si Alvin était capable de trouver son chemin dans la roche, d'en découvrir les points de rupture et ceux de résistance pour lui indiquer où se fracturer, où rester compacte, pourquoi pas dans les chairs et les os ?

Il y avait un obstacle : chairs et os faisaient un mélange indistinct. La roche gardait en gros partout la même structure, mais les tissus, eux, changeaient constamment, et ça n'avait rien d'un jeu d'enfant de s'y retrouver. Allongé, les yeux clos, il regarda dans sa chair pour la première fois. Il essaya d'abord de suivre la douleur, mais elle ne le mena nulle part, sinon là où tout était broyé, déchiré et tellement enchevêtré qu'il n'y reconnaissait rien. Au bout d'un long moment, il changea de tactique. Il écouta les battements de son cœur. Au début, la douleur persista à le détourner de son but, mais bientôt il put se concentrer sur les pulsations. S'il y avait du bruit dans le monde extérieur, il n'en savait rien, parce que la douleur le lui faisait oublier. Et le rythme cardiaque, à son tour, lui faisait oublier la douleur, en grande partie du moins.

Il suivit ses veines, les grosses au flot sanguin puissant et les petites. Parfois il se perdait. Parfois un élancement dans sa jambe se rappelait à lui, exigeait de se faire entendre. Mais peu à peu il trouva le chemin des chairs et des os de sa jambe valide. Le flux du sang y était bien moins fort, mais il le conduisit là où il voulait aller. Il découvrit toutes les couches de chair, telles des pelures d'oignon. Il apprit leur disposition, vit comment les muscles se rattachaient les uns aux autres, comment les tout petits vaisseaux se raccordaient, comment la peau se tendait et se soudait parfaitement.

Alors seulement, il prit le chemin de sa jambe blessée. Le lambeau de peau que maman avait recousu était quasiment mort, il commençait à pourrir. Mais s'il en restait un morceau capable de revivre, Alvin junior savait comment le traiter. Il trouva les extrémités écrasées des artères autour de la blessure et les incita à repousser, de la même façon qu'il faisait progresser les fissures dans la pierre. En comparaison, c'était plus facile avec la pierre ; pour une fissure, suffisait de laisser faire, sans plus. Il était plus long d'arriver à ses fins dans la chair vivante, et très vite il ne s'intéressa plus qu'à la plus grosse artère.

Il commença de voir comment elle se servait de petits bouts de ceci et de cela pour se reformer. Ce qui se produisait était dans l'ensemble bien trop petit, trop rapide, trop compliqué pour qu'Alvin en comprenne le sens. Mais il put obtenir de son corps qu'il mette à disposition de l'artère ce qu'il lui fallait pour repousser, et il l'envoya là où le besoin s'en faisait sentir. Enfin l'artère opéra la jonction avec les tissus corrompus. Au prix d'autres efforts, il finit par trouver la terminaison d'une artère ratatinée qu'il rattacha à la première, et il envoya le sang irriguer le lambeau recousu.

Trop tôt, trop vite. Il sentit sur sa jambe la chaleur du sang jaillissant de ses chairs mortes en une douzaine de points différents ; elles ne pouvaient contenir pareil afflux. Doucement, doucement. Il suivit son sang, qui maintenant suintait sur sa peau au lieu de couler à flots, et une fois encore relia vaisseaux, veines et artères, essayant autant que possible de prendre modèle sur l'autre jambe.

Finalement, ce fut chose faite, ou quasiment. La circulation normale du sang pouvait être contenue. Son retour redonna vie à une bonne partie des tissus recousus. D'autres régions restaient encore mortes. Alvin continua de se déplacer çà et là avec le sang, écartant les éléments morts, les fragmentant en morceaux tellement petits qu'ils en devenaient méconnaissables. Mais les éléments vivants, eux, les reconnaissaient bien, ils les recueillaient, ils les remettaient en état. Partout où Alvin se rendait, les chairs repoussaient.

Jusqu'à ce que, la tête fatiguée de penser si petit et de fournir tant d'efforts, il s'endorme malgré lui.

*

« J'veux pas l'réveiller.

— Y a pas moyen d'changer ses pansements sans y toucher, Fidelity.

— Bon, alors... Oh, fais attention, Alvin ! Non, laisse-moi m'en occuper !

— J'ai déjà fait ça avant...

— Sus des vaches, Alvin, pas sus des p'tits garçons ! »

Il sentit une pression sur sa jambe. Quelque chose lui tira sur la peau. La douleur lui faisait moins mal que la veille. Mais il était encore trop épuisé, même pour ouvrir les yeux. Même pour émettre un son, afin qu'ils sachent qu'il était éveillé, qu'il les entendait.

« Bon d'là, Fidelity, l'a dû bougrement saigner pendant la nuit.

— Maman, Mary, elle dit que j'dois...

— Tais-toi et débarrasse le plancher, Cally ! Tu vois pas que m'man s'fait du tracas...

— Pas besoin d'crier après le p'tit, Alvin. L'a que sept ans.

— À sept ans, on est assez grand pour savoir s'taire et laisser les grandes personnes entre elles quand elles ont à faire... R'garde ça.

— J'ai du mal à l'croire.

— J'm'attendais à voir sortir du pus comme la crème d'un pis d'vache.

— C'est tout propre.

— Et la chair repousse, r'garde-moi ça ? Tes sutures ont dû prendre.

— J'osais à peine espérer que c'te chair vivrait.

— J'vois même pas d'os par en dessous.

— L'Seigneur nous bénit. J'ai prié toute la nuit, Alvin, et regarde c'que Dieu a fait.

— Eh ben, t'aurais dû prier plus fort, alors, pour qu'ça soye complètement guéri. J'ai de l'ouvrage pour c'garçon-là.

— Blasphème pas d'vant moi, Alvin Miller.

— Ça m'flanque la colique, c'te façon qu'a Dieu de s'immiscer en tapinois pour s'attribuer tout l'mérite. P't-être qu'Alvin est un bon guérisseur, t'as déjà pensé à ça ?

— Tu vois, tes horreurs réveillent le p'tit.

— R'garde donc s'il veut de l'eau.

— Il va en avoir, même s'il en veut pas. »

Alvin ne désirait rien d'autre. Il avait le corps tout sec, pas seulement la bouche ; il fallait récupérer la quantité de sang perdu. Il but donc tout son soûl à la timbale qu'on approcha de ses lèvres. Beaucoup d'eau lui coula sur la figure et dans le cou, mais c'est à peine s'il le remarqua. L'important, c'était l'eau qui lui coulait dans le ventre. Il laissa retomber sa tête et tenta de découvrir de l'intérieur comment allait sa blessure. Mais c'était trop dur d'y retourner, trop dur de se concentrer. Il s'endormit avant d'avoir parcouru la moitié du chemin.

Il se réveilla encore et pensa que ce devait être à nouveau la nuit, à moins qu'on ait tiré les rideaux. Il ne pouvait pas savoir, parce qu'il n'avait pas la force d'ouvrir les yeux, et la douleur était revenue, aussi insupportable qu'avant ; il y avait même pire : sa blessure le démangeait au point qu'il se retenait difficilement d'y porter la main pour se gratter. Mais, au bout d'un moment, il fut en mesure de s'y rendre en esprit et d'aider les tissus à se régénérer. Quand il se rendormit, une fine pellicule de peau, parfaitement formée, recouvrait toute la blessure. Par en dessous, le corps travaillait encore à reconstituer les muscles meurtris et à ressouder les os brisés. Mais il n'y aurait plus de perte de sang, plus de blessure ouverte risquant de s'infecter.

*

« R'gardez-moi ça, Mot-pour-mot. Déjà vu chose pareille ?

— On dirait une peau de nouveau-né.

— J'suis p't-être fou, mais sauf pour l'éclisse, j'vois pas d'raison de laisser c'te jambe bandée plus longtemps.

— Pas la moindre trace de blessure. Non, c'est vrai, il n'y a plus besoin de bandage à présent.

— P't-être que ma femme a raison, Mot-pour-mot. P't-être que Dieu, il est intervenu et qu'il a fait un miracle pour mon fils.

— On ne peut rien prouver. Quand le petit se réveillera, il en saura peut-être quelque chose.

— Faut pas y compter. Il a toujours pas ouvert les yeux depuis l'temps.

— Une chose est sûre, monsieur Miller. Le petit ne va pas mourir. Je n'en aurais pas dit autant hier.

— J'étais prêt à lui faire un cercueil pour l'mettre en terre, dites donc. J'lui donnais pas une chance de s'en sortir. Vous voulez regarder s'il va vraiment bien ? J'veux savoir par quoi il est protégé, ou par qui.

— Quel que soit ce ou celui qui le protège, monsieur Miller, le petit est plus puissant. Faut penser à ça. Son protecteur a fendu la meule, mais Al junior l'a recollée et son protecteur n'a eu qu'à s'incliner.

— D'après vous, il savait c'qu'il faisait ?

— Il doit avoir une idée de ses pouvoirs. Il savait de quoi il était capable avec la meule.

— J'ai jamais entendu parler d'un talent pareil, j'vous l'dis tout net. J'ai raconté à Fidelity comment il avait travaillé c'te meule, qu'il avait taillé l'arrière sans même se servir d'un outil, et la v'là qui s'met à m'donner lecture du Livre de Daniel et à pleurer sur l'accomplissement de la prophétie. Elle voulait s'précipiter icitte pour mettre le p'tit en garde contre les pieds d'argile. Ça, c'est plus fort que tout, non ? La religion leur monte à la tête. J'ai jamais connu une seule femme à qui la religion faisait pas battre la campagne. »

La porte s'ouvrit.

« Sors d'icitte ! T'es donc tellement niaiseux que j'doive te l'répéter vingt fois, Cally ? Elle est où, sa mère ? elle est pas fichue de t'nir un drôle de sept ans...

— Ne soyez pas trop dur avec le petit, Miller. De toute façon, il a filé, maintenant.

— J'sais pas c'qui va de travers chez lui. Dès qu'Al junior se flanque par terre, j'vois la figure de Cally partout où j'pose les yeux. Comme un croque-mort qu'espère une affaire.

— Peut-être qu'il trouve ça bizarre. Qu'Alvin se soit fait du mal.

— Toutes les fois qu'Alvin s'est trouvé à un doigt d'la mort...

— Mais jamais blessé. »

Un long silence.

« Mot-pour-mot.

— Oui, monsieur Miller ?

— Vous êtes un ami d'la famille, et des fois on n'y a guère mis du nôtre. Pourtant, m'est avis qu'vous restez un voyageur.

— Pour ça, oui, monsieur Miller.

— C'que jveux dire, c'est pas pour vous bousculer, mais si vous partez bétôt et qu'vous décidez d'aller du côté d'l'Est, vous croyez qu'vous pourriez porter une lettre pour moi ?

— J'en serais ravi. Et sans frais, ni pour l'expéditeur ni pour le destinataire.

— C'est bien aimable de vot' part. J'ai réfléchi à c'que vous m'avez dit. Cette histoire de jeune garçon qu'il fallait éloigner de certains dangers. Et j'me suis demandé : où donc j'm'en vais trouver des gens d'confiance pour veiller sur le p'tit ? On a pas d'parenté d'reste en Nouvelle-Angleterre qui vaut la peine qu'on en parle... N'importe comment, j'veux pas qu'on l'élève comme un puritain pour qu'il aille en enfer.

— Je suis soulagé de vous l'entendre dire, monsieur Miller, je n'ai pas grande envie de revoir la Nouvelle-Angleterre moi-même.

— Si vous r'partez par la route qu'on a tracée en v'nant dans l'Ouest, tôt ou tard vous arriverez dans un coin sus la rivière Hatrack, à trente milles environ au nord de l'Hio, pas très loin en aval de Fort DeKane. Y a là une auberge, du moins y en avait une, qu'a un cimetière par en arrière avec une pierre tombale qui dit : “Vigor, il est mort pour sauver sa famille.”

— Vous voulez que j'emmène l'enfant ?

— Non, non, j'vais pas l'envoyer asteure qu'la neige arrive. L'eau...

— Je comprends.

— Y a un forgeron là-bas, et j'me suis dit qu'il pourrait avoir b'soin d'un apprenti. Alvin, il est jeune mais il est grand pour son âge, et m'est avis que l'forgeron ferait une affaire avec lui.

— Apprenti ?

— Eh ben, j'vais sûrement pas faire de lui un esclave, hein, pas vrai ? Et j'ai pas d'argent pour l'envoyer à l'école.

— Je porterai la lettre. Mais j'espère pouvoir rester jusqu'à ce qu'il se réveille, pour lui dire au revoir.

— J'vais pas vous faire partir ce soir, tout d'même ! Pas plus que d'main, avec c'te couche de neige toute fraîche qu'est déjà assez épaisse pour étouffer un lapin.

— Je ne savais pas si vous aviez remarqué le temps ou non.

— Je r'marque toujours quand y a de l'eau par terre. » Il émit un rire désabusé, et les deux hommes sortirent de la chambre.

Alvin junior, allongé sur son lit, essaya de comprendre pourquoi p'pa voulait le faire partir. Ne s'était-il pas toujours bien conduit, du mieux possible ? Ne se proposait-il pas d'aider quand il savait faire un travail ? N'allait-il pas à l'école du révérend Thrower, alors que le pasteur cherchait pourtant à le rendre fou ou idiot ? Et surtout, n'avait-il pas fini par ramener une meule parfaite de la montagne, qu'il avait maintenue intacte jusqu'au bout, en indiquant par où passer et, juste au dernier moment, en risquant sa jambe pour qu'elle ne se casse pas ? Et voilà qu'ils allaient l'envoyer au loin !

Apprenti ! Chez un forgeron ! Il n'avait encore jamais vu de forgeron de sa vie. Le plus proche se trouvait à trois jours de cheval, et p'pa ne voulait pas qu'il l'accompagne. Dans toute son existence, il ne s'était jamais éloigné de plus de dix milles de la maison, dans un sens ou dans un autre.

Plus il y pensait, plus sa colère montait. Combien de fois il avait supplié papa et maman de le laisser aller se promener tout seul dans les bois ? Ils avaient toujours refusé. Fallait tout le temps que quelqu'un le surveille, comme s'il était un prisonnier ou un esclave risquant de s'enfuir. Dès qu'il avait cinq minutes de retard quelque part, on venait le quérir. Il ne lui arrivait jamais de faire de longs voyages —

les plus longs, c'étaient les rares fois où il s'était rendu à la carrière. Et aujourd'hui, après l'avoir gardé depuis sa naissance dans un enclos comme une oie de Noël, on décidait de l'expédier à l'autre bout de la terre !

Devant une pareille injustice, les larmes lui vinrent, jaillirent de ses yeux et lui coulèrent le long des joues jusque dans les oreilles ; c'était tellement bête qu'il se mit à rire.

« Pourquoi qu'tu rigoles ? » demanda Cally.

Alvin ne l'avait pas entendu entrer.

« Tu vas mieux, asteure ? Ça saigne pus du tout, Al. »

Cally lui toucha la joue.

« Tu pleures parce que ça fait très mal ? »

Alvin aurait probablement pu lui répondre, mais il sentait que ça lui imposerait trop d'efforts d'ouvrir la bouche et d'en sortir des mots ; alors il secoua vaguement la tête, lentement, doucement.

« Tu vas mourir, dis, Alvin ? »

Il fit à nouveau non de la tête.

« Oh », fit Cally.

Il avait l'air si déçu qu'Alvin en ressentit une pointe de colère. Suffisante, en définitive, pour lui faire retrouver l'usage de la parole.

« J'm'excuse, croassa-t-il.

— Ben, c'est pas juste, tout d'même, expliqua Cally. Je l'voulais pas, moi, mais ils racontaient tous que t'allais mourir. Et j'ai pensé à c'que ça serait si c'était d'*moi* que tout l'monde s'occupait. C'est toujours pareil, tout l'monde fait attention à toi, et dès qu'moi j'ouvre la bouche, on m'dit : va-t'en, Cally, tais-toi donc, Cally, on t'a rien demandé, Cally, tu devrais pas être au lit, Cally ? Ils s'fichent tous de c'que j'fais. Sauf quand j'me mets à *te* taper dessus, alors là, ils m'disputent : faut pas t'bagarrer, Cally.

— Tu t'bats drôlement bien pour un rat des champs. » C'était du moins ce qu'Alvin avait eu l'intention de dire, mais il ne savait pas avec certitude si ses lèvres avaient seulement remué.

« Tu sais c'que j'ai fait un jour, quand j'avais six ans ? J'suis parti et j'm'ai perdu dans les bois, exprès. J'ai marché, marché... Des fois, j'fermais les yeux et j'faisais des tours sur moi-même pour être sûr de pas savoir où j'allais. J'ai dû rester perdu la moitié d'la journée. Esse qu'y a eu quelqu'un pour venir m'quéri' ? Alors, m'a fallu faire demi-tour et retrouver l'chemin d'la maison tout seul. Personne m'a demandé : où t'as été, toute la sainte journée, Cally ? Maman, elle a seulement dit : “T'as les mains aussi sales que l'derrière d'un cheval malade, va t'laver.” »

Alvin se remit à rire, presque silencieusement, des soubresauts dans la poitrine.

« C'est drôle pour *toi*. Tout l'monde s'occupe de *toi*. »

Alvin fit un gros effort pour produire un son, cette fois-ci. « Tu veux qu'je parte ? »

Cally hésita un long moment avant de répondre : « Non. Qui c'est-y qui jouerait avec moi, alors ? Rien qu'ces gourdes de cousins. Y en a pas un seul de bon à la bagarre dans l'tas.

— J'vais m'en aller, chuchota Alvin.

— Non, tu vas pas t'en aller. T'es le septième fils, et ils te laisseront jamais partir.

— Si fait.

— 'videmment, si j'compte bien, c'est *moi* le

numéro sept. David, Placide, Mesure, Économe, Fortuné, Alvin junior — c'est toi — ensuite moi, ça fait sept.

— Vigor.

— Il est mort. Ça fait longtemps qu'il est mort. Quelqu'un devrait l'faire assavoir à p'pa et à m'man. »

Alvin ne bougeait pas sur son lit, au bord de l'épuisement à cause des quelques mots qu'il avait prononcés. Cally n'ajouta plus grand-chose. Il se contenta de rester assis et de garder le silence. En serrant très fort la main de son frère. Alvin ne tarda pas à se laisser aller ; ce qui l'empêcha de se rendre compte s'il rêvait ou si Cally parlait réellement. Mais il l'entendit dire : « J'veux pas du tout qu'tu meures, Alvin. » Puis il crut l'entendre ajouter : « J'voudrais être toi. » De toute façon, Alvin sombra dans le sommeil et, quand à nouveau il se réveilla, il n'y avait plus personne auprès de lui et la maison était silencieuse en dehors des bruits de la nuit : le vent qui agitait les volets, le bois de charpente qui craquait en se contractant sous l'action du froid, la bûche qui crépitait dans l'âtre.

Une fois encore, Alvin entra en lui-même et s'efforça de descendre jusqu'à sa blessure. Il ne lui restait plus grand-chose à faire du côté de la peau et des muscles. C'était sur les os qu'il travaillait maintenant. Leur aspect de dentelle le surprenait, des petits trous les grêlaient partout, ils n'étaient pas compacts comme la meule. Mais il comprit rapidement leur texture, et il lui fut aisé bientôt de les ressouder solidement.

Pourtant, quelque chose n'allait pas dans un os. Un détail dans sa jambe blessée la différenciait légèrement de l'autre. Un détail si infime qu'il le distinguait mal. Il en ignorait la nature, il savait seulement que ça engendrait la maladie dans l'os, une petite parcelle de maladie, mais il ne voyait pas comment y remédier. Comme lorsqu'il essayait de ramasser des flocons de neige : dès qu'il croyait tenir quelque chose, ça se réduisait à rien, ou peut-être ça devenait trop petit pour qu'il puisse le voir.

Mais peut-être aussi que ça disparaîtrait. Peut-être que si tout le reste allait mieux, ce foyer de maladie dans son os guérirait de lui-même.

*

Aliénor revint en retard de chez sa mère. Armure-de-Dieu estimait qu'une épouse se devait de garder des liens étroits avec sa famille, mais rentrer après le coucher du soleil était trop dangereux.

« On parle de Rouges sauvages qui r'montent du Sud. Et toi, tu traînasses à la brunante.

— J'me suis dépêchée, fit-elle. J'connais l'chemin dans l'noir.

— C'est pas la question d'connaître le chemin, reprit-il sévèrement. Les Français offrent des fusils comme primes pour des scalps de Blancs, asteure. Ça va pas tenter les partisans du Prophète, mais y manque pas de Choc-Taws qui demanderont pas mieux que d'monter à Fort Détroit en récoltant des scalps en cours de route.

— Alvin va pas mourir », dit Aliénor.

Armure détestait qu'elle détourne la conversation comme ça. Mais la nouvelle était telle qu'il ne pouvait pas vraiment éviter de s'informer. « Ils ont décidé d'l'amputer d'la jambe, alors ?

— J'l'ai vue, la jambe. Elle va mieux. Et Alvin junior, il était réveillé en fin d'après-midi. J'ai causé un moment avec lui.

— J'suis content, s'il s'est réveillé, Ally, bien content, dame oui ; mais j'espère qu'tu t'attends pas à une amélioration dans sa jambe. Une blessure aussi grave peut donner un temps l'impression d'guérir, mais bien vite la pourriture se met d'dans.

— C'te fois-ci, je l'crois pas, dit-elle. Tu veux dîner ?

— J'ai bien dû grignoter deux pains, durant que j'faisais les cent pas en m'demandant si t'allais ou non rentrer.

— C'est pas bon pour un homme, de prendre du ventre.

— Eh ben, j'en ai un, de ventre, et il réclame à manger comme c'ti-là de n'importe qui.

— Maman m'a donné un fromage pour que je l'ramène à la maison. » Elle le déposa sur la table.

Armure était en proie au doute. Il se disait que Fidelity réussissait de si bons fromages parce qu'elle *faisait quelque chose* au lait. En même temps, on n'en trouvait pas de meilleurs sur tout le cours de la Wobbish, pas plus qu'en remontant la Tippy-Canoe.

Ça le mettait mal à l'aise, quand il se surprenait à pactiser avec la sorcellerie. Et cette sensation de malaise ne le disposait pas à laisser passer quoi que ce soit, même sachant qu'Ally ne tenait visiblement pas à en parler.

« Pourquoi tu crois pas qu'sa jambe va pourrir ?

— C'est qu'elle va tellement vite à s'remettre, dit-elle.

— Comment ça, vite ?

— Oh, elle est drôlement près d'guérir.

— Comment ça, près ? »

Elle fit volte-face, leva les yeux au ciel puis se détourna de lui. Elle se mit à couper une pomme pour manger avec le fromage.

« *Comment ça* : près, j'ai dit, Ally ? Comment ça : près d'guérir ?

— Guérie.

— Une meule lui arrache tout l'devant d'la jambe, et au bout de deux jours c'est guéri ?

— Deux jours seulement ? fit-elle. Ça m'a paru une semaine.

— D'après l'calendrier, ça fait deux jours, dit Armure. C'qui veut dire qu'y a eu d'la sorcellerie là-haut.

— Si j'en crois les Évangiles, on peut guérir les genses sans faire d'la sorcellerie.

— Qui donc ? Me dis pas qu'ton père ou ta mère s'est tout d'un coup découvert un pouvoir aussi puissant ! Esse qu'ils ont invoqué un démon ? »

Elle se retourna, le couteau en main, encore prêt à couper. Un éclair passa dans ses yeux. « P'pa est p't-être pas un bon pratiquant, mais l'Diable il a jamais mis l'pied chez nous. »

Ce n'était pas l'avis de Thrower, mais Armure se garda bien d'introduire le révérend dans la conversation. « C'est c'mendiant, alors.

— Il travaille pour le gîte et le couvert. Aussi dur que les aut'.

— On dit qu'il a connu l'vieux sorcier Ben Franklin. Et cet athée d'Appalachie, Tom Jefferson.

— Il raconte de bonnes histoires. Et c'est pas lui non plus qu'a guéri le p'tit.

— Quand même, quelqu'un l'a fait.

— P't-être qu'il s'est guéri tout seul. N'importe comment, la jambe est toujours cassée. Alors, c'est pas un miracle ou je n'sais quoi. Il guérit vite, c'est tout.

— Eh ben, p't-être qu'il guérit vite parce que l'Diable prend soin d'ses créatures. »

Au regard qu'elle lui jeta en tournant la tête, Armure regretta ses paroles. Mais sacordjé, c'est tout juste si le révérend Thrower n'avait pas dit que le gamin était l'égal de la Bête de l'Apocalypse.

Bête ou enfant, il restait le frère d'Ally, et même si la plupart du temps elle gardait son calme comme pas une, quand elle se fichait en rogne, elle devenait une vraie terreur.

« Retire ça, dit-elle.

— Allons, j'ai jamais rien entendu d'aussi bête. Comment j'peux retirer c'que j'ai dit ?

— En disant à présent qu'tu connais que c'est pas vrai.

— J'connais pas si c'est vrai ni l'contraire. J'ai dit : peut-être ; et si on a pas l'droit de dire des peut-être devant sa femme, alors autant être mort.

— Là, j'crois que t'as raison, fit-elle. Et si tu retires pas ça, tu vas regretter de pas l'être, mort ! » Et elle s'avança, armée de deux gros morceaux de pomme, un dans chaque main.

De fait, quand elle venait vers lui de cette façon-là, même très en colère, et qu'il la laissait le pourchasser autour de la maison pendant un moment, elle finissait en général par éclater de rire. Mais pas cette fois-ci. Elle lui écrabouilla un bout de pomme dans les cheveux et lui jeta l'autre, puis alla s'asseoir dans la chambre au premier pour pleurer toutes les larmes de son corps.

Ce n'était pas son genre, de pleurer, et Armure se dit que la situation lui avait échappé.

« Je l'retire, Ally, dit-il. C'est un bon garçon, je l'sais.

— Oh, je m'en fiche de c'que tu penses. Tu sais pas d'quoi tu causes, d'ailleurs. »

Il n'existait pas beaucoup de maris à tolérer pareil langage de la part d'une épouse sans lui retourner une calotte. Armure souhaitait parfois qu'Ally reconnaisse sa chance d'avoir un mari chrétien. « J'sais tout d'même deux ou trois choses.

— Ils vont l'faire partir, dit-elle. Dès l'printemps, ils vont l'envoyer en apprentissage. C'est pas que ça l'enchante, j'te l'garantis, mais il discute pas, il bouge pas de son lit, il cause bien tranquillement. Seulement, quand il nous regarde, l'restant d'la famille et moi, on a l'impression qu'il arrête pas d'nous dire au revoir.

— Pourquoi donc, ils le font partir ?

— J'te l'ai dit, ils l'envoyent en apprentissage.

— D'la façon qu'ils le dorlotent, j'les voyais mal se séparer d'ce drôle.

— Ils parlent pas non plus de l'envoyer tout près. Là-bas dans l'Est, à l'aut' bout du territoire de l'Hio, à côté de Fort DeKane. Rends-toi compte, c'est à moitié chemin de l'océan.

— Tu sais, ç'a rien d'étonnant, quand on y pense.

— Ah bon ?

— Avec les Rouges qui commencent à faire du foin, ils préfèrent l'expédier au loin. Les autres, ils peuvent rester dans l'coin et se r'cevoir une flèche dans la goule, mais pas Alvin junior. »

Elle posa sur lui un regard de souverain mépris. « Des fois, t'es tellement méfiant que ça m'donne envie de dégobiller, Armure-de-Dieu.

— C'est pas d'la méfiance que de dire la vérité.

— Tu r'connais la vérité d'un rutabaga.

— Tu vas m'nettoyer c'te pomme de mes cheveux, ou faut-y que j'te force à la licher ?

— M'est avis qu'il va bien m'falloir faire quelque chose, sinon tu vas t'essuyer sur les draps. »

*

Mot-pour-mot partait tellement chargé qu'il avait l'impression d'être un voleur. Deux paires de grosses chaussettes. Une couverture neuve. Une cape en peau d'élan. De la charqui et du fromage. Une bonne pierre à aiguiser.

Outre ce qu'on lui avait donné sans même le savoir. Un corps reposé, allégé de ses douleurs et de ses contusions. Une démarche alerte. Des visages nouveaux et avenants à garder en mémoire. Et des histoires. Des histoires notées dans les pages fermées de son livre, celles qu'il consignait de sa main. Et des histoires vraies, laborieusement griffonnées par les autres.

Mais il leur avait bien rendu service en contrepartie, du moins il avait essayé. Des toits remis en état pour l'hiver et différents travaux çà et là. Plus important, ils avaient vu un livre où Ben Franklin avait écrit de sa main, qui contenait des phrases de Tom Jefferson, Ben Arnold, Pat Henry, John Adams, Alex Hamilton et même d'Aaron Burr (avant le duel) et de Daniel Boone (après le duel). Avant l'arrivée de Mot-pour-mot, les Miller appartenaient à leur famille, comme ils appartenaient à la région de la Wobbish, et c'était tout. Maintenant, ils faisaient partie d'une histoire beaucoup plus vaste. La guerre d'Indépendance d'Appalachie. Le Contrat Américain. Ils voyaient leur propre migration à travers les terres sauvages comme un fil parmi beaucoup d'autres, et ils sentaient la solidité de la tapisserie tissée de tous ces fils. Non pas une tapisserie, en réalité. Un tapis, plutôt. Un bon tapis, épais et résistant, que des générations d'Américains fouleraient après eux. Il y avait là matière à un poème ; il y travaillerait un de ces jours.

Il leur laissait plusieurs autres choses encore. Un fils aimé qu'il avait sauvé de l'écrasement par une meule. Un père qui avait désormais le courage d'envoyer son fils au loin avant qu'on l'ait poussé à le tuer. Un nom pour le cauchemar d'un jeune garçon, afin qu'il comprenne que son ennemi était réel. Un encouragement chuchoté à un enfant blessé pour qu'il se guérisse tout seul.

Et un unique dessin, gravé au feu dans une fine plaque de chêne à l'aide d'une pointe de couteau portée au rouge. Il aurait préféré travailler à la cire et à l'acide sur du métal, mais on ne trouvait ni l'une ni l'autre dans la région. Il avait donc creusé des lignes dans le bois, en s'appliquant de son mieux. L'image d'un jeune homme emporté par le fort courant d'une rivière, enchevêtré dans les racines d'un arbre flottant, cherchant sa respiration, le regard fier face à la mort. Il n'en aurait retiré que du mépris à l'Académie des Beaux-Arts du Lord Protecteur, tellement l'œuvre était quelconque. Mais Dame Fidelity avait poussé un cri à sa vue et elle l'avait serrée contre son cœur en laissant ses larmes couler dessus comme les dernières gouttes qui tombent des avant-toits après une pluie d'orage. Quant à Alvin père, il avait hoché la tête et dit : « Vous l'avez imaginé, Mot-pour-mot. Vous avez parfaitement rendu son visage, et pourtant vous n' l'avez jamais connu. C'est Vigor. C'est mon gars. » Puis il avait pleuré à son tour.

Ils avaient posé la gravure sur la cheminée. Ce n'était peut-être pas du grand art, pensait Mot-pour-mot, mais c'était authentique ; elle touchait davantage ces gens que n'importe quel portrait toucherait un seigneur ou un parlementaire, vieux et ventripotent, de Londres, Camelot, Paris ou Vienne.

« Le jour est après s'lever, asteure, dit Dame Fidelity. Vous avez d'la route à faire avant la nuit.

— Vous ne pouvez pas m'en vouloir de rechigner à partir. Mais je suis content que vous m'ayez confié cette commission, et vous pouvez compter sur moi. » Il tapota sa poche, qui renfermait la lettre destinée au forgeron de la rivière Hatrack.

« Vous pouvez pas partir sans dire au revoir au p'tit », dit Miller.

Mot-pour-mot avait retardé ce moment autant qu'il avait pu. Il hocha la tête puis s'extirpa du fauteuil confortable près du feu pour se rendre dans la chambre où il avait dormi les meilleures nuits de sa vie.

C'était réconfortant de voir les yeux d'Alvin junior grands ouverts, son visage éveillé, débarrassé de la mollesse qu'il avait affichée certains jours, ou du masque grimaçant de la douleur. Mais la douleur était toujours là, Mot-pour-mot le savait.

« Tu t'en vas ? demanda le gamin.

— Je suis sur le départ, il ne me reste plus qu'à te dire au revoir. »

Alvin parut légèrement en colère. « Alors tu vas même pas m'laisser écrire dans ton livre ?

— Tout le monde n'écrit pas dans mon livre, tu sais.

— P'pa l'a fait. Et m'man.

— Et Cally aussi.

— Eh ben, ça doit être beau, dit Alvin. Il écrit comme un... comme un...

— Comme un enfant de sept ans. »

C'était une réprimande, mais Alvin ne se donna pas la peine de prendre un air honteux. « Pourquoi pas moi, alors ? Pourquoi Cally et pas moi ?

— Parce que je laisse seulement les gens écrire la chose la plus importante qu'ils ont jamais faite ou jamais vue de leurs yeux. Qu'est-ce que toi, tu écrirais ?

— J'sais pas. P't-être quelque chose sus la meule. »

Mot-pour-mot fit la moue.

« Alors p't-être ma vision. Ça, c'est important, tu me l'as dit toi-même.

— Et ç'a été inscrit ailleurs, Alvin.

— J'veux écrire dans le livre, dit-il. J'veux ma phrase dedans avec celle-là de Ben le Faiseur.

— Pas encore, fit Mot-pour-mot.

— Quand donc ?

— Quand tu auras battu à plate couture cette espèce de Défaiseur, mon garçon. À ce moment-là, je te laisserai écrire dans le livre.

— Et si j'arrive pas à l'battre à plate couture ?

— Alors ce livre ne vaudra pas grand-chose, de toute manière. »

Des larmes jaillirent des yeux d'Alvin. « Et si j'meurs ? »

Mot-pour-mot sentit un frisson de peur le parcourir. « Comment va ta jambe ? »

L'enfant haussa les épaules. Il battit des paupières pour refouler ses larmes. Il n'y en avait déjà plus.

« Ce n'est pas une réponse, mon garçon.

— Ça fait tout l'temps mal.

— Ça durera jusqu'à ce que l'os se ressoude. »

Alvin junior eut un sourire triste. « L'os est complètement ressoudé.

— Alors pourquoi ne marches-tu pas ?

— J'ai mal, Mot-pour-mot. Ça n'part pas. Y a quelque chose qui va pas dans l'os, et j'sais pas encore comment l'arranger.

— Tu trouveras un moyen.

— J'l'ai pas encore trouvé.

— Un vieux trappeur m'a dit un jour : "Trou du cul, trou du cou, commence par n'importe quel bout, ce qui compte avant tout, c'est de prendre la peau du caribou."

— C'est un proverbe ?

— Presque. Tu trouveras un moyen, même si ce n'est pas celui auquel tu t'attends.

— Je m'attends à rien, dit Alvin. Rien ne s'passe comme j'aurais cru.

— Tu as dix ans, mon garçon. Déjà fatigué du monde ? »

Alvin n'arrêtait pas de frotter les plis de la couverture entre ses doigts. « Mot-pour-mot, j'vais mourir. »

Le vieil homme examina son visage, essayant d'y lire la mort. Il ne vit rien. « Je ne crois pas.

— Le p'tit point malade dans ma jambe. Ça grandit. Pas bien vite, p't-être, mais ça grandit. C'est invisible et ça grignote les parties dures de l'os ; après ça va s'envenimer d'pus en pus vite et...

— Et te détruire. »

Alvin se mit à pleurer pour de bon cette fois-ci, et ses mains tremblaient. « J'ai peur de mourir, Mot-pour-mot, mais j'ai ça dans mon os et j'peux pas l'enlever. »

Mot-pour-mot posa une main sur la sienne pour calmer les tremblements. « Tu vas trouver un moyen. Tu as trop à faire en ce monde pour mourir maintenant. »

Alvin roula des yeux. « J'ai encore rien entendu d'aussi bête cette année. C'est pas parce qu'on a des choses à faire qu'on meurt pas.

— Mais on ne meurt pas *volontairement.*

— J'veux pas mourir.

— Voilà pourquoi tu vas trouver le moyen de vivre. »

Alvin garda le silence quelques secondes. « J'réfléchis. À c'que j'ferai si j'vis. Comme c'que j'ai fait pour que ma jambe, elle aille mieux. J'pourrai faire pareil pour d'aut' genses, j'suis sûr. J'pourrai poser les mains sur eux et sentir ce qui s'passe à l'intérieur, et pis les soigner. Ça serait bien, hein ?

— Ils t'en seraient reconnaissants, tous les gens que tu guérirais.

— J'pense qu'la première fois, c'est la plus dure, et j'étais pas très vaillant quand j'l'ai fait. J'suis sûr que j'peux aller plus vite avec d'aut' genses.

— C'est possible. Mais même si tu guéris une centaine de malades par jour, puis que tu recommences plus loin avec une centaine d'autres, il y en aura dix mille à mourir derrière toi, dix mille encore devant, et lorsque tu arriveras à la fin de ta vie, même ceux que tu auras guéris seront presque tous morts. »

Alvin détourna le visage. « Si j'sais comment les soigner, alors faut que j'les soigne, Mot-pour-mot.

— Quand c'est possible, fais-le, dit Mot-pour-mot. Mais que ce ne soit pas ton but dans la vie. Des briques dans un mur, Alvin, voilà ce que seront jamais les gens. Tu n'avanceras à rien si tu répares une à une les briques abîmées. Guéris ceux qui te passent à portée de la main, mais ta tâche est autrement plus grande.

— J'sais comment guérir les genses. Mais j'sais pas comment battre le Dé... le Défaiseur. J'sais même pas c'que c'est.

— Tant que tu es seul capable de le voir, en tout cas, tu es le seul qui ait une chance de le battre.

— Si tu l'dis. »

Un autre long silence. Mot-pour-mot savait qu'il était temps de partir.

« Attends.

— Faut que je m'en aille, maintenant. »

Alvin le retint par la manche.

« Pas tout d'suite.

— Bientôt.

— Au moins... au moins, laisse-moi lire c'que les autres, ils ont écrit. »

Mot-pour-mot mit la main dans son sac et en sortit la poche renfermant le livre. « Je ne te promets pas d'expliquer ce qu'ils ont voulu dire », s'excusa-t-il en faisant glisser le livre hors de son enveloppe étanche.

Alvin trouva rapidement les derniers écrits, les plus récents.

De la main de sa mère : *Vigor, il repouce un tron et il meure pas avan la naiçance du bébé.*

De la main de David : *Une meul se kace en deux pis elle se rekol sans une failure.*

De la main de Cally : *Un sétiaime fisse.*

Alvin releva les yeux. « C'est pas d'moi qu'il parle, tu sais.

— Je sais », fit Mot-pour-mot.

Alvin revint au livre. De la main de son père : *Il tue pas un enfan parse qu'un étrangé arrive à ce moman-là.*

« De quoi il parle, p'pa ? » demanda Alvin.

Mot-pour-mot lui retira le livre des mains et le referma. « Trouve un moyen de guérir ta jambe, dit-il. Tu es loin d'être le seul à désirer qu'elle soit forte. Ce n'est pas pour toi-même, tu te rappelles ? »

Il se pencha et l'embrassa sur le front. Alvin tendit les bras et l'étreignit, s'accrochant à lui, si bien que Mot-pour-mot ne pouvait pas se redresser sans le soulever hors du lit. Au bout d'un moment, il leva les mains pour lui décrocher les bras. Sa joue était humide des larmes d'Alvin. Il ne les essuya pas. Il laissa la brise les sécher tandis qu'il cheminait le long du sentier aride et glacé, que bordaient à gauche et à droite des champs recouverts de neige à demi fondue.

Il s'arrêta un instant sur le second pont couvert. Le temps de se demander s'il reviendrait jamais par ici, ou s'il reverrait les Miller. Ou finirait par recueillir la phrase d'Alvin junior dans son livre. S'il était un prophète, il le saurait. Mais il n'en avait pas la moindre idée.

Il se remit en marche vers l'aube.

XIII

L'opération

Le Visiteur s'assit confortablement sur l'autel et s'appuya négligemment sur le bras gauche, donnant à son corps une inclinaison désinvolte. Thrower avait déjà vu la même pose familière chez un dandy de Camelot, un débauché qui méprisait à l'évidence tout ce que prêchaient les églises puritaines d'Angleterre et d'Écosse. Le spectacle du Visiteur dans une attitude aussi irrévérencieuse mettait le révérend mal à l'aise.

« Pourquoi ? demanda l'apparition. Ce n'est pas parce que tu ne connais qu'une seule façon de contenir les élans de ton corps, assis bien droit sur ta chaise, genoux serrés, les mains jointes délicatement posées sur les cuisses, que je suis obligé de t'imiter. »

Thrower était embarrassé. « Ce n'est pas juste de me condamner pour mes pensées.

— Si fait, quand tes pensées me condamnent pour mon attitude. Prends garde à l'orgueil, mon ami. Ne te crois pas si vertueux que tu puisses juger les actes des anges. »

C'était la première fois que le Visiteur se qualifiait lui-même d'ange.

« Je ne me suis qualifié de rien. Tu dois apprendre à maîtriser tes pensées, Thrower. Tu sautes beaucoup trop vite aux conclusions.

— Pourquoi venez-vous me voir ?

— C'est à propos de celui qui a fabriqué cet autel », dit le Visiteur. Il tapota l'une des croix qu'Alvin junior avait gravées dans le bois.

« J'ai fait de mon mieux, mais ce garçon est réfractaire à tout enseignement. Il doute de tout et conteste comme si chaque dogme devait répondre aux mêmes critères de logique et de cohérence qui ont cours dans le monde de la science.

— En d'autres termes, il demande que tes doctrines se tiennent.

— Il refuse l'idée que certaines choses demeurent des mystères, uniquement accessibles à l'esprit de Dieu. L'ambiguïté le rend impertinent et le paradoxe déclenche une rébellion ouverte.

— Un gamin insupportable.

— Le pire que j'aie jamais vu », dit Thrower.

Les yeux du Visiteur lancèrent des éclairs. Thrower sentit comme un coup de poignard au cœur.

« J'ai essayé, plaida-t-il. J'ai essayé de le décider à servir le Seigneur. Mais l'influence de son père...

— Tel est faible qui attribue ses fautes à la force des autres, dit le Visiteur.

— Je n'ai pas encore échoué ! Vous m'avez dit que j'avais jusqu'aux quatorze ans du garçon...

— Non. Je t'ai dit que moi, j'avais jusqu'à ses quatorze ans. Toi, tu ne disposes que du temps qu'il reste dans la région.

— Je n'ai pas entendu dire que les Miller allaient déménager. Ils viennent juste d'installer leur meule, ils vont commencer à moudre le grain au printemps, ils ne partiraient pas sans... »

Le Visiteur se leva de l'autel. « Laisse-moi te soumettre un cas de figure, révérend Thrower. Parfaitement hypothétique. Supposons que tu te trouves dans la même pièce que le pire ennemi de tout ce que je représente. Supposons cet ennemi malade, couché sans forces dans son lit. S'il se rétablit, il va s'éloigner hors de ta portée et donc continuer d'anéantir tout ce que toi et moi aimons dans ce monde. Mais s'il meurt, notre grande cause sera sauvée. Maintenant, suppose que quelqu'un te mette un bistouri dans la main et t'implore de pratiquer une opération délicate sur le garçon. Et suppose que si jamais ta main glisse, de presque rien, le bistouri risque de trancher une artère vitale. Suppose encore que si tu temporises, tout simplement, il va se vider si rapidement de son sang qu'il mourra en un clin d'œil. Dans un tel cas, révérend Thrower, où serait ton devoir ? »

Thrower était consterné. Toute sa vie, il s'était préparé à enseigner, convaincre, exhorter, expliquer. Jamais à commettre de ses mains un acte sanglant comme celui que suggérait le Visiteur. « Je ne suis pas fait pour ce genre de choses, dit-il.

— Es-tu fait pour le royaume de Dieu ? demanda le Visiteur.

— Mais le Seigneur a dit : "Tu ne tueras point."

— Oh ? Est-ce là ce qu'il a dit à Josué quand il l'a envoyé vers la Terre promise ? Est-ce là ce qu'il a dit à Saül quand il l'a lancé contre les Amalécites ? »

Thrower évoqua ces sombres épisodes de l'Ancien Testament et trembla de peur à l'idée de prendre part personnellement à une entreprise similaire.

Mais le Visiteur ne désarmait pas. « Le grand prêtre Samuel a commandé au roi Saül de tuer tous les Amalécites, hommes, femmes, enfants. Or Saül ne se sentait pas d'humeur à le faire. Il a sauvé le roi des Amalécites et l'a ramené vivant. Pour ce crime de désobéissance, qu'a décidé le Seigneur ?

— Il a choisi David pour être roi à sa place », murmura Thrower.

Le Visiteur se tenait tout contre Thrower, le feu de son regard le blessait. « Et Samuel, le grand prêtre, le gentil serviteur de Dieu, qu'est-ce qu'il a fait ?

— Il a demandé qu'on amène Agag, le roi des Amalécites devant lui. »

Le Visiteur insistait toujours. « Et Samuel, qu'a-t-il fait ?

— Il l'a tué, chuchota Thrower.

— *Que disent précisément les Écritures* ? » rugit le Visiteur. Les murs du temple tremblèrent, les vitres des fenêtres trépidèrent.

Thrower, terrorisé, éclata en sanglots, mais il prononça les paroles qu'exigeait le Visiteur : « Samuel a taillé Agag en pièces... en présence du Seigneur. »

À présent, on n'entendait plus d'autre bruit dans l'église que la respiration saccadée de Thrower s'efforçant de maîtriser ses pleurs hystériques. Le Visiteur lui sourit, les yeux pleins d'amour et de miséricorde. Puis il disparut.

Thrower tomba à genoux devant l'autel et pria. Ô Père, je mourrais pour Toi, mais ne me demande pas de tuer. Éloigne cette coupe de mes lèvres, je suis trop faible, je n'en suis pas digne. Ne dépose pas ce fardeau sur mes épaules.

Ses larmes tombèrent sur l'autel. Il entendit un grésillement et s'écarta d'un bond, interdit. Ses larmes filaient à la surface de l'autel comme de l'eau sur un poêlon chaud, jusqu'à ce qu'elles finissent par s'évaporer.

Le Seigneur m'a rejeté, pensa-t-il. Je me suis engagé à Le servir quoi qu'Il exige, et aujourd'hui qu'Il m'impose quelque chose de difficile, qu'Il m'ordonne d'être aussi fort que les grands prophètes d'antan, je découvre que je suis un réceptacle brisé entre Ses mains. Incapable de contenir le destin dont Il voulait m'investir.

La porte de l'église s'ouvrit, laissant entrer une vague d'air glacé qui courut le long du sol et fit frissonner le pasteur dans ses chairs. Il leva les yeux, redoutant un ange envoyé pour le punir.

Mais ce n'était pas un ange. Seulement Armure-de-Dieu Weaver.

« J'voulais pas interrompre vot' prière, mon révérend.

— Entrez, dit Thrower. Fermez la porte. Que puis-je faire pour vous ?

— Pas pour moi, dit Armure.

— Venez ici. Asseyez-vous. Racontez-moi. »

Thrower songeait avec espoir que l'arrivée inopinée d'Armure était peut-être un signe que lui adressait Dieu. Un membre de la congrégation, en quête de son aide, juste après cette prière... Le Seigneur lui faisait sûrement savoir qu'Il ne le rejetait pas, tout compte fait.

« C'est l'frère de ma femme, fit Armure. L'jeune garçon, Alvin junior. »

Thrower sentit une onde de terreur le parcourir,

qui le gela jusqu'aux os. «Je le connais. Que se passe-t-il ?

— Vous connaissez qu'il s'est fait écraser la jambe.

— J'en ai entendu parler.

— Vous avez pas eu l'occasion d'passer l'visiter avant que ça soye guéri ?

— On m'a fait comprendre que je ne suis pas le bienvenu dans cette maison.

— Alors, que j'vous dise : c'était grave. Tout un morceau de chair arraché. Les os cassés. Mais deux jours après, c'était complètement guéri. On voyait même pas d'cicatrice. Au bout de trois jours *il marchait.*

— Ça ne devait pas être aussi grave que vous le pensiez.

— J'viens de vous l'dire, la jambe était *cassée* et la blessure était *grave*. Toute la famille croyait qu'le gamin allait mourir. Ils m'ont parlé d'acheter des clous pour l'cercueil. Et l'chagrin leur faisait la mine tellement affreuse que je m'demandais si faudrait pas enterrer l'père et la mère en plusse.

— Alors, ça ne peut pas être aussi complètement guéri que vous le dites.

— Ben, c'est pas *complètement* guéri, et c'est pour ça que j'viens vous voir. Je sais qu'vous croyez guère à ces choses-là, mais j'vous l'dis, ils ont ensorcelé la jambe du gamin pour qu'elle arrive à guérir. Ally dit que l'drôle, il l'a ensorcelée tout seul. Même qu'il a marché sur sa jambe durant quelques jours, sans éclisse ni rien. Mais la douleur, elle est jamais partie, et asteure il paraît qu'y a un foyer de maladie sur son os. Il a aussi d'la fièvre.

— Il existe une explication parfaitement naturelle à tout, dit Thrower.

— Ben, qu'ce soye comme vous voulez, m'est avis, à moi, que l'gosse a invité l'Diable avec sa sorcellerie, et que maintenant l'Diable le ronge tout vif à l'intérieur. Alors, comme vous êtes un pasteur ordonné de Dieu, j'ai pensé qu'vous pourriez p't-être chasser l'Malin au nom du Seigneur Jésus. »

Superstition et sorcellerie : deux inepties, bien entendu, mais l'hypothèse d'Armure — un démon tapi dans le garçon — avait du sens, elle concordait avec ce que le révérend avait appris du Visiteur. Peut-être le Seigneur lui demandait-il d'exorciser l'enfant, d'en expulser le Malin, non pas de le tuer. Une chance lui était offerte de se racheter de sa pusillanimité.

« J'y vais », dit-il. Il attrapa sa lourde cape et la jeta sur ses épaules.

« J'aime mieux vous prévenir, y a personne de chez eux qui m'a d'mandé d'venir vous quérir.

— Je suis prêt à affronter la colère des infidèles, affirma Thrower. C'est la victime de la diablerie qui m'intéresse, pas sa famille ridicule et superstitieuse. »

*

Alvin était couché sur son lit, brûlant de fièvre. Dans la journée, comme en ce moment, on gardait ses volets clos pour que la lumière ne lui blesse pas les yeux. Mais la nuit, il demandait à ce qu'on ouvre, qu'on laisse entrer un peu d'air froid. Il le respirait avec soulagement. Durant les quelques jours où il avait pu marcher, il avait vu la neige qui recouvrait la prairie. À présent, il essayait de s'imaginer étendu sous cette couverture neigeuse. Délivré du feu qui le dévorait de l'intérieur.

Il n'arrivait pas à voir assez petit au fond de lui-même. Ce qu'il avait réalisé avec les os, les fibres musculaires et les couches de peau, c'était autrement plus difficile que de repérer les fissures dans la roche de la carrière. Pourtant il avait réussi à progresser, par tâtonnements, dans le labyrinthe de son corps, à trouver les lésions majeures, à les aider à se refermer. Seulement, le processus s'était déroulé à une échelle trop minuscule et trop rapide pour qu'il comprenne. Il en avait constaté le résultat mais non les éléments mis en jeu, il ne savait pas vraiment ce qui s'était passé.

C'était la même chose avec le mal dans son os. Une toute petite partie qui dépérissait, qui pourrissait. Il sentait la différence entre cette partie gâtée et l'os sain, il connaissait les limites de la maladie. Mais il ne distinguait pas réellement ce qui se passait. Il ne pouvait pas la combattre. Il allait mourir.

Il ne se trouvait jamais seul dans la chambre, il le savait. Quelqu'un restait toujours assis à son chevet. Il ouvrait les yeux et c'était pour voir maman, papa ou l'une des filles. Même parfois l'un des frères, malgré l'épouse et l'ouvrage qu'il avait fallu délaisser pour venir. C'était un réconfort pour Alvin, mais aussi un souci. Il se disait constamment qu'il devrait se dépêcher de mourir afin qu'ils puissent tous retourner à leurs vies coutumières.

Cet après-midi, c'était Mesure qui se tenait à son chevet. Alvin lui avait donné le bonjour, mais ils n'avaient pas grand-chose à se dire. Comment va?

J'vais mourir, merci, et toi ? Pas facile de bavarder longtemps sur ce ton. Mesure lui avait raconté comment, avec les bessons, ils avaient essayé de fabriquer une meule courante. Choisi une pierre plus tendre que celle à laquelle s'était attaqué Alvin, et pourtant ils avaient eu un mal de chien à tailler dedans. « On a fini par abandonner, conclut Mesure. Ça attendra que tu remontes là-haut pour nous en ram'ner une toi-même. »

Alvin n'avait pas répondu, et ni l'un ni l'autre n'avait décroché un mot depuis. Allongé sur sa couche, en sueur, Alvin sentait dans son os la pourriture qui s'étendait lentement, sûrement. Son frère, assis, lui tenait délicatement la main.

Mesure se mit à siffloter.

Le son surprit Alvin. Il était si absorbé par ce qui se passait en lui que la musique lui semblait naître à une grande distance, et il lui fallut revenir d'assez loin pour en découvrir l'origine.

« Mesure ! » s'écria-t-il, mais sa gorge n'émit qu'un chuchotement.

Le sifflement cessa. « Excuse, dit Mesure. Ça t'embête ?

— Non. »

Mesure se remit à siffler. C'était un air étrange, qu'Alvin ne se souvenait pas avoir jamais entendu. À dire vrai, ça ne ressemblait à aucun air connu. Il ne se répétait jamais, il enchaînait sans cesse de nouveaux motifs, exactement comme si Mesure l'improvisait au fil de son inspiration. Tandis qu'Alvin l'écoutait sur son lit, la mélodie semblait dessiner une carte, serpenter à travers de vastes étendues, et il commença de la suivre. Non pas qu'il *voyait* quoi que ce soit, comme lorsqu'on suit une véritable carte. Elle paraissait toujours lui montrer le cœur des choses, et dès qu'il pensait à un endroit précis, il y pensait comme s'il y était. Il avait l'impression de retrouver le cours des réflexions auxquelles il s'était précédemment livré, quand il cherchait un moyen d'éliminer le foyer malade de son os, sauf que maintenant il observait avec du recul, peut-être du haut d'une montagne ou dans une clairière, quelque part d'où il bénéficiait d'une vue dégagée.

Il eut alors une pensée qui ne lui était encore jamais venue. Lorsque sa jambe s'était cassée, tout le monde, devant ses chairs broyées, avait pu constater comme il était mal en point, mais personne n'avait pu l'aider en dehors de lui-même. Il avait dû guérir sa blessure de l'intérieur. Au contraire, maintenant, personne d'autre ne voyait le mal qui le rongeait. Et même si lui parvenait à le voir, il n'avait aucun moyen d'y remédier.

Alors peut-être que cette fois-ci, quelqu'un d'autre pourrait le guérir. Sans se servir d'aucune sorte de pouvoir occulte. Une bonne vieille opération chirurgicale bien saignante.

« Mesure, murmura-t-il.

— J'suis là, dit Mesure.

— J'connais un moyen d'guérir ma jambe. »

Mesure se pencha tout près. Alvin n'ouvrit pas les yeux, mais il sentit le souffle de son frère sur sa joue.

« La maladie dans mon os, ça s'étend, mais pas encore partout. J'peux rien y faire, mais j'pense que si on m'coupait c'te partie de l'os pour l'enlever d'ma jambe, après j'finirais de guérir tout seul.

— Couper l'os ?

— La scie de p'pa, celle-là qu'il prend pour découper la viande, elle devrait faire l'affaire, j'crois.

— Mais y a pas de chirurgien à moins de trois cents milles.

— Alors, m'est avis que quelqu'un f'rait bien d'apprendre sans tarder, sinon j'vais mourir. »

Mesure respirait plus vite à présent. « Tu crois que te couper l'os, ça t'sauverait la vie ?

— C'est c'que j'ai trouvé d'mieux.

— Ça pourrait t'bousiller la jambe.

— Si j'suis mort, j'en aurai rien à faire. Et si j'vis, ça vaudra la peine d'avoir la jambe bousillée.

— J'vais chercher p'pa. » Mesure repoussa sa chaise en raclant le sol et sortit de la chambre d'un pas lourd.

*

Thrower laissa Armure passer en tête sur la galerie des Miller. Ils pouvaient difficilement envoyer promener l'époux de leur fille. Mais son inquiétude était sans fondement. Ce fut Dame Fidelity qui ouvrit la porte, non son païen de mari.

« Eh ben, révérend Thrower, c'est trop aimable à vous d'passer nous voir », dit-elle. Mais la bonne humeur qu'affectait sa voix était démentie par son visage défait. On n'avait pas bien dormi depuis un certain temps, dans cette maison.

« C'est moi qui l'ai amené, mère Fidelity, dit Armure. Il est venu parce que j'lui ai d'mandé.

— L'pasteur de notre église est l'bienvenu chez moi toutes les fois qu'il lui plaît d'nous visiter. »

Elle les introduisit dans la pièce principale. Un

groupe de filles qui cousaient des carrés pour un quilt, assises sur des chaises près de la cheminée, levèrent les yeux vers le révérend. Le petit garçon, Cally, faisait ses lettres sur une planche en se servant d'un morceau de charbon de bois pour écrire.

« Je suis content de voir que tu fais tes lettres » dit Thrower.

Cally se contenta de le dévisager. Il perçait une pointe d'hostilité dans son regard. Apparemment, le gamin n'appréciait pas que le maître vienne surveiller son travail jusqu'ici, chez lui, où il s'estimait dans un sanctuaire.

« Tu les fais bien », dit Thrower pour mettre l'enfant à l'aise.

Cally ne répondit rien, il rabaissa les yeux sur son ardoise de fortune et se remit à gribouiller des mots.

Armure exposa d'emblée l'objet de leur visite : « Mère Fidelity, on vient à cause d'Alvin. Vous connaissez mon sentiment sus la sorcellerie, pourtant j'ai jamais rien dit jusqu'ici contre c'que vous aut', vous faites chez vous. J'ai toujours été d'avis que c'étaient vos affaires et pas les miennes. Mais c'drôle, il paye les pots cassés pour les pratiques maléfiques que vous tolérez sous vot' toit. Il a ensorcelé sa jambe, et voilà qu'asteure il a l'démon en lui, qu'est après le tuer. Alors j'ai amené l'révérend Thrower pour qu'il l'en débarrasse. »

Dame Fidelity parut perplexe. « Y a pas de démon dans c'te logis. »

Ah, pauvre femme ! fit silencieusement Thrower. Si seulement tu savais depuis combien de temps un démon habite en ces lieux ! « On s'habitue parfois tellement à la présence d'un démon qu'on ne le remarque même plus. »

Une porte près de l'escalier s'ouvrit, et monsieur Miller la franchit à reculons. « Pas moi, disait-il, s'adressant à quelqu'un dans la chambre. J'toucherai pas au p'tit avec un couteau. »

Cally bondit sur ses pieds en entendant la voix de son père et se précipita vers lui :

« Armure, il a ramené l'bonhomme Thrower icitte, papa, pour tuer l'démon. »

Miller se retourna, le visage tordu par une étrange émotion, et regarda les visiteurs comme s'il avait peine à les reconnaître.

« J'ai des charmes puissants qui protègent cette maison, dit Dame Fidelity.

— Ces charmes-là, c'est des invites pour le Diable, dit Armure. Vous croyez qu'ils protègent vot' maison, mais ils éloignent le Seigneur.

— Y a aucun démon qu'est entré chez nous, insista-t-elle.

— Pas d'lui-même, dit Armure. C'est vous qui l'avez attiré par vos conjurations. Vous avez fait fuir l'Saint-Esprit, avec vot' sorcellerie et vot' idolâtrie ; et comme vous avez chassé Dieu d'chez vous autres, les démons en profitent naturellement pour entrer. Ils y manquent jamais, quand ils flairent une bonne occasion d'faire le mal. »

Le révérend commençait à s'inquiéter en entendant Armure s'étendre sur un sujet que lui-même ne dominait pas vraiment. Il aurait mieux valu qu'il se contente de demander si le pasteur pouvait prier pour le petit, à son chevet. Voilà qu'il créait un conflit qu'il aurait fallu éviter.

Et quelles que soient les pensées qui roulaient présentement dans la tête de monsieur Miller, le moment était visiblement mal choisi pour le provoquer. Il marchait lentement vers Armure. « Alors d'après toi, c'qui vient chez l'monde pour mal faire, c'est l'Diable ?

— J'vous garantis mon amour pour l'Seigneur Jésus... » commença Armure, mais il ne put achever sa déclaration car son beau-père l'agriffa par l'épaule de son manteau et la ceinture de son pantalon pour lui faire opérer un demi-tour et le bousculer vers la porte.

« On f'rait bien de m'ouvrir c'te porte ! rugit Miller. Sinon va y avoir un sacré beau trou en plein mitan !

— Qu'esse qui t'prend, Alvin Miller ? brailla sa femme.

— J'flanque les démons dehors ! » Cally avait diligemment ouvert la porte, et Miller refoula son gendre jusqu'au bord de la galerie avant de l'éjecter en vol plané. Le cri outragé d'Armure mourut étouffé dans la neige qui recouvrait le sol, après quoi on ne risquait plus guère d'entendre ses hurlements, vu que Miller avait fermé puis barré la porte.

« Tu t'crois fort, s'indigna Dame Fidelity, d'mettre dehors l'époux de ta propre fille ?

— J'ai fait qu'suivre ce qu'il a dit la volonté du Seigneur », lâcha Miller. Puis il porta le regard sur le pasteur.

« Armure ne parlait pas pour moi, dit Thrower d'une voix suave.

— Si tu portes la main sus un homme d'église, dit Dame Fidelity, tu coucheras dans un lit froid pour le restant d'tes jours.

— Il m'viendrait pas à l'idée de l'toucher, fit Miller. Mais je m'dis qu'si moi, j'mets pas les pieds chez lui, lui devrait pas les mettre chez moi.

— Vous ne croyez peut-être pas au pouvoir de la prière, dit Thrower.

— M'est avis qu'ça dépend de çui qui prie et de çui qu'écoute.

— Quand même, poursuivit Thrower, votre femme a foi dans la religion de Jésus-Christ, au service de laquelle j'ai été nommé et ordonné pasteur. Elle croit, et je crois aussi, qu'en priant au chevet de votre fils, je pourrais efficacement contribuer à son prompt rétablissement.

— Si c'est l'genre de mots qu'vous mettez dans vos prières, dit Miller, ça tient du miracle que l'Seigneur arrive à comprendre de quoi vous causez.

— Même si vous ne croyez pas à l'utilité d'une telle prière, ça ne peut sûrement pas faire de mal, n'est-ce pas ? »

Miller regarda Thrower puis sa femme, et à nouveau Thrower. Le révérend ne doutait pas que, sans la présence de Fidelity, il serait en train de manger de la neige en compagnie d'Armure-de-Dieu. Mais Fidelity était là, et elle avait déjà proféré la menace de Lysistrata. Un homme n'engendre pas quatorze enfants sans que le lit de sa femme n'offre aucun attrait à ses yeux.

Miller céda. « Allez-y donc, fit-il. Mais embêtez pas le p'tit trop longtemps. »

Thrower hocha la tête avec obligeance. « Pas plus de quelques heures, dit-il.

— Quelques *minutes* ! » Mais l'autre se dirigeait déjà vers la porte près de l'escalier, et Miller ne fit aucun mouvement pour l'arrêter. Qu'il passe donc des heures avec le gamin, si ça lui chantait !

Le pasteur referma la porte derrière lui. Ça n'était pas digne, de laisser des païens se mêler de cette affaire.

« Alvin », dit-il.

Le jeune garçon était allongé sous une couverture et la sueur lui perlait au front. Il avait les yeux fermés. Mais au bout d'un instant, il entrouvrit la bouche. « Révérend Thrower, chuchota-t-il.

— Lui-même. Alvin, je suis venu prier pour toi, afin que le Seigneur chasse de ton corps le démon qui te rend malade. »

Une nouvelle pause, comme s'il fallait un certain temps aux paroles de Thrower pour atteindre Alvin et un autre, aussi long, avant que ne revienne la réponse. « C'est pas un démon, dit-il.

— On ne peut pas demander à un enfant d'être versé dans le domaine de la religion. Mais je dois te dire que seuls guérissent ceux qui ont foi dans la guérison. » Il consacra ensuite plusieurs minutes à raconter l'histoire de la fille du centurion puis celle de la femme qui perdait son sang et qui avait touché la robe de Jésus. « Tu te souviens des paroles du Christ : "Ta foi t'a sauvée." C'est ainsi, Alvin Miller, ta foi doit être forte pour que le Seigneur puisse te sauver. »

Le garçon ne répondit pas. Comme Thrower avait mis en jeu toute sa grande éloquence pour lui retracer les deux histoires, il se sentit légèrement vexé que le gamin ait pu s'endormir. Il avança un doigt effilé et donna un coup sur l'épaule d'Alvin.

L'enfant tressaillit pour se dérober. « J'ai entendu », marmonna-t-il.

Sa mine renfrognée n'était pas bon signe, alors qu'il venait de recevoir la lumière de la parole divine.

« Eh bien ? demanda Thrower. Tu crois ?

— Dans quoi ? murmura le gamin.

— Dans l'Évangile ! Dans le Dieu qui te sauvera, si seulement tu attendris ton cœur !

— J'crois, chuchota-t-il. Dans Dieu. »

Ce qui aurait dû suffire. Mais Thrower connaissait trop l'histoire de la religion pour ne pas insister davantage. Ce n'était pas assez de proclamer sa foi dans une déité. Il en existait tellement, et toutes sauf une étaient fausses. « Dans quel Dieu tu crois, Al junior ?

— Dieu, dit le garçon.

— Même le Maure païen prie tourné vers la pierre noire de la Mecque et il l'appelle Dieu ! Crois-tu dans le vrai Dieu, et crois-tu en lui correctement ? Non, je comprends, tu es trop faible et trop fiévreux pour expliquer ta foi. Je vais t'aider, jeune Alvin. Je vais te poser des questions et tu me diras si, oui ou non, tu crois. »

Alvin ne bougeait pas, il attendait.

« Alvin Miller, crois-tu en un Dieu indivisible, sans corps ni passions ? Le grand Créateur non créé, dont le centre est partout mais la circonférence nulle part ? »

L'enfant parut y réfléchir un instant avant de répondre : « J'trouve que ç'a aucun sens.

— Ça n'est pas supposé avoir du sens pour un esprit charnel, dit Thrower. Je te demande seulement si tu crois dans Celui qui siège au sommet d'un Trône sans sommet ; l'Être qui existe par Lui-même, si grand qu'Il emplit l'univers mais si pénétrant qu'Il vit dans ton cœur.

— Comment il peut s'asseoir au sommet de quelque chose qu'a pas d'sommet ? Comment quelque chose d'aussi grand peut tenir dans mon cœur ? »

Manifestement trop ignorant et trop fruste pour saisir la subtilité d'un paradoxe théologique ! Mais ce n'était pas uniquement une vie, voire une âme, qui se jouaient ici — c'étaient toutes les âmes qu'aux dires du Visiteur cet enfant mènerait à leur perte si personne ne le convertissait à la vraie foi. « C'est la beauté de la chose, reprit Thrower en laissant l'émotion gagner sa voix. Dieu est au-delà de toute compréhension ; pourtant, dans Son amour infini, Il condescend à nous sauver, malgré notre ignorance et notre bêtise.

— C'est pas une passion, l'amour ? demanda le garçon.

— Si l'idée de Dieu t'embrouille un peu, dit Thrower, alors laisse-moi te poser une autre question, peut-être plus appropriée : crois-tu dans le gouffre sans fond de l'enfer, où les méchants se tordent dans les flammes sans pourtant jamais brûler ? Crois-tu dans Satan, l'ennemi de Dieu, qui veut te voler ton âme et te retenir captif dans son royaume, afin de te tourmenter pour l'éternité ? »

L'enfant parut dresser l'oreille ; il tourna la tête vers Thrower mais garda les yeux fermés. « J'pourrais croire dans quelque chose comme ça », dit-il.

Ah, oui, pensa Thrower. Le gamin a bel et bien eu affaire au Diable.

« Tu l'as vu, mon enfant ?

— Il ressemble à quoi, vot' diable ? souffla le garçon.

— Ce n'est pas *mon* diable, dit Thrower. Et si tu

avais bien écouté au culte, tu le saurais, parce que je l'ai souvent décrit. En guise de cheveux, le Diable a des cornes de taureau. En guise de mains, le Diable a des pattes d'ours. Il a les sabots d'un bouc, et sa voix ressemble au rugissement d'un lion dévorant. »

À la stupéfaction de Thrower, le gamin sourit, puis un rire agita silencieusement sa poitrine. « Et vous nous traitez, nous aut', de superstitieux ! »

Thrower n'aurait jamais cru que le Malin pouvait tenir aussi fermement l'âme d'un enfant, s'il n'avait vu Alvin rire de contentement à la description du monstre Lucifer. Il fallait museler ce rire ! C'était une offense faite à Dieu !

Thrower claqua sa bible sur la poitrine du jeune garçon, qui expulsa bruyamment l'air de ses poumons. Puis, pressant les mains sur le livre, le révérend sentit des paroles inspirées affluer à ses lèvres, et il s'écria avec plus de passion qu'il n'en avait jamais ressenti de toute son existence : « Satan, au nom du Seigneur, je m'élève contre toi ! Je t'ordonne de te retirer de cet enfant, de cette chambre, de cette maison, définitivement ! Ne cherche plus jamais à prendre possession d'une âme vivant sous ce toit, ou la puissance de Dieu apportera la destruction jusqu'au plus profond de l'enfer ! »

Ensuite, le silence. Hormis la respiration du malade, qu'on sentait oppressée. Il régnait une telle paix dans la pièce, une telle droiture harassée dans le cœur de Thrower, qu'il se persuada que le Diable avait pris en compte sa péroraison et qu'il avait battu en retraite sans demander son reste.

« Révérend Thrower, dit le jeune garçon.

— Oui, mon fils ?

— Vous pouvez m'ôter c'te bible de la poitrine, à présent ? Si y avait des démons icitte, m'est avis qu'ils sont tous partis, asteure. »

Puis il se reprit à rire, et la bible de tressauter sous la main de Thrower.

À cet instant, la joie triomphante du pasteur céda la place à une déception amère. Que le gamin parte d'un rire aussi diabolique, malgré la Bible posée sur lui, n'était-ce point la preuve qu'aucune puissance ne parviendrait à en chasser le mal ? Le Visiteur avait eu raison. Thrower n'aurait jamais dû refuser la formidable tâche qu'il l'avait chargé d'accomplir. On lui avait offert l'occasion de terrasser la Bête de l'Apocalypse, et lui, trop timoré, trop sentimental, avait reculé devant la divine requête. Au lieu de Samuel, pourfendant l'ennemi de Dieu, me voici Saül, une chiffe, incapable de tuer celui dont le Seigneur a ordonné la mort. Je verrai désormais grandir ce garçon investi du pouvoir de Satan et je saurai qu'il n'enforcit que par ma faiblesse.

La chaleur de la chambre était à présent étouffante et Thrower suffoquait. Il n'avait pas remarqué avant cet instant la sueur qui trempait ses vêtements. Il avait de la gêne à respirer. Mais à quoi devait-il s'attendre ? Le souffle brûlant de l'enfer passait dans cette pièce. Haletant, il prit la Bible, la brandit entre lui et l'enfant satanique qui gloussait fébrilement sous sa couverture, et s'enfuit.

Il s'arrêta dans la pièce principale, pantelant. Il interrompait une conversation, mais il y prit à peine garde. Que représentait le bavardage de ces gens plongés dans les ténèbres de l'ignorance, comparé à l'épreuve qu'il venait de vivre ? Je me suis trouvé en présence du suppôt de Satan, sous le masque d'un enfant; mais son ricanement moqueur me l'a fait percer à jour. Il y a des années que j'aurais dû comprendre, dès l'instant où j'ai palpé son crâne et l'ai trouvé parfaitement proportionné. Seul un simulacre est capable d'une telle perfection. L'enfant n'a jamais été *réel*. Ah! que n'ai-je la force d'âme des grands prophètes d'autrefois, pour confondre l'ennemi et rapporter le trophée à mon Seigneur!

Quelqu'un lui tirait sur la manche : «Vous allez bien, révérend?» Il s'agissait de Dame Fidelity, mais le révérend Thrower n'eut pas l'idée de lui répondre. Le tiraillement le fit pivoter et il se retrouva face à la cheminée. Là, sur le manteau, il vit une image gravée et, absorbé comme il l'était, il ne put déterminer tout de suite ce qu'elle représentait. Apparemment le visage d'un supplicié, entouré de vrilles ondulantes. Des flammes, voilà ce que c'est, pensa-t-il, et parmi elles, une âme qui se noie dans le soufre, qui brûle dans le feu infernal. L'image le mettait à la torture et pourtant il en éprouvait de la satisfaction, car sa présence dans la maison dénonçait les liens étroits que cette famille entretenait avec l'enfer. Il se trouvait au beau milieu de ses ennemis. Des vers du Psalmiste lui vinrent à l'esprit : *Les taureaux de Bashâ me surveillent, et je peux compter tous mes os. Mon Dieu, mon Dieu, pourquoi m'as-Tu abandonné?*

«Là, dit Dame Fidelity. Asseyez-vous.

— Le p'tit va bien? demanda Miller.

— Le petit?» fit Thrower. Les mots lui venaient difficilement aux lèvres. Le petit est un démon du shéol et vous me demandez s'il va bien?

«Aussi bien que possible», dit-il enfin.

Ils se détournèrent alors de lui pour revenir à leur conversation. Peu à peu, il finit par comprendre de quoi ils discutaient. Il semblait qu'Alvin voulait qu'on enlève la partie malade de son os. Mesure avait même ramené une scie à découper à denture fine de la remise d'abattage. La controverse l'opposait à Fidelity, qui refusait qu'on opère son fils, et Miller aux deux autres parce qu'il ne voulait pas le faire et qu'elle n'acceptait que si son mari lui-même s'en chargeait.

« Si tu crois qu'il faut qu'ça soye fait, disait Fidelity, alors j'vois pas pourquoi tu voudrais que quelqu'un d'autre l'opère.

— Pas moi », fit Miller.

Thrower comprit brusquement que l'homme avait peur. Peur d'approcher une lame de la chair de son fils.

« C'est toi qu'il a demandé, p'pa. Il a dit qu'il ferait des marques sur sa jambe. Tu coupes un lambeau de peau, tu l'rabats, et juste en-dessous y a l'os, alors tu sectionnes comme un coin dans l'os, et t'enlèves toute la partie malade.

— J'suis pas d'celles qui s'évanouissent, dit Fidelity, mais la tête me tourne.

— Si Al junior veut qu'ça soye fait, alors fais-le, toi ! grogna Miller. Mais moi, non ! »

Puis, comme un jaillissement de lumière dans une pièce obscure, le révérend Thrower vit sa rédemption. Le Seigneur lui offrait clairement l'exacte occasion que le Visiteur avait prophétisée. L'opportunité de tenir un couteau dans sa main, de tailler dans la jambe du gamin et, accidentellement, de trancher l'artère pour laisser couler le sang jusqu'à ce que la vie s'en aille. L'acte qui lui avait répugné à l'église, quand il prenait encore Alvin pour un enfant comme les autres, il l'accomplirait avec joie, maintenant qu'il avait reconnu le Malin travesti sous les dehors d'un jeune garçon.

« Je suis là », fit-il.

Ils le regardèrent.

« Je ne suis pas chirurgien, expliqua-t-il, mais je possède quelques connaissances d'anatomie. Je suis un scientifique.

— Les bosses du crâne, dit Miller.

— Z'avez déjà abattu du bétail ou des cochons ? demanda Mesure.

— Mesure ! fit sa mère, horrifiée. Ton frère, c'est pas un bestiau !

— J'voulais juste savoir s'il allait pas vomir à la vue du sang.

— J'ai déjà vu du sang, dit Thrower. Et je n'ai pas peur, quand le salut est au bout de l'opération.

— Oh, révérend Thrower, c'est trop vous d'mander, dit Dame Fidelity.

— À présent, je crois que c'est peut-être une inspiration qui m'a conduit par ici ce jourd'hui, après tout ce temps sans vous voisiner.

— C'est mon cruchon d'gendre qui vous a amené, fit Miller.

— Enfin, dit Thrower, je n'ai fait qu'émettre une idée. Je vois bien que vous ne tenez pas à ce que je le fasse, et je ne peux pas vous le reprocher. Même s'il s'agit de sauver la vie d'un fils, il y a toujours danger à laisser un étranger pratiquer une opération sur le corps de son enfant.

— Vous êtes pas un étranger, insista Fidelity.

— Et si quelque chose tournait mal ? Je pourrais faire un faux mouvement... Son ancienne blessure risque d'avoir modifié la disposition de certains vaisseaux sanguins. Je pourrais sectionner une artère, il se viderait de son sang et mourrait en un instant. J'aurais alors le sang de votre enfant sur les mains.

— Révérend Thrower, reprit Fidelity, vous êtes pas responsable du hasard. Tout ce qu'on peut faire, c'est d'essayer.

— C'est sûr que si on s'décide pas, il va mourir, dit Mesure. Il dit qu'il faut qu'on l'opère avant qu'la partie malade se développe trop loin.

— Peut-être l'un de vos grands fils... glissa Thrower.

— On a pas l'temps d'aller les chercher ! s'écria Fidelity. Oh, Alvin ! c'est l'fils à qui t'as voulu donner ton nom. Tu vas le laisser mourir, juste parce que tu peux pas souffrir le révérend ? »

Miller secoua la tête, l'air misérable. « Bon, faites-le.

— Il aimerait mieux qu'ce soye toi, p'pa, dit Mesure.

— Non ! jeta Miller avec véhémence. N'importe qui d'aut', mais pas moi. Même lui plutôt qu'moi. »

Thrower lut la déception, voire du mépris dans le regard de Mesure. Il se dirigea résolument vers la place où il était assis, un couteau et la scie en mains. « Jeune homme, lui dit-il, n'accusez jamais un homme de lâcheté. Vous ne savez rien des raisons qu'il garde dans son cœur. »

Puis il se tourna vers Miller et vit une expression de surprise et de gratitude sur son visage. « Donne-lui les outils pour l'opération », dit le père.

Mesure tendit le couteau et la scie. Thrower sortit un mouchoir pour qu'il y dépose soigneusement le matériel.

Et voilà, rien de plus facile. En quelques instants, il les avait tous amenés à lui demander de prendre le couteau, l'absolvant d'avance de tout accident qui pourrait survenir. Il avait même gagné le premier soupçon d'amitié de la part d'Alvin Miller. Ah, je vous ai tous mystifiés ! songea-t-il triomphalement. Votre maître le Malin trouve à qui parler, avec moi. J'ai mystifié le grand mystificateur et, d'ici une heure, j'aurai renvoyé sa vile progéniture en enfer.

« Qui tiendra l'enfant ? demanda Thrower. On aura beau lui donner à boire du vin, la douleur le fera sauter en l'air si on ne le maîtrise pas.

— Moi, je l'tiendrai, dit Mesure.

— Il boira pas d'vin, dit Fidelity. Il dit qu'il doit garder les idées claires.

— C'est un enfant de dix ans, dit Thrower. Si vous insistez pour qu'il boive, il va sûrement vous obéir. »

Fidelity secoua la tête. « Il connaît ce qu'est le mieux. Il supporte rudement bien la douleur. Vous avez jamais vu ça. »

J'imagine que non, fit silencieusement Thrower. Le démon qui habite le gamin se délecte sans aucun doute de la douleur, et il ne tient pas à ce que le vin gâche son plaisir. « Bon, très bien, dit-il. Il n'y a pas de raison pour qu'on tarde davantage. »

Il prit en tête le chemin de la chambre où il retira hardiment la couverture qui cachait le corps d'Alvin. Qui se mit aussitôt à trembler sous le froid soudain, tout en continuant de transpirer à cause de la fièvre.

« Vous dites qu'il a marqué l'emplacement où il faut couper ?

— Al, dit Mesure. L'revérend Thrower, icitte, il va t'opérer.

— Papa, fit Alvin.

— Ça sert à rien d'lui d'mander, dit Mesure. Il veut pas.

— T'es sûr de pas vouloir de vin ? » demanda Fidelity.

Alvin commença de pleurer. « Non, fit-il. Ça ira si p'pa me tient.

— Très bien, dit Fidelity. Il va p't-être pas faire l'opération, mais il sera icitte auprès du p'tit, sinon j'l'enfourne dans la cheminée ; l'un ou l'autre. » Elle sortit en trombe de la chambre.

« Vous avez dit que le petit ferait des marques, dit Thrower.

— Attends, Al, que j'te remonte un peu. J'ai un bout d'charbon, tu vas faire des marques exactement à l'endroit où tu veux qu'on relève la peau. »

Alvin gémit quand Mesure le redressa en position assise, mais ce fut d'une main ferme qu'il traça un rectangle sur le devant de sa jambe. « Coupez depuis l'bas et laissez le haut attaché », dit-il. Il avait la voix épaisse et lente, chaque mot lui coûtait un effort. « Toi, Mesure, tu tiendras le bout d'peau soulevé pour pas qu'il gêne pendant qu'on coupera.

— C'est m'man qui devra s'en occuper, dit Mesure. Va falloir que j'te tienne pour t'empêcher d'bouger.

— J'bougerai pas. Si c'est p'pa qui me tient. »

Miller entra lentement dans la chambre, sa femme sur les talons. « J'vais te tenir », dit-il. Il prit la place de Mesure, s'asseyant derrière son jeune fils qu'il saisit à bras-le-corps. « J'te tiens, répéta-t-il.

— Bon, très bien », fit Thrower. Debout, il attendait la suite.

Il attendit un bon moment.

« Vous oubliez rien, révérend ? demanda Mesure.

— Quoi donc ? fit Thrower.

— L'couteau et la scie. »

Thrower regarda son mouchoir, en boule dans sa main gauche. Vide. « Ah ça, ils étaient là.

— Vous les avez posés sus la table en venant, dit Mesure.

— J'vais les chercher », s'offrit Dame Fidelity. Elle sortit en toute hâte.

Ils attendirent, attendirent, attendirent. Finalement, Mesure se leva. « J'comprends pas c'qui la retient. »

Thrower le suivit hors de la chambre. Ils la trouvèrent dans la pièce principale, cousant les uns aux autres des carrés de quilt avec les filles.

« M'man, dit Mesure. Alors, la scie et l'couteau ?

— Bon sang, fit-elle. J'sais pas c'qui m'a pris. J'ai complètement oublié pourquoi j'suis venue icitte. » Elle ramassa le couteau et la scie et repartit vers la chambre. Mesure haussa les épaules à l'adresse de Thrower et la suivit.

Maintenant, pensa Thrower. Maintenant je vais accomplir ce que le Seigneur attend de moi. Le Visiteur reconnaîtra que je suis un ami fidèle de mon Sauveur, et ma place au paradis sera assurée. Pas comme ce pauvre, ce malheureux pécheur pris dans les flammes de l'enfer.

« Révérend, dit Mesure. Qu'esse vous attendez ?

— Ce dessin, dit Thrower.

— Qu'esse qu'il a ? »

Thrower examina de près la gravure au-dessus de la cheminée. Il ne s'agissait pas du tout d'une âme dans les tourments de l'enfer. Il s'agissait d'un portrait de l'aîné de la famille, Vigor, en train de se noyer. Il avait entendu l'histoire au moins une douzaine de fois. Mais pourquoi restait-il à la contempler, quand il avait une grande et terrible mission à remplir dans la pièce voisine ?

« Vous allez bien ?

— Tout à fait bien. J'avais seulement besoin de prier un moment en silence et de méditer avant d'entreprendre cette tâche. »

À grands pas, il pénétra hardiment dans la chambre et s'assit sur la chaise près du lit où l'enfant de Satan tremblait, dans l'attente du couteau. Thrower chercha des yeux autour de lui les instruments de son meurtre saint. Il ne les aperçut nulle part. « Où est le couteau ? » demanda-t-il.

Fidelity regarda Mesure. « Tu les as pas ramenés avec toi ?

— C'est toi qui les as rapportés, dit Mesure.

— Mais quand t'es reparti chercher l'pasteur, tu les as pris.

— Moi ? » Mesure avait l'air embarrassé. « J'ai dû les poser là-bas. » Il se leva et sortit.

Thrower commençait à se dire qu'il se passait ici des choses bizarres, sans pouvoir vraiment mettre le doigt dessus. Il se rendit à la porte et attendit le retour de Mesure.

Cally était là, avec son ardoise, et il leva les yeux vers le pasteur. « Z'allez tuer mon frère ? demanda-t-il.

— Ne va pas t'imaginer une chose pareille», répondit Thrower.

Mesure avait la mine penaude quand il tendit l'attirail au révérend. «J'arrive pas à croire que j'les ai posés sus la cheminée comme ça.» Puis le jeune homme passa devant le pasteur pour entrer dans la chambre.

L'instant d'après, Thrower le suivit et prit sa place à côté de la jambe dénudée, marquée d'un rectangle noir.

«Alors, où qu'vous les avez mis?» demanda Fidelity.

Thrower se rendit compte qu'il n'avait ni le couteau, ni la scie. Il se sentait complètement perdu. Mesure les lui avait tendus devant la porte. Comment avait-il pu les perdre?

Cally s'encadra sur le seuil. «Pourquoi qu'vous m'avez donné ça?» C'était lui qui tenait les deux outils.

«V'là une bonne question, dit Mesure en observant le pasteur, les sourcils froncés. Pourquoi qu'vous les avez donnés à Cally?

— Ce n'est pas moi, dit Thrower. C'est vous qui avez dû les lui donner.

— J'vous les ai mis dans les mains.

— C'est l'pasteur qui m'les a donnés, confirma Cally.

— Bon, amène ça là», fit sa mère.

Cally, obéissant, entra dans la chambre en brandissant les ustensiles comme des trophées de guerre. À la façon d'une grande armée passant à l'attaque. Ah, oui, une grande armée, comme l'armée des Hébreux que Josué avait menée à la Terre promise.

C'était ainsi qu'ils tenaient leurs armes, bien haut par-dessus leurs têtes, tandis qu'ils marchaient sans relâche autour de la ville de Jéricho. Qu'ils marchaient et marchaient. Marchaient et marchaient encore. Et le septième jour, ils se sont arrêtés, ils ont soufflé dans leurs trompettes, poussé une grande clameur, et les murailles se sont écroulées. Alors ils ont brandi leurs épées et leurs couteaux bien haut par-dessus leurs têtes et se sont rués dans la ville, taillant en pièces hommes, femmes et enfants, tous ennemis de Dieu afin que la Terre promise, purifiée de leur souillure, soit prête à recevoir le peuple du Seigneur. Ils étaient éclaboussés de sang, au soir de cette journée, et Josué se tenait au milieu d'eux, le grand prophète de Dieu, levant une épée rougie au-dessus de sa tête, et il criait... Qu'est-ce qu'il criait ?

Je ne me rappelle plus ce qu'il criait. Si seulement je pouvais me rappeler ce qu'il criait, je comprendrais ce que je fais ici, sur la route, entouré d'arbres couverts de neige.

Le révérend Thrower regarda ses mains, regarda les arbres. Sans savoir comment, il avait parcouru un demi-mille depuis la maison des Miller. Il ne portait même pas sa lourde cape.

Alors la vérité lui apparut. Il n'avait en rien trompé le Malin. Satan l'avait expédié ici, en un clin d'œil, pour qu'il n'extermine pas la Bête. Thrower avait gâché son unique occasion d'accéder à la grandeur. Il s'appuya contre un tronc noir et froid pour verser des larmes amères.

*

Cally pénétra dans la chambre, brandissant les ustensiles au-dessus de sa tête. Mesure se tenait prêt pour agripper la jambe, quand tout à coup le vieux Thrower se redressa et sortit en hâte de la pièce, comme pressé de se rendre aux cabinets.

« Révérend Thrower ! s'écria m'man. Où qu'vous allez ? »

Mais Mesure avait maintenant compris. « Laisse-le partir, m'man », dit-il.

Ils entendirent s'ouvrir la porte d'entrée, ensuite les pas lourds du pasteur sur la galerie.

« Va fermer la porte, Cally », dit Mesure.

Pour une fois, Cally obéit sans rechigner. M'man regarda Mesure, puis p'pa, puis à nouveau Mesure. « J'comprends pas pourquoi il est parti comme ça. »

Mesure lui adressa un petit sourire en coin et regarda p'pa. « Toi, tu l'sais, pas vrai, p'pa ?

— P't-être bien. »

Mesure expliqua à sa mère : « Les couteaux et l'pasteur, ils peuvent pas s'trouver ensemble dans la même pièce qu'Al junior.

— Et pourquoi donc ? fit-elle. Il allait faire l'opération !

— Eh ben, c'est sûrement pas lui qui va la faire, asteure », dit Mesure.

Le couteau et la scie de boucher étaient posés sur la couverture.

« P'pa, fit Mesure.

— Pas moi, dit p'pa.

— M'man ?

— J'peux pas.

— Bon, eh ben, dit Mesure, m'est avis que me v'là devenu chirurgien. »

Il regarda Alvin.

Le visage du jeune garçon avait une pâleur de mort encore plus impressionnante que la rougeur de la fièvre. Il parvint pourtant à esquisser une espèce de sourire et murmura : « M'est avis.

— M'man, c'est toi qui vas devoir tenir le bout d'peau relevé. »

Elle hocha la tête.

Mesure s'empara du couteau et mit la lame en contact avec la ligne du bas.

« Mesure, souffla Al junior.

— Oui, Alvin ?

— J'pourrai endurer la douleur et m'tenir tranquille, à condition qu'tu siffles.

— J'serai incapable de suivre un air, si j'essaye en même temps de couper droit.

— J'veux pas d'air », fit Alvin.

Mesure regarda son frère dans les yeux et n'eut d'autre choix que de faire ce qu'il lui demandait. C'était la jambe d'Al, après tout, et s'il avait envie d'un chirurgien siffleur, il en aurait un. Il prit une profonde inspiration et se mit à siffler, sans souci de mélodie, rien que des notes. Il reposa le couteau sur la ligne noire et commença de couper. Superficiellement d'abord, car il entendait Al chercher sa respiration.

« Continue d'siffler, murmura Alvin. Va jusqu'à l'os. »

Mesure siffla à nouveau, et cette fois-ci il coupa vite et profond. Jusqu'à l'os au milieu de la ligne. Puis une profonde incision en remontant de chaque côté. Ensuite il inséra le couteau sous les deux bords et remonta le lambeau de peau et de muscle. Au début, il y eut un abondant épanchement de sang qui presqu'aussitôt s'arrêta. Mesure comprit qu'Alvin devait faire quelque chose en lui, pour s'empêcher de saigner comme ça.

« Fidelity », dit p'pa.

M'man approcha la main du lambeau de peau sanguinolent. Al étendit un bras tremblant et délimita un coin sur l'os strié de rouge de sa jambe.

Mesure reposa le couteau et prit la scie. Un crissement horrible se fit entendre quand il se mit à découper. Mais il continua de siffler et scier, de scier et siffler. Et assez vite, il se retrouva avec un coin d'os dans la main. Qui ne lui paraissait pas différent du reste.

« T'es sûr que c'était l'bon endroit ? »

Al hocha lentement la tête.

« J'ai tout eu ? » redemanda Mesure.

Al resta un instant immobile, puis hocha encore la tête.

« Tu veux que m'man te recouse ? »

Al ne répondit pas.

« Il s'est évanoui », dit p'pa.

Le sang recommença de couler, juste un peu, de suinter dans la plaie. M'man avait du fil et une aiguille sur la pelote à épingles qu'elle portait en sautoir. En un rien de temps elle avait rabattu le lambeau de peau, et elle le suturait à petits points serrés.

« Continue donc d'siffler, Mesure », dit-elle.

Il continua donc de siffler et elle de coudre, jusqu'à ce qu'ils aient bandé la plaie et rallongé Alvin, qui dormait désormais comme un bébé.

Tous trois se remirent debout. P'pa posa une main

sur le front du jeune garçon, avec une extrême douceur.

« J'crois qu'la fièvre, elle est tombée », dit-il.

L'air que sifflait Mesure était franchement enjoué quand ils se glissèrent par la porte.

XIV

Le châtiment

Dès qu'Ally le vit rentrer, elle fit preuve d'une grande gentillesse ; elle brossa la neige qui le recouvrait, l'aida à retirer sa cape, sans même l'interroger du bout des lèvres sur sa mésaventure.

Toute son amabilité ne changeait rien à l'affaire. Il avait honte devant sa propre épouse, parce que tôt ou tard elle apprendrait l'histoire par un de ses frères et sœurs. Une histoire qui ne tarderait pas à se répandre tout au long de la Wobbish : comment Armure-de-Dieu Weaver, commerçant sur la Frontière, futur gouverneur, s'était fait jeter d'une galerie par son vieux beau-père pour s'étaler dans la neige. On rirait sous cape, c'est sûr. On se moquerait partout de lui. Jamais en face, évidemment, parce qu'entre le lac Canada et la Noisy River, rares étaient ceux qui ne lui devaient pas de l'argent ou n'avaient pas besoin de ses cartes pour valider leurs concessions. Le jour où la région de la Wobbish deviendrait un état, on raconterait cette histoire dans tous les bureaux de vote. On peut garder de l'amitié à celui dont on se moque, mais on ne le respecte pas et on ne vote pas pour lui.

Il voyait ses plans s'écrouler, et sa femme avait trop l'air de famille des Miller. Elle était plutôt jolie, pour une pionnière, mais la beauté, il s'en fichait pour l'instant. Il se fichait des nuits exquises et des matins charmants. Il se fichait qu'elle travaille à ses côtés dans le magasin. Tout ce qui comptait, c'était la honte et la fureur.

« Fais pas ça.

— Faut que t'enlèves ta chemise qu'est mouillée. Comment t'as fait ton compte pour ramasser de la neige jusque dans ta chemise ?

— J't'ai dit de pas m'toucher ! »

Elle recula, surprise. « J'voulais juste...

— Je sais c'que tu "voulais juste". Ce pauvre p'tit Armure, on lui tapote la tête comme à un p'tit garçon et le v'là qui se sent mieux.

— T'aurais pu attraper la mort...

— Va raconter ça à ton père ! Si j'tousse à rendre tripes et boyaux, dis-lui à quoi ça mène d'jeter quelqu'un dans la neige !

— Oh non ! s'écria-t-elle. J'peux pas croire que papa...

— Tu vois ? Tu crois même pas ton propre époux.

— Si, j'te crois, mais ça lui ressemble guère, à p'pa...

— Non m'dame, ça ressemble au Diable, voilà à qui ça ressemble ! Voilà c'qui habite là-haut, dans la maison de ta famille ! L'esprit du Diable ! Et quand quelqu'un essaye d'y apporter la parole de Dieu, dans c'te maison, on l'balance dehors dans la neige !

— Qu'esse t'allais faire là-haut ?

— J'essayais d'sauver la vie de ton frère. L'est sûrement mort, asteure.

— Comment *toi*, t'aurais pu l'sauver ? »

Elle n'avait peut-être pas eu l'intention de prendre un ton si méprisant. Aucune importance. Il savait ce qu'elle voulait dire. Que sans pouvoir occulte, il était absolument incapable d'aider qui que ce soit. Après des années de mariage, elle espérait encore en la sorcellerie, tout comme ses parents. Il ne l'avait en rien changée.

« T'es exactement pareille, dit-il. Le mal est en toi, tellement profond qu'mes prières n'y peuvent rien, qu'mes sermons n'y peuvent rien, qu'mon amour n'y peut rien, qu'mes cris n'y peuvent rien. » En disant « prières », il la bouscula légèrement, pour mieux la convaincre. En disant « sermons », il la bouscula plus fort, et elle recula en trébuchant. En disant « amour », il la prit par les épaules et la secoua si rudement qu'il lui défit son chignon ; ses cheveux voltigèrent tout autour d'elle. En disant « cris », il lui donna un coup qui la repoussa si violemment qu'elle s'affala par terre.

Quand il la vit tomber, avant même qu'elle ne touche le sol, une grande honte l'envahit, encore pire que lorsque son beau-père l'avait expédié dans la neige. Un homme fort me fait sentir ma faiblesse, alors je rentre chez moi houspiller ma femme, tu parles d'un mari ! J'ai toujours vécu en chrétien, sans jamais blesser ni frapper personne, homme ou femme, et voilà que je tabasse ma propre épouse, chair de ma chair, que je la flanque par terre.

C'était là ce qu'il se disait, et il était prêt à se jeter à genoux, à pleurer comme un nouveau-né et implorer son pardon. Il allait le faire. Malheureusement, quand elle vit l'expression de son visage, grimaçant de honte et de fureur, elle ne comprit pas que sa colère ne s'adressait qu'à lui-même, elle comprit seulement qu'il la battait ; elle fit donc ce qui venait naturellement à l'esprit d'une femme ayant grandi dans un milieu comme le sien. Elle remua les doigts pour exercer un charme repousseur et murmura un mot pour le retenir d'agir.

Il fut incapable de tomber à genoux devant elle. Incapable de faire un pas vers elle. Incapable même de *penser* à faire un pas vers elle. Son charme avait une telle puissance qu'il tituba en arrière, prit la direction de la porte, l'ouvrit et courut dehors en chemise.

Tout ce qu'il avait craint se réalisait aujourd'hui. Il avait probablement perdu son avenir politique, mais ce n'était rien à côté de cette constatation : sa femme pratiquait la sorcellerie sous son propre toit, contre lui-même, et il n'avait aucune défense contre ça. Elle était une sorcière. Elle était une sorcière. Et sa maison était impure.

Il faisait froid. Il n'avait pas de cape, pas même son gilet. Sa chemise déjà mouillée lui collait à présent à la peau et le glaçait jusqu'aux os. Il fallait qu'il s'abrite, mais il ne supportait pas l'idée d'aller frapper à quelque porte que ce soit. Il n'y avait qu'un seul refuge où il pouvait se rendre. En haut de la colline, à l'église. Thrower avait du bois de chauffage, il y trouverait donc de la chaleur.

Et dans l'église il pourrait prier et tenter de comprendre pourquoi le Seigneur ne lui venait pas en aide. Ne t'ai-je pas servi, Seigneur ?

Le révérend Thrower ouvrit la porte de l'église pour entrer d'un pas lent et craintif. Il admettait mal de paraître devant le Visiteur, sachant de quelle manière il avait échoué. Car il s'agissait de son échec personnel, maintenant il en avait conscience. Satan n'aurait pas dû trouver prise sur lui ni le chasser ainsi de la maison. Un pasteur ordonné, agissant en tant qu'émissaire du Seigneur, suivant les directives données par un ange... Satan n'aurait pas dû pouvoir le refouler comme ça, avant même qu'il s'aperçoive de ce qui lui arrivait.

Il se débarrassa de sa cape ainsi que de son manteau. Il faisait chaud dans l'église. Le feu, dans le poêle, avait dû brûler plus longtemps que prévu. À moins qu'il ne ressente seulement la chaleur de la honte.

Il n'était pas possible que Satan soit plus puissant que le Seigneur. Il n'y avait qu'une seule explication plausible : lui, Thrower, était trop faible. C'était sa foi qui avait chancelé.

Il s'agenouilla devant l'autel et clama le nom du Très-Haut. « Pardonne mon incrédulité ! s'écria-t-il. Je tenais le couteau, mais Satan s'est dressé contre moi, et la force m'a manqué ! » Il débita une litanie d'auto-fustigation, il énuméra toutes ses faillites de la journée, jusqu'à l'épuisement.

Ce n'est qu'alors, les yeux douloureux d'avoir tant pleuré, la voix faible et enrouée, qu'il comprit à quel moment sa foi avait été ébranlée. C'était quand il se trouvait dans la chambre d'Alvin, qu'il lui demandait de proclamer sa propre foi, et que le gamin s'était moqué des mystères de Dieu. *Comment peut-il s'asseoir au sommet de quelque chose qui n'a pas de som-*

met ? Même mise sur le compte de l'obscurantisme et du Malin, la question n'en avait pas moins transpercé le cœur de Thrower, pénétré jusqu'aux fondements de sa croyance. Les certitudes qui l'avaient nourri la plus grande partie de sa vie se voyaient brusquement battues en brèche par les questions d'un petit ignorant.

« Il m'a volé ma foi, découvrit Thrower. J'étais un homme de Dieu en entrant dans sa chambre, un incrédule en sortant.

— En effet », dit une voix derrière lui. Une voix qu'il connaissait. Une voix qu'en ce moment, à l'heure de l'échec, il craignait et espérait tout à la fois. Oh, pardonnez-moi, réconfortez-moi, mon Visiteur, mon ami ! Mais ne manquez pas non plus de m'infliger le châtiment de la terrible colère d'un Dieu jaloux.

— Un châtiment ? s'étonna le Visiteur. Comment pourrais-je t'infliger un châtiment, à toi, si glorieux spécimen d'humanité ?

— Je ne suis pas glorieux, dit piteusement Thrower.

— Tu es tout juste humain, à vrai dire. À l'image de qui as-tu été créé ? Je t'ai chargé de porter ma parole dans cette maison, et ce sont eux qui t'ont quasiment converti. Comment dois-je t'appeler maintenant ? Un hérétique ? Ou simplement un sceptique ?

— Un chrétien ! s'écria Thrower. Pardonnez-moi et appelez-moi encore chrétien.

— Tu tenais le couteau dans ta main, mais tu l'as reposé.

— Je ne le voulais pas !

— Faible, faible, faible, faible... » À chaque fois

que le Visiteur répétait le mot, il le faisait traîner davantage en longueur, jusqu'à ce que chaque reprise devienne un chant à elle seule. Tout en chantant, il se mit à marcher autour de l'église. Il ne courait pas, mais il marchait vite, beaucoup plus vite que ne l'aurait fait un humain. « Faible, faible... » Il se déplaçait à une telle allure que Thrower devait sans arrêt se retourner pour le suivre des yeux. Le Visiteur ne marchait plus sur le sol. Il glissait à la surface des murs, aussi leste, aussi véloce qu'un cancrelat, plus vite encore, jusqu'à devenir une traînée floue que Thrower ne pouvait plus suivre dans son mouvement. Le pasteur s'appuya contre l'autel, face aux bancs vides, pour regarder la course du Visiteur qui passait et repassait, passait et repassait.

Peu à peu, Thrower se rendit compte qu'il avait changé de forme, qu'il s'était étiré, comme une bête effilée, un lézard, un alligator aux écailles claires et luisantes, jusqu'à ce que son corps se soit allongé au point de faire le tour de l'église, gigantesque ver qui se tenait la queue entre les dents.

Et Thrower se reconnut dans sa petitesse et son insignifiance, comparé à cet être magnifique qui étincelait de milliers de couleurs différentes, qui rayonnait d'un feu intérieur, qui inspirait l'obscurité et expirait la lumière. Je te vénère ! cria-t-il en lui-même. Tu es tout ce que je désire ! Embrasse-moi de ton amour, que je goûte à ta gloire !

Soudain le Visiteur s'arrêta, et les grandes mâchoires s'avancèrent vers lui. Non pour le dévorer, car Thrower savait qu'il n'en était même pas digne. Il saisissait à présent la situation précaire de l'homme ; il se voyait suspendu au-dessus du gouffre de l'enfer comme une araignée au bout d'un fil ténu, et l'unique raison qui retenait Dieu de ne pas le laisser choir et de le faire disparaître, c'était qu'il n'en valait même pas la peine. Dieu ne le haïssait pas. Il était si abject que Dieu le dédaignait.

Il regarda dans les yeux du Visiteur et se désespéra. Car il n'y lisait ni amour, ni pardon, ni colère, ni mépris. Des yeux absolument vides. Les écailles éblouissaient, oui, elles répandaient la lumière d'un brasier interne. Mais ce feu n'éclairait pas les yeux. Ils n'étaient même pas noirs. Tout bonnement absents, comme un vide terrible qui tremblotait, sans cesse en mouvement, et Thrower sut qu'il contemplait là son propre reflet, qu'il ne représentait rien, que persister à vivre ne serait que gaspillage cruel d'un espace précieux, qu'il ne lui restait d'alternative que de disparaître dans le néant, afin de restituer au monde la gloire qu'il aurait dû connaître si Philadelphia Thrower n'était jamais né.

*

Ce fut la prière du pasteur qui réveilla Armure. Il était pelotonné près du poêle Franklin. Peut-être avait-il un rien trop poussé la chauffe, mais c'était le seul moyen de lutter contre le froid. Il fallait dire aussi que le temps d'arriver à l'église, il avait déjà sa chemise toute raide de glace. Il trouverait d'autre charbon de bois pour rembourser le pasteur.

Armure allait intervenir et informer Thrower de sa présence, mais quand il entendit ce que le révérend disait dans sa prière, les mots lui restèrent dans la gorge. Thrower parlait de couteaux et d'artères, d'ennemis de Dieu qu'il aurait dû tailler en pièces. Au bout d'une minute, tout devint clair : Thrower n'était pas monté chez les Miller pour sauver le gamin, mais pour le tuer ! Qu'est-ce qui se passait donc par ici ? Un mari chrétien bat sa femme, une femme chrétienne ensorcèle son mari, et un pasteur chrétien médite un crime et prie pour obtenir son pardon parce qu'il a échoué dans sa tentative !

Mais tout d'un coup, Thrower s'arrêta de prier. Il avait la voix tellement enrouée et la figure tellement rouge qu'Armure le crut frappé d'apoplexie. Mais non. Il relevait la tête comme s'il écoutait quelqu'un. Armure écouta, à son tour, et il entendit quelque chose, comme des gens parlant dans une tempête et dont on ne comprend jamais ce qu'ils racontent.

Je sais ce qu'il en est, se dit-il. Le révérend Thrower a une vision.

Une chose était sûre, il parlait et une faible voix lui répondait ; bientôt il se mit à tourner et tourner sur lui-même, de plus en plus vite, comme s'il regardait quelque chose sur les murs. Armure s'efforça de voir de quoi il s'agissait, mais il ne put rien distinguer. On aurait dit une ombre passant devant le soleil : on ne la sentait pas venir, on ne la sentait pas s'éloigner, mais l'espace d'une seconde il faisait plus sombre et plus froid. Voilà ce que vit Armure.

Puis ça s'arrêta. Armure perçut un miroitement dans l'air, un éblouissement ici et là, comme lorsqu'un carreau réfléchit un rayon de soleil. Est-ce que Thrower voyait la gloire de Dieu, tel Moïse ? Peu probable, à en juger d'après sa mine. Armure n'avait encore jamais rencontré pareil visage. Celui qu'un homme pourrait offrir s'il lui fallait assister à la mort de son propre enfant.

Le miroitement et l'éblouissement disparurent. L'église était silencieuse. Armure voulait courir vers Thrower et lui demander : « Qu'est-ce que vous avez vu ? C'était quoi, votre vision ? C'était une prophétie ? »

Mais le pasteur n'avait pas du tout l'air disposé à répondre à des questions. L'envie de mourir se lisait sur son visage. Il s'écarta très lentement de l'autel. Il erra entre les bancs, se cognant parfois contre eux, sans prendre garde ni se soucier où le conduisaient ses pas. Il se retrouva finalement près de la fenêtre, face à la vitre, mais Armure savait qu'il ne distinguait rien ; il restait là, debout, les yeux grands ouverts, la mort personnifiée.

Le révérend Thrower leva la main droite, doigts écartés, et posa la paume contre un carreau. Il appuya. Il appuya et poussa si fort qu'Armure vit le verre se bomber vers l'extérieur. « Arrêtez ! cria-t-il. Vous allez vous couper ! »

Thrower ne montra même pas qu'il avait entendu. Il continua de pousser. Armure marcha vers lui. Fallait arrêter cet homme-là avant qu'il ne casse le carreau et se coupe le bras.

Dans un fracas, la vitre se brisa. Le bras de Thrower passa au travers, jusqu'à l'épaule. Le pasteur souriait. Il ramena quelque peu son bras vers lui. Puis il se mit à le faire tourner à l'intérieur du cadre, en le précipitant contre les éclats de verre qui pointaient du mastic.

Armure essaya de l'écarter de la fenêtre, mais l'homme avait une vigueur en lui comme le commerçant n'en avait jamais vu. Il finit par se jeter sur lui et le renverser à terre. Du sang avait éclaboussé partout. Armure voulut agripper le bras tout dégouttant de sang de Thrower. Le pasteur tenta de lui échapper en roulant sur lui-même. Armure n'avait pas le choix. Pour la première fois depuis qu'il avait embrassé la foi chrétienne, il ferma le poing et l'asséna sur le menton de l'homme d'église. Sa tête partit en arrière pour heurter le sol, l'assommant net.

Faut que j'empêche le sang de couler, se dit Armure. Mais d'abord il devait retirer les bouts de verre. Quelques gros morceaux n'étaient plantés que superficiellement, et il les balaya d'un revers de main. Mais d'autres, certains des petits, étaient enfoncés profond, seuls leurs sommets dépassaient, et si gluants de sang qu'ils n'offraient guère de prise. Il finit pourtant par retirer tous les éclats qu'il put trouver. Par bonheur, aucune entaille ne saignait abondamment, et Armure sut que les grosses veines n'avaient pas été touchées. Il ôta sa chemise, ce qui le laissa torse nu en plein dans le courant d'air qui entrait par la fenêtre défoncée, mais il n'y prêta guère attention. Il déchira le tissu pour faire des bandages. Il banda les blessures et arrêta l'hémorragie. Puis il s'assit, sur place, et attendit que Thrower revienne à lui.

*

Thrower fut surpris de constater qu'il n'était pas mort. Il gisait sur le dos à même un sol dur, recouvert d'une lourde étoffe. Sa tête lui faisait mal. Son bras davantage encore. Il se rappela avoir essayé de couper ce bras, et il savait qu'il lui faudrait essayer à nouveau, mais il n'arrivait plus à ressentir le même désir de mort qu'auparavant. Même en se souvenant du Visiteur sous la forme d'un grand lézard, même en se souvenant de ses yeux vides, il n'arrivait pas à retrouver la sensation qu'il avait éprouvée. Il savait seulement qu'il n'en avait jamais connu de pire au monde.

Son bras était soigneusement bandé. Qui l'avait bandé ?

Il entendit clapoter de l'eau. Puis le *flic-flac* de chiffons mouillés claquant contre du bois. Dans le demi-jour hivernal passant par la fenêtre, il distingua quelqu'un en train de laver le mur. Une planche remplaçait l'un des carreaux.

« Qui est-ce ? demanda Thrower. Qui êtes-vous ?

— Rien qu'moi.

— Armure-de-Dieu.

— J'lave les murs. C'est plus une église, c'est une boucherie. »

Bien sûr, il devait y avoir du sang partout. « Désolé, fit Thrower.

— Ça m'embête pas d'nettoyer. J'crois que j'ai enlevé tous les bouts d'verre de vot' bras.

— Vous êtes nu, fit Thrower.

— Ma chemise, elle est rendue sus vot' bras.

— Vous devez avoir froid.

— P't-être que j'avais froid, mais j'ai rebouché la fenêtre et j'ai poussé le poêle. C'est plutôt vous, avec vot' figure toute blanche, qu'avez l'air d'un défunt d'la s'maine passée. »

Thrower essaya de s'asseoir, mais sans y parvenir. Il était trop faible ; son bras le faisait trop souffrir.

Armure le força à se rallonger. « Allons, étendez-vous, mon révérend. Étendez-vous. Vous en avez vu d'rudes.

— C'est vrai.

— J'espère qu'vous m'en voudrez pas, mais j'étais déjà icitte, dans l'église, quand vous êtes arrivé. J'dormais près du poêle... Ma femme m'a mis à la porte d'chez moi. On m'a flanqué dehors deux fois dans la même journée. » Il se mit à rire, mais d'un rire sans joie. « J'vous ai donc vu, par le fait.

— Vu ?

— Vous avez eu une vision, pas vrai ?

— Et lui, vous l'avez vu ?

— J'ai pas vu grand-chose. C'est surtout *vous* qu'j'ai vu, mais j'ai entr'aperçu... vous m'comprenez. Ça galopait autour des murs.

— Vous l'avez vu, dit Thrower. Oh, Armure, c'était terrible, c'était beau.

— Vous avez vu Dieu ?

— Vu *Dieu* ? Dieu n'a pas de corps que l'on puisse voir, Armure. Non, j'ai vu un ange, un ange du châtiment. C'est sûrement ce qu'a vu Pharaon, l'ange de la mort qui passait dans les villes d'Égypte pour emporter les premiers-nés.

— Oh, fit Armure, désorienté. Fallait que j'vous laisse mourir, censément ?

— Si j'étais censé mourir, vous n'auriez pu me sauver. Puisque vous m'avez sauvé, puisque vous vous trouviez ici à l'instant de mon désespoir, c'est signe que je dois vivre. J'ai été châtié, mais pas mis à mort. Armure-de-Dieu, une autre chance m'est offerte. »

Armure hocha la tête, mais Thrower se rendait compte que quelque chose le tracassait. « Qu'est-ce qu'il y a ? s'enquit le pasteur. Que voulez-vous me demander ? »

Les yeux d'Armure s'agrandirent. « Vous entendez donc c'que j'pense ?

— Si c'était le cas, je ne vous le demanderais pas. »

Armure sourit. « M'est avis qu'oui.

— Je vous dirai ce que vous voulez savoir, si je le puis.

— J'vous ai entendu prier », dit Armure. Il attendit, comme si c'était là sa question.

Thrower voyait mal en quoi consistait la question et n'était donc pas sûr de la réponse à donner.« J'étais désespéré parce que j'avais manqué à mes engagements envers le Seigneur. On m'avait confié une mission à accomplir, mais au moment crucial le doute a gagné mon cœur. » Il tendit sa main valide pour cramponner Armure. Tout ce qu'il put atteindre, ce fut le tissu du pantalon de l'homme agenouillé près de lui. « Armure-de-Dieu, ne laissez jamais le doute entrer dans votre cœur. Ne doutez jamais de ce que vous savez. Ce serait ouvrir une porte par où Satan aurait prise sur vous. »

Mais ce n'était pas la réponse à la question d'Armure.

« Demandez-moi ce que vous voulez savoir, dit Thrower. Je vous dirai la vérité, si je peux.

— Vous parliez de tuer, dans vot' prière. »

Thrower n'avait pas imaginé qu'il révélerait à quiconque le fardeau que le Seigneur avait placé sur ses épaules. Pourtant, si le Seigneur avait voulu qu'il garde le secret, Il n'aurait pas permis à cet homme de se trouver dans l'église pour le surprendre. « Je crois, dit le pasteur, que c'est le Seigneur Dieu qui vous a conduit vers moi. Je suis faible, Armure, et j'ai failli à la tâche qu'Il me réclamait. Mais je me rends compte à présent que vous, homme de foi, m'avez été envoyé pour m'apporter aide et amitié.

— Qu'esse qu'il réclamait, l'Seigneur ? demanda Armure.

— Pas de meurtre, mon frère. Le Seigneur ne m'a jamais demandé de tuer un homme. C'est un démon qu'Il m'envoyait abattre. Un démon à la forme humaine. Qui vit dans cette maison là-bas. »

Armure fit la moue, abîmé dans ses pensées. « Le gamin, il est pas seulement possédé, c'est ça qu'vous dites ? C'est pas quelque chose que vous pouvez exorciser comme ça ?

— J'ai essayé, mais il a ri du Livre Saint et il s'est moqué de mes exorcismes. Il n'est pas possédé, Armure-de-Dieu. Il est de l'engeance du Diable. »

Armure secoua la tête. « Ma femme, c'est pas un démon, pourtant elle est sa sœur.

— Elle a renoncé à la sorcellerie, elle s'est donc purifiée. »

Son compagnon eut un rire amer. « C'est c'que j'croyais. »

Thrower comprenait, maintenant, pourquoi Armure avait cherché refuge dans l'église, dans la maison de Dieu : la sienne, de maison, avait été profanée.

« Armure-de-Dieu, m'aiderez-vous à purger ce pays, cette ville, cette maison là-bas, cette famille, de l'influence maléfique qui les a corrompus ?

— Ça sauvera-t-y ma femme ? demanda Armure. Ça lui fera-t-y passer l'goût d'la sorcellerie ?

— Ça se pourrait, fit Thrower. Peut-être le Seigneur nous a-t-il réunis tous les deux pour nous permettre de purifier nos maisons.

— Quoi qu'ça coûte, dit Armure. J'suis avec vous contre l'Diable. »

XV

Promesses

Le forgeron l'écouta lire la lettre de bout en bout.

« Vous vous souvenez de cette famille ? demanda Mot-pour-mot.

— Oui, dit Conciliant Smith. Leur fils aîné a quasiment inauguré le cimetière. C'est moi qu'ai sorti son corps d'la rivière, de mes mains.

— Bon, alors, vous allez le prendre comme apprenti ? »

Un jeune homme, de peut-être seize ans, entra dans la forge en portant un seau de neige. Il jeta un coup d'œil au visiteur, baissa aussitôt la tête et se dirigea vers le tonneau de refroidissement près du foyer.

« J'ai déjà un apprenti, vous voyez, dit le forgeron.

— Il m'a l'air grand, fit Mot-pour-mot.

— Il progresse bien, reconnut l'autre. Pas vrai, Bosey ? Tu t'sens prêt à t'mettre à ton compte ? »

Bosey esquissa un sourire, vite réprimé, et opina « Oui, m'sieur.

— J'suis pas un patron facile, reprit le forgeron.

— Alvin est un bon petit gars. Il travaillera dur pour vous.

— Mais est-ce qu'il obéira ? J'aime bien être obéi. »

Mot-pour-mot regarda encore Bosey. Il était occupé à transvaser la neige dans le tonneau. « C'est un bon petit gars, je vous l'ai dit. Il vous obéira si vous êtes correct avec lui. »

Le forgeron croisa son regard. « J'suis un homme équitable. J'cogne pas sur les garçons que j'embauche. J'ai-t-y déjà levé la main sur toi, Bosey ?

— Jamais, m'sieur.

— Vous voyez, Mot-pour-mot, la peur peut faire obéir un apprenti, ou l'appât du gain. Mais s'il trouve un bon patron, il lui obéira parce qu'il sait que c'est comme ça qu'il apprendra. »

Mot-pour-mot adressa un grand sourire au forgeron. « Il ne payera pas de pension. Il la gagnera par son travail. Et il ira à l'école.

— Un forgeron, ç'a pas b'soin d'être instruit, j'en sais quelque chose.

— L'Hio ne tardera pas à faire partie des États-Unis, à mon avis. Le petit devra voter, et lire les journaux. Quelqu'un qui ne sait pas lire ne sait que ce que les autres lui racontent. »

Conciliant Smith regarda Mot-pour-mot avec un sourire en coin. « Ah oui ? Et c'est vous qui m'dites ça ? Alors je l'sais uniquement parce que quelqu'un d'autre, à savoir vous, vient de me l'raconter, pas vrai ? »

Mot-pour-mot éclata de rire et hocha la tête. Là, le forgeron avait marqué un point. « Je voyage en racontant des histoires, dit-il, alors je sais tout ce qu'on peut apprendre en écoutant une voix. Il lit déjà bien pour son âge, ça ne lui fera donc pas grand tort s'il manque un peu l'école. Mais sa maman tient à ce qu'il sache lire, écrire et compter comme un érudit. Alors promettez-moi de ne pas vous opposer à ce qu'il aille à l'école, s'il en a envie, et on en reste là.

— Z'avez ma parole, affirma Conciliant Smith. Et pas la peine d'écrire ça sur un papier. Un homme de parole a pas b'soin d'savoir lire ni écrire. Çui qui s'sent obligé d'écrire ses promesses, on a intérêt d'garder l'œil dessus. Je l'sais d'source sûre. On a des hommes de loi, asteure, à Hatrack.

— Le drame de l'homme civilisé, conclut Mot-pour-mot. On ne trouve plus personne pour croire à nos mensonges, alors on engage un professionnel pour mentir à notre place. »

Ils rirent ensemble de la blague, assis dans la forge sur deux solides souches près de la porte, le dos tourné vers le feu qui couvait dans l'âtre de briques, face au soleil, dehors, qui rayonnait sur une neige mi-fondue. Un cardinal rasa le sol herbeux piétiné, jonché de crottin, devant le seuil. Les yeux de Mot-pour-mot en furent momentanément aveuglés, tant l'oiseau surprenait au milieu de ces blancs, ces gris et ces bruns de l'hiver sur le déclin.

Durant cet instant de stupeur où venait de le plonger le vol du cardinal, Mot-pour-mot sut avec certitude, mais sans pouvoir expliquer pourquoi, qu'il s'écoulerait un certain temps avant que le Défaiseur ne permette au jeune Alvin de venir jusqu'ici. Et l'enfant arriverait tel un cardinal hors de saison, il éblouirait les habitants de toute la contrée, mais eux le trouveraient aussi normal qu'un oiseau en vol, sans savoir par quel miracle de chaque seconde l'oiseau se maintient dans les airs.

Mot-pour-mot se secoua, et la brève vision disparut. « Voilà qui est réglé, je vais leur écrire d'envoyer le petit.

— J'l'attends pour le premier avril. Pas plus tard ?

— Sauf si vous comptez sur le gamin pour se faire obéir du climat, il vaudrait mieux vous montrer moins exigeant sur la date. »

Le forgeron grommela et le congédia du geste.

À tout prendre, une entrevue fructueuse. Mot-pour-mot repartait satisfait, il s'était acquitté de son devoir. Ce serait facile d'envoyer une lettre par un chariot en route vers l'ouest. Plusieurs convois passaient par la ville d'Hatrack toutes les semaines.

Son dernier séjour dans la région remontait à bien longtemps, mais il n'avait pas oublié le chemin de la forge à l'auberge. C'était une route fréquentée, pas très longue. L'auberge était aujourd'hui beaucoup plus grande que par le passé, et plusieurs commerces s'étaient établis un peu plus loin. Un magasin de vêtements, un sellier, un cordonnier. Le genre de services utiles aux voyageurs.

À peine avait-il posé le pied sur la galerie que la porte s'ouvrit et que la vieille Peg Guester sortit, les bras grands ouverts pour l'étreindre.

« Ah, Mot-pour-mot, vous êtes resté trop longtemps absent, entrez, entrez !

— Ça fait plaisir de vous revoir, Peg », dit-il.

Horace Guester lui lança un grognement de derrière le comptoir dans la pièce commune, où il servait plusieurs clients assoiffés.

« J'avais bien b'soin chez moi d'un autre abstinent d'buveur de thé !

— Alors, j'ai une bonne nouvelle pour vous,

Horace, répondit joyeusement Mot-pour-mot. J'ai aussi arrêté le thé.

— Vous buvez d'quoi, de l'eau ?

— De l'eau, et le sang des vieux pleins de graisse. »

Horace fit signe à sa femme. « C'ti-là, le laisse pas s'approcher d'moi, ma vieille Peg, t'entends ? »

La vieille Peg aida Mot-pour-mot à se dépouiller de quelques épaisseurs de vêtements. « R'gardez-moi ça, dit-elle en le toisant. Vous avez même pas assez d'viande sur les os pour faire un fricot.

— La nuit, les ours et les pumas m'ignorent pour se mettre en quête d'une meilleure chère.

— Entrez donc m'raconter des histoires pendant que j'prépare l'plat du soir pour toute la compagnie. »

On discuta, on papota, surtout après l'arrivée de grandpapa, venu donner un coup de main. Il n'avait plus guère de forces à présent, mais il tenait toujours son rôle en cuisine, pour le plus grand bonheur des clients de l'auberge : la vieille Peg ne manquait pas de bonne volonté ni de cœur à l'ouvrage, mais certains avaient le talent, d'autres pas. Pourtant, ce n'était pas pour les bons repas que Mot-pour-mot venait, ni pour la conversation, et au bout d'un moment il comprit qu'il lui faudrait aborder la question lui-même.

« Où est votre fille ? »

À sa surprise, la vieille Peg se raidit, et sa voix devint glaciale et dure : « L'a plus rien d'une 'tite fille. L'a ses propres idées, l'est pas la dernière à vous l'dire. »

Et vous n'aimez pas beaucoup ça, pensa Mot-pour-mot. Mais sa tâche auprès de la fille de Peg était plus importante que des querelles de famille. « C'est toujours une...

— Une torche ? Oh, oui, et elle accomplit son devoir, mais les gens vont pas la voir par plaisir. Grincheuse et froide, voilà c'qu'elle est devenue. C'qui lui vaut la réputation d'avoir la dent dure. » L'espace d'un instant, le visage de la vieille Peg s'adoucit. « Elle qu'était une 'tite fille si sensible...

— Je n'ai jamais vu quelqu'un de sensible devenir dur, dit Mot-pour-mot. Du moins, pas sans une bonne raison.

— Eh ben, raison ou pas, son cœur s'est r'couvert d'une couche de glace comme seau d'eau par une nuit d'hiver. »

Mot-pour-mot retint sa langue et se garda de faire la leçon ; il n'objecta pas que si l'on casse la glace, elle se reforme aussi vite, mais qu'en la ramenant chez soi, elle se réchauffe en un rien de temps. Inutile de mettre les pieds au beau milieu d'une brouille familiale. Il connaissait assez la manière dont les gens vivaient pour considérer cette situation de conflit comme un événement naturel, au même titre que les vents froids et les jours plus courts en automne, que le tonnerre après l'éclair. La plupart des parents ne savaient pas comment prendre les adolescents.

« J'ai à discuter avec elle, dit Mot-pour-mot. Je vais courir le risque de me faire envoyer promener. »

*

Il la trouva dans le cabinet du docteur Whitley Physicker, en train de faire les comptes. « Je ne te savais pas comptable, dit-il.

— Je ne vous savais pas partisan de la médecine, répondit-elle. À moins que vous veniez seulement pour assister au miracle d'une fille qui fait du calcul et des écritures ? »

Pour ça, oui, elle avait la répartie cinglante. Mot-pour-mot comprenait qu'un pareil esprit puisse en indisposer certains qui attendaient d'une jeune fille qu'elle parle d'une voix douce et garde les yeux baissés pour ne les relever qu'à l'occasion, par-dessous des paupières mi-closes. Il n'y avait rien de la jeune dame modèle chez Peggy. Elle regardait Mot-pour-mot bien en face, franchement.

« Je ne suis pas venu me faire soigner, dit-il. Ni pour qu'on me prédise l'avenir. Pas même pour qu'on mette mes comptes à jour. »

Et voilà. Il suffisait de lui répondre sur le même ton au lieu de piquer une colère, et son visage s'éclairait d'un sourire enchanteur capable de faire disparaître ses pustules à un crapaud.

« Autant que je me souvienne, vous n'avez pas lourd à additionner ou à soustraire, de toute façon, dit-elle. Zéro plus zéro égale zéro, que je sache.

— Tu n'y es pas, Peggy. Le monde entier est ma propriété, et les locataires se font tirer l'oreille pour le loyer. »

Elle sourit encore et poussa de côté le livre de comptes du docteur. « Je lui tiens sa comptabilité une fois par mois, et il me rapporte de la lecture de DeKane. » Elle lui parla de ce qu'elle lisait, et Mot-pour-mot en vint à comprendre que son cœur soupirait pour d'autres cieux, loin de la rivière Hatrack. Il comprit autre chose aussi : torche, elle connaissait trop bien les habitants du pays et elle se disait que loin d'ici elle trouverait des gens aux âmes lumineuses, qui ne décevraient pas une jeune fille capable de lire à livre ouvert dans leurs pensées.

Elle est jeune, voilà tout. Qu'on lui donne du temps, elle apprendra à aimer le peu de bonté qu'elle rencontrera ; et elle oubliera le reste.

Le docteur entra peu après ; ils bavardèrent un moment et l'après-midi était déjà bien avancé quand Mot-pour-mot se trouva de nouveau seul avec Peggy et qu'il put lui poser la question qui l'amenait :

« Jusqu'à quelle distance peux-tu voir, Peggy ? »

Il crut reconnaître de la défiance qui descendait sur son visage comme un lourd rideau de velours.

« Je ne pense pas que vous voulez savoir si j'ai besoin de lunettes, dit-elle.

— Je songeais à une fillette qui jadis a écrit dans mon livre : *Un Faiseur est né*. Je me demande si elle continue de temps en temps à suivre ce Faiseur des yeux, pour voir comment il se débrouille. »

Elle détourna le regard et fixa la grande fenêtre haute, masquée par un voilage qui préservait l'intimité du cabinet. Dehors, le soleil était bas, le ciel gris, mais le visage de Peggy rayonnait de lumière. Mot-pour-mot s'en rendit parfaitement compte. Parfois, il n'était nul besoin d'être une torche pour savoir pertinemment ce que recelait le cœur d'une personne.

« Je me demande si cette torche a vu un jour une poutre tomber sur lui.

— Je me le demande, fit-elle.

— Ou une meule.

— Ça se pourrait.

— Et je me demande si elle n'a pas trouvé moyen de scinder la poutre proprement en deux ; de si bien tendre la meule qu'un certain conteur d'histoires a pu apercevoir une lumière de lanterne à travers, au beau milieu. »

Des larmes brillèrent dans ses yeux, non pas comme s'ils allaient pleurer mais comme s'ils s'embuaient de regarder fixement le soleil. « Un petit bout de sa coiffe de naissance, qu'on réduit en poussière entre les doigts, et on peut se servir du pouvoir du petit garçon pour réussir quelques effets maladroits, dit-elle doucement.

— Mais maintenant il découvre son talent et il a neutralisé ce que tu allais faire pour lui. »

Elle opina.

« Tu dois te sentir bien seule, à veiller sur lui de si loin », dit Mot-pour-mot.

Elle secoua la tête. « Pas du tout. J'ai sans arrêt des gens autour de moi. » Elle regarda Mot-pour-mot et sourit faiblement. « C'est presque un réconfort de passer un moment avec cet enfant qui ne me demande rien, parce qu'il ne sait même pas que j'existe.

— Je le sais bien, moi. Et je ne te demande rien non plus. »

Elle sourit plus franchement. « Vieux farceur, dit-elle.

— D'accord, je veux te demander quelque chose, mais pas pour moi. J'ai rencontré ce garçon et, même sans ton aptitude à voir dans son cœur, je crois le connaître. Je crois savoir ce qu'il pourrait devenir, ce qu'il pourrait accomplir, et je veux que tu le saches : si jamais tu as besoin de mon aide, pour n'importe quoi, envoie-moi un mot, dis-moi que faire, et si c'est en mon pouvoir je le ferai. »

Elle ne répondit pas, ne le regarda pas non plus.

«Jusqu'ici tu n'as pas eu besoin d'aide, reprit-il, mais le voici qui pense par lui-même et tu ne pourras pas toujours pourvoir à ses besoins. Le danger ne viendra pas seulement d'objets qui lui tombent dessus ou qui le blessent dans sa chair. Ses propres initiatives l'exposent à un danger tout aussi grand. Je veux simplement te dire que si tu vois un tel danger et que tu as besoin de mon aide, je lâcherai tout pour venir.

— Ça me rassure», dit-elle. Elle le pensait sincèrement, Mot-pour-mot le savait; mais il y avait autre chose qu'elle ne disait pas, et il le savait aussi.

«Et je voulais t'annoncer qu'il allait venir ici, le premier avril, en apprentissage chez le forgeron.

— Je sais qu'il vient, dit-elle, mais ce ne sera pas le premier avril.

— Oh?

— Et pas cette année non plus.»

Un aiguillon d'angoisse transperça le cœur de Mot-pour-mot. «On dirait que je suis quand même venu pour connaître l'avenir, en fin de compte. Qu'est-ce qu'il lui réserve? Qu'est-ce qui va arriver?

— Il peut arriver toutes sortes de choses, dit-elle, et je serais idiote d'en citer une plutôt qu'une autre. Je vois comme un millier de routes qui s'ouvrent devant lui, en permanence. Mais très peu le conduisent ici en avril, et bien plus le laissent mort avec une hache de Rouge dans la tête.»

Mot-pour-mot se pencha par-dessus le bureau du docteur et posa une main sur celle de Peggy. «Il en réchappera?

— Tant qu'il me restera un souffle de vie.

— Ou qu'il m'en restera un », ajouta-t-il.

Ils demeurèrent assis un moment en silence, main sur main, les yeux dans les yeux, jusqu'à ce qu'elle éclate de rire et détourne le regard.

« D'habitude, quand on se met à rire je comprends la plaisanterie, dit Mot-pour-mot.

— Je pensais à la paire de conspirateurs dérisoires qu'on forme, tous les deux, face aux ennemis que va affronter le gamin.

— C'est vrai, mais d'un autre côté, notre cause est juste ; toute la nature va donc conspirer avec nous, tu ne crois pas ?

— Et Dieu aussi, ajouta-t-elle d'un ton ferme.

— Je ne saurais rien dire là-dessus, fit Mot-pour-mot. Les pasteurs et les prêtres ont l'air de l'avoir tellement bien claquemuré dans leurs doctrines que le pauvre vieux Père n'a plus guère de liberté d'action. Maintenant qu'ils ont interprété la Bible irrévocablement, ils n'attendent plus qu'une dernière chose de lui : que sa parole se fasse à nouveau entendre, ou que son doigt témoigne de sa puissance en ce monde.

— J'ai vu la puissance de son doigt dans la naissance du septième fils d'un septième fils, il y a quelques années. Appelez ça la nature si vous voulez, puisque vous avez appris toutes sortes de choses auprès des philosophes et des sorciers. Je sais seulement qu'il est aussi étroitement lié à ma vie que si on était nés des mêmes entrailles. »

Mot-pour-mot n'avait pas prémédité sa question suivante, elle lui sortit machinalement des lèvres : « Ça te fait plaisir ? »

Elle le regarda avec une effroyable tristesse dans les yeux. « Pas souvent », dit-elle. Elle parut alors si abattue que le vieil homme, incapable de se retenir, contourna le bureau et s'arrêta près de sa chaise pour serrer la jeune fille contre lui comme un père serre son enfant, la serrer longuement. Pleurait-elle ou se retenait-elle ? il n'aurait su le dire. Ils ne prononcèrent pas une parole. Elle finit par se détacher de lui avant de retourner à son livre de comptes. Puis il partit sans rompre le silence.

Mot-pour-mot chemina à pas lents jusqu'à l'auberge pour y prendre son dîner. Il avait des histoires à conter et de menus services à rendre pour prix de sa pension. Pourtant, toutes les histoires semblaient perdre de leur intérêt, comparées à celle qu'il ne pouvait pas dire, celle dont il ne connaissait pas la fin.

*

Dans le pré autour du moulin attendaient une demi-douzaine de charrettes, gardées par des fermiers accourus de loin pour trouver de la farine de bonne qualité. Plus jamais leurs femmes ne s'échineraient au pilon sur un mortier pour recueillir une farine grossière qui ferait un pain dur et grumeleux. Le moulin était en activité, et tout le monde, à des milles à la ronde, apporterait son blé à la ville de Vigor Church.

L'eau se déversait dans le bief et la grande roue tournait. À l'intérieur du moulin, la force de la roue, transmise par des engrenages imbriqués, entraînait la meule courante qui roulait tour après tour à la surface habillée en quartiers de la meule gisante.

Le meunier répandit le blé sur la pierre. La meule courante passa dessus et le réduisit en farine. Le meunier l'étala régulièrement pour un second passage, puis la fit tomber à l'aide d'une brosse dans un panier tenu par son fils, un gamin de dix ans. Le fils vida la mouture dans un tamis et bluta la bonne farine dans un sac de toile. Il vida ce qui restait au fond du sas dans un tonneau d'ensilage et reprit ensuite sa place auprès de son père pour le panier de mouture suivant.

Leurs pensées étaient étonnamment similaires tandis qu'ils travaillaient tous deux en silence. Voilà ce que je veux toujours faire, se disaient-ils l'un et l'autre. Me lever matin, venir au moulin et travailler toute la journée avec lui auprès de moi. Tant pis si ce souhait était illusoire. Tant pis s'ils risquaient de ne jamais plus se revoir, une fois le garçon reparti vers le village où il était né, pour y suivre son apprentissage. Ça ne faisait qu'ajouter à la douceur de l'instant, qui ne serait bientôt plus qu'un souvenir, bientôt plus qu'un rêve.

AINSI S'ACHÈVE
LE SEPTIÈME FILS,
PREMIER LIVRE DES
CHRONIQUES D'ALVIN LE FAISEUR

Remerciements

J'exprime ma gratitude à Carol Breakstone pour l'aide qu'elle m'a fournie dans mon enquête sur la magie traditionnelle chez les pionniers américains. Les renseignements qu'elle a découverts m'ont été une mine inépuisable où j'ai glané des idées de récits et des détails sur la vie quotidienne à l'époque de la colonisation des territoires du Nord-Est. Je me suis également abondamment servi des informations contenues dans *A Field Guide to America's History*[1] de Douglass L. Brownstone (Facts on File, Inc.) et *The Forgotten Crafts*[2] de John Seymour, publié chez Knopf.

Scott Russel Sanders a apporté sa contribution en me mettant entre les mains un exemplaire de son savoureux cycle d'histoires *Wilderness Plots : Tales about the Settlement of the American Land*[3], chez Quill. Son travail m'a montré ce qu'on pouvait obte-

1. « Précis géographique de l'histoire américaine ».
2. « Les Métiers oubliés ».
3. « En terre sauvage : Récits de la colonisation de l'Amé rique ».

nir par un traitement réaliste de la vie sur la Frontière et m'a aidé en cours de route à maintenir mon projet d'Alvin le Faiseur dans la bonne direction. Et, bien qu'il ait disparu depuis longtemps, je garde une immense dette envers William Blake (1757-1827) pour avoir écrit des poèmes et des proverbes qui sonnent avec tant de bonheur dans la bouche de Mot-pour-mot.

Par-dessus tout, je suis reconnaissant à Kristine A. Card pour la qualité inappréciable de ses critiques, de ses encouragements, de son aide technique, de ses corrections d'épreuves et pour avoir toute seule fait de nos enfants des êtres humains réfléchis, bien élevés et d'un commerce agréable, qui pardonnent de bon cœur à leur père de ne pas toujours être, lui, un parangon de ces vertus.

DU MÊME AUTEUR

Aux Éditions l'Atalante

LE SEPTIÈME FILS (Folio Science-Fiction n° 14)
LE PROPHÈTE ROUGE (Folio Science-Fiction n° 15)
L'APPRENTI (Folio Science-Fiction n° 16)
LE COMPAGNON
FLAMMES DE VIE
AVATARS
L'HOMME TRANSFORMÉ
LA RÉDEMPTION DE CHRISTOPHE COLOMB
LE TRÉSOR DANS LA BOÎTE
PATIENCE D'IMAKULATA
BASILICA
LE GÉNÉRAL
L'EXODE
LE RETOUR
LES TERRIENS
JASON VALOIS
CONTES DE CAPITOLE ET DE LA FORÊT DES EAUX

Aux Éditions Denoël

ESPOIR-DU-CERF
SONATE SANS ACCOMPAGNEMENT
LES MAÎTRES CHANTEURS
UNE PLANÈTE NOMMÉE TRAHISON

Aux Éditions J'ai lu

ABYSS

LA STRATÉGIE ENDER

LA VOIX DES MORTS

XÉNOCIDE

Dans la même collection

31. Isaac Asimov — *Seconde Fondation*
32. Philippe Curval — *Congo Pantin*
33. Mary Gentle — *Les Fils de la Sorcière*
34. Richard Matheson — *Le jeune homme, la mort et le temps*
35. Douglas Adams — *Le Dernier Restaurant avant la Fin du Monde*
36. Joël Houssin — *Le Temps du Twist*
37. H.P. Lovecraft — *Dans l'abîme du temps*
38. Roger Zelazny — *Le signe de la licorne*
39. Philip K. Dick et Roger Zelazny — *Deus irae*
40. Pierre Stolze — *La Maison Usher ne chutera pas*
41. Isaac Asimov — *Fondation foudroyée*
42. Fredric Brown — *Une étoile m'a dit*
43. Francis Berthelot — *Rivage des intouchables*
44. Gregory Benford — *Un paysage du temps*
45. Ray Bradbury — *Chroniques martiennes*
46. Roger Zelazny — *La main d'Oberon*
47. Maurice G. Dantec — *Babylon Babies*
48. René Barjavel — *Le Diable l'emporte*
49. Bruce Sterling — *Mozart en verres miroirs*
50. Thomas M. Disch — *Sur les ailes du chant*
51. Isaac Asimov — *Terre et Fondation*
52. Douglas Adams — *La Vie, l'Univers et le Reste*
53. Richard Matheson — *Je suis une légende*
54. Lucius Shepard — *L'aube écarlate*
55. Robert Merle — *Un animal doué de raison*
56. Roger Zelazny — *Les Cours du Chaos*
57. André-François Ruaud — *Cartographie du merveilleux*
58. Bruce Sterling — *Gros Temps*
59. Laurent Kloetzer — *La voie du cygne*
60. Douglas Adams — *Salut, et encore merci pour le poisson*

61. Roger Zelazny	*Les Atouts de la Vengeance*
62. Douglas Adams	*Globalement inoffensive*
63. Robert Silverberg	*Les éléphants d'Hannibal*
64. Stefan Wul	*Niourk*
65. Roger Zelazny	*Le sang d'Ambre*
66. Orson Scott Card	*Les Maîtres Chanteurs*
67. John Varley	*Titan (La trilogie de Gaïa I)*
68. André Ruellan	*Mémo*
69. Christopher Priest	*La Machine à explorer l'Espace*
70. Robert Silverberg	*Le nez de Cléopâtre*
71. John Varley	*Sorcière (La trilogie de Gaïa II)*
72. Howard Waldrop	*Histoire d'os*
73. Herbert George Wells	*La Machine à explorer le Temps*
74. Roger Zelazny	*Le signe du Chaos*
75. Isaac Asimov	*Les vents du changement*
76. Norman Spinrad	*Les Solariens*
77. John Varley	*Démon (La trilogie de Gaïa III)*
78. Roger Zelazny	*Chevalier des ombres*
79. Fredric Brown	*Fantômes et farfafouilles*
80. Robert Charles Wilson	*Bios*
81. Walter Jon Williams	*Sept jours pour expier*
82. Roger Zelazny	*Prince du Chaos*
83. Isaac Asimov	*Chrono-minets*
84. H. P. Lovecraft	*Je suis d'ailleurs*
85. Walter M. Miller Jr.	*Un cantique pour Leibowitz*
86. Michael Bishop	*Requiem pour Philip K. Dick*
87. Philip K. Dick	*La fille aux cheveux noirs*
88. Lawrence Sutin	*Invasions divines*
89. Isaac Asimov	*La fin de l'Éternité*

90.	Mircea Cărtărescu	*Orbitor*
91.	Christopher Priest	*Le monde inverti*
92.	Stanislas Lem	*Solaris*
93.	William Burroughs	*Le festin nu*
94.	William Hjortsberg	*Angel Heart* (Le sabbat dans Central Park)
95.	Chuck Palahniuk	*Fight Club*
96.	Steven Brust	*Agyar*
97.	Patrick Marcel	*Atlas des brumes et des ombres*
98.	Edgar Allan Poe	*Le masque de la Mort Rouge*
99.	Dan Simmons	*Le Styx coule à l'envers*
100.	Joe Haldeman	*Le vieil homme et son double*
101.	Bruce Sterling	*Schismatrice +*
102.	Roger Zelazny et Fred Saberhagen	*Engrenages*
103.	Serge Brussolo	*Boulevard des banquises*
104.	Arthur C. Clarke	*La cité et les astres*
105.	Stefan Wul	*Noô*
106.	Andrew Weiner	*En approchant de la fin*
107.	H. P. Lovecraft	*Par-delà le mur du sommeil*
108.	Fredric Brown	*L'Univers en folie*
109.	Philip K. Dick	*Minority Report*
110.	Bruce Sterling	*Les mailles du réseau*
111.	Norman Spinrad	*Les années fléaux*
112.	David Gemmell	*L'enfant maudit* (Le Lion de Macédoine, I)
113.	David Gemmell	*La mort des Nations* (Le Lion de Macédoine, II)
114.	Michael Moorcock	*Le Chaland d'or*
115.	Thomas Day	*La Voie du Sabre*
116.	Ellen Kushner	*Thomas le rimeur*

117. Peter S. Beagle	*Le rhinocéros qui citait Nietzsche*
118. David Gemmell	*Le Prince Noir* (Le Lion de Macédoine, III)
119. David Gemmell	*L'Esprit du Chaos* (Le Lion de Macédoine, IV)
120. Isaac Asimov	*Les dieux eux-mêmes*

À paraître:

121. Alan Brennert	*L'échange*
122. Isaac Asimov	*Histoires mystérieuses*
123. Philip K. Dick	*L'œil de la Sibylle*
124. Douglas Adams	*Un cheval dans la salle de bain*
125. Douglas Adams	*Beau comme un aéroport*
126. Sylvie Denis	*Jardins virtuels*

Composition Bussière
et impression Bussière Camedan Imprimeries
à Saint-Amand (Cher), le 2 janvier 2003.
Dépôt légal : janvier 2003.
1er dépôt légal : septembre 2000.
Numéro d'imprimeur : 025531/1.
ISBN 2-07-041574-0./Imprimé en France.

11761